O sonho da aldeia Ding

Yan Lianke

O sonho da aldeia Ding

Tradução de
André Telles

EDITORA RECORD
RIO DE JANEIRO • SÃO PAULO
2010

CIP-Brasil. Catalogação-na-fonte
Sindicato Nacional dos Editores de Livros, RJ

Y22s

Yan, Lianke, 1958-
    O sonho da aldeia Ding / Yan Lianke; tradução de André Telles. – Rio de Janeiro: Record, 2010.

Tradução de: Ding Chong Meng
ISBN 978-85-01-08205-3

1. Romance chinês. I. Telles, André. II. Título.

10-0295

CDD: 895.13
CDU: 821.581-3

Título original em chinês:
Ding Chong Meng

Copyright © 2005 by Yan Lianke

Editoração eletrônica: Abreu's System

Todos os direitos reservados.
Proibida a reprodução, no todo ou em parte, através de quaisquer meios.

Direitos exclusivos de publicação em língua portuguesa somente para o Brasil adquiridos pela
EDITORA RECORD LTDA.
Rua Argentina, 171 – Rio de Janeiro, RJ – 20921-380 – Tel.: 2585-2000,
que se reserva a propriedade literária desta tradução.

Impresso no Brasil

ISBN 978-85-01-08205-3

EDITORA AFILIADA

Seja um leitor preferencial Record
Cadastre-se e receba informações sobre nossos lançamentos e nossas promoções.

Atendimento e venda direta ao leitor:
mdireto@record.com.br ou (21) 2585-2002

O sonho do Copeiro: Em meu sonho vi uma cepa que estava diante de mim, e nesta cepa três varas, que pareciam brotar; saiu uma flor e seus cachos deram uvas maduras. Eu tinha na mão a taça do Faraó; tomei as uvas e espremi-as na taça, que entreguei na mão do Faraó.

O sonho do Padeiro: Eu também em meu sonho levava sobre a minha cabeça três cestas de pão branco. Na de cima, havia toda sorte de manjares para o Faraó; mas as aves do céu comiam-nos na cesta que estava sobre minha cabeça.

O sonho do Faraó: Eu estava perto do Nilo, donde saíram sete vacas belas e gordas, que se puseram a pastar a verdura. Mas eis que saíram em seguida do mesmo Nilo sete outras vacas, feias e magras, que vieram e se puseram ao lado das outras na margem do rio. As vacas feias e magras devoraram as sete vacas belas e gordas. E o Faraó despertou. Adormeceu de novo e teve outro sonho: sete espigas grossas e belas saíam duma mesma haste. Mas eis que em seguida germinaram sete outras espigas, magras e ressequidas pelo vento do oriente. E as espigas magras devoraram as sete espigas grossas e cheias.

Gênesis, 40:41

CAPÍTULO 1

1

Debaixo dos raios do sol poente, a planície do Henan estava vermelha, vermelha como sangue. Era fim de outono. Fazia frio. As ruas da Aldeia dos Ding estavam desertas.

Os cães estavam de volta ao seu canto. As galinhas, empoleiradas. As vacas, há muito tempo deitadas no calor dos estábulos.

Nenhum ruído perturbava o silêncio da Aldeia dos Ding. A vida era igual à morte. Silêncio, fim de outono, crepúsculo. A aldeia e seus moradores haviam definhado, e, como o capim e as árvores da planície, a vida secara: não passava de um cadáver enterrado em seu túmulo.

O vermelho do sangue dera lugar à escuridão da noite. Enfurnados em casa, os aldeões não saíam mais.

Meu avô, Ding Shuiyang, estava de volta da cidade. O ônibus que ligava Weixian, capital do distrito, a Dongjing, capital da província, deixara-o no acostamento da estrada principal como uma folha seca que o outono separa da árvore. O caminho que levava à Aldeia dos Ding fora pavimentado dez anos antes, quando todos os aldeões vendiam seu sangue. Por um instante, meu avô permaneceu imóvel no acostamento da estrada contemplando a aldeia que se estendia à sua frente. O vento trouxe-o de volta à realidade. Depois que embarcara no ônibus para ir à cidade escutar as intermináveis e melífluas exposições dos representantes do governo local, a confusão reinava em seu espírito. Agora tudo parecia claro como o sol nascendo num céu sem nuvens. Assim como é óbvio que as nuvens trazem chuva e o fim do outono traz frio, era óbvio que os aldeões que haviam vendido seu sangue dez anos antes iriam contrair "a febre" e deixar este mundo como as folhas mortas que o vento fazia cair das árvores no outono.

A doença escondia-se no sangue como meu avô imergia em seu sonho. A doença amava o sangue como meu avô amava o sonho.

Meu avô sonhava todas as noites. Fazia três noites que tinha um sonho recorrente. Ele estava em Weixian ou Dongjing. O sangue percorria uma rede de canalizações subterrâneas que se ramificava sob a cidade como uma gigantesca teia de aranha. Nos locais em que os dutos estavam mal encaixados, o sangue esguichava para cima e caía numa chuva vermelha cujo cheiro irritava o nariz, e sobre toda a planície ele via o sangue brilhar nos poços e nos rios.

Nas cidades e aldeias, os médicos lamentavam sua impotência em refrear os progressos da doença, mas, diariamente, um médico, instalado numa rua da Aldeia dos Ding, esfregava as mãos de alegria. Na aldeia silenciosa, enquanto as pessoas se enterravam em suas casas, esse médico quarentão, sentado embaixo de sua velha sófora, a arca de remédios jazida a seus pés, ria desbragadamente. Sua risada sonora fazia as árvores estremecerem e as folhas caírem, assim como o vento do outono que não esmorecia.

Quando saía do sonho, as autoridades convocaram meu avô para uma reunião. Como a Aldeia dos Ding havia perdido seu chefe, ele havia sido nomeado para substituí-lo.

De volta da reunião, diversas evidências ficaram claras para ele.

Em primeiro lugar, a doença que chamavam de "febre" tinha um nome: Aids.

Em segundo lugar, aqueles que haviam vendido seu sangue aquele ano haviam sido acometidos pela febre duas semanas depois e deviam forçosamente estar com Aids.

Em terceiro, aqueles que estavam com Aids apresentavam agora os mesmos sintomas de oito ou dez anos antes: uma febre comparável à da gripe, que desaparecia assim que eles ingeriam um medicamento antipirético, mas, três ou cinco meses mais tarde, eles já não tinham mais forças. Manchas e pústulas apareciam em seus corpos. Micoses carcomiam suas línguas e eles começavam a definhar. No fim de três meses, oito meses, muito raramente um ano, morriam.

Carregados pelo vento como folhas secas.

A luz se apagava e eles não eram mais deste mundo.

Quarta evidência: de dois anos para cá morria uma pessoa por mês na Aldeia dos Ding. Quase todas as famílias haviam perdido alguém. Mais de quarenta pessoas estavam mortas. Os sepulcros erguiam-se como feixes de trigo por toda parte nos campos. Alguns doentes com hepatite ou tísica, mas outros também cujo fígado e pulmões estavam perfeitamente saudáveis, não conseguiam engolir mais nada. Reduzidos ao estado de esqueletos, morriam seis meses mais tarde, depois de haverem cuspido uma bacia cheia de sangue.

Carregados pelo vento como folhas secas.

A luz se apagava e eles não eram mais deste mundo.

Estivessem doentes do estômago, do fígado ou dos pulmões, era para todos a mesma "febre". A Aids.

Quinta evidência: aquela "febre", que no início só afetava os estrangeiros, as pessoas da cidade e os depravados, espalhara-se por toda a China, inclusive pelas aldeias, golpeando agora pessoas de conduta absolutamente inatacável. Como uma revoada de grilos, a doença abatia-se sobre as aldeias.

Sexta evidência: os que estavam doentes achavam-se irremediavelmente condenados. Era a nova doença mortal que golpeava o gênero humano, e o dinheiro nada podia contra ela.

Sétima evidência: aquilo era apenas o começo. A explosão iria produzir-se dali a um ano e atingiria seu paroxismo no ano seguinte. Por ora, dava-se a um homem que morria a mesma atenção que a um cão. Logo sua morte seria tão ignorada quanto a de um pardal, uma traça ou uma formiga.

Em oitavo lugar: eu estava enterrado atrás da escola onde meu avô morava. Quando eu morri, tinha acabado de completar 12 anos. Fui envenenado por um tomate que eu colhera ao voltar da escola. Seis meses antes, alguém dera veneno para nossas galinhas. No mês seguinte, o leitão que minha mãe criava comera um nabo envenenado e morrera. Por fim, eu comera o tomate envenenado largado numa pedra na beira do caminho que eu tinha que percorrer ao voltar da escola. Mal o engoli, tive a impressão de que me rasgavam as entranhas e desabei depois de alguns passos. Meu pai acorreu e me carregou às pressas para casa. Morri cuspindo uma espuma branca assim que ele me colocou na cama.

Eu estava morto, mas não morrera da "febre", isto é, de Aids. Minha morte resultou da gigantesca coleta de sangue à qual meu pai se dedicara dez anos antes. Eu morrera porque ele se tornara o grande administrador do sangue para a Aldeia dos Ding, a Aldeia dos Salgueiros, a Aldeia das Águas Amarelas, a Aldeia do Segundo Li e outras aldeias da região. Ele era o rei do sangue. No dia da minha morte, ele não derramou uma lágrima. Primeiro, quedou-se por um instante sentado ao meu lado com meu tio. Em seguida, os dois homens se levantaram e, equipados com uma pá afiada e um machado reluzente, foram se plantar no cruzamento de duas ruas, onde proferiram, com toda a potência de seus pulmões, uma torrente de invectivas destinadas à aldeia.

Meu tio berrou:

— Bando de canalhas, vocês só são bons para envenenarem à socapa, apareçam se tiverem colhões para que eu, Ding Liang, possa lhes arrancar a pele.

Meu pai, agitando sua pá, emendou:

— Vocês todos têm inveja de ver que eu, Ding Hui, sou rico sem ser doente! Tenho certeza! Estão com inveja! Pois bem, eu, Ding Hui, amaldiçoo seus ancestrais até a oitava geração. Vocês envenenaram minhas galinhas, meu leitão e tiveram a suprema audácia de envenenar meu filho!

Continuaram assim até a noite.

Ninguém se atreveu a aparecer.

Finalmente, me sepultaram.

Tendo apenas 12 anos, eu não era um adulto, e, de acordo com a tradição, não podia ser enterrado com meus ancestrais. Meu avô então tomou meu corpinho em seus braços e me sepultou atrás da escola, onde ele morava. Dentro do meu minúsculo caixão de madeira branca, ele pôs meu manual escolar e o lápis com que eu fazia meus deveres.

Meu avô era instruído. Era responsável pelo sino da escola. Na aldeia, era considerado um homem culto e chamado de "professor Ding". Portanto, ele também colocou no meu caixão um livro de contos, vários livros de lendas, bem como dois dicionários. Em seguida, nada mais tendo a fazer, permaneceu diante do túmulo a meditar, perguntando-se se os aldeões ainda iam envenenar alguém da sua família: minha irmãzinha Yingzi ou seu neto Xiaojun, filho do meu tio.

Uma ideia se impôs no seu espírito: ele devia pedir a meu pai e a meu tio que fossem se prosternar em todas as casas da aldeia para suplicar que não envenenassem mais ninguém de sua família, que não levassem seus netos. Todavia, após ter refletido, caiu na realidade: meu tio estava com a doença. Pagava pelo meu pai, que fizera comércio de sangue. Podia, portanto, ser dispensado de se prosternar. Era a meu pai que incumbia essa missão.

Havia uma nona evidência: dentro de um ou dois anos, a doença ia explodir em toda a planície, e, assim como o rio Amarelo rompendo suas represas, ia inundar a Aldeia dos Ding, a Aldeia dos Salgueiros, a Aldeia das Águas Amarelas, a Aldeia de Segundo Li e todas as demais aldeias. Então, os mortos não teriam mais importância que as formigas ou as folhas secas caídas da árvore. Quase todas as pessoas morreriam, e a Aldeia dos Ding seria riscada do mapa. Assim como as folhas de uma velha árvore, as pessoas iriam definhar, amarelecer, cair, e uma borrasca de vento as carregaria para sempre.

* * *

Por último, em décimo lugar, era urgente agrupar os doentes a fim de que não contaminassem aqueles que não haviam vendido seu sangue. Foi a ele que recorreram:

— Professor Ding, seu primogênito foi o rei do sangue. Agora vire-se para agrupar todos os doentes na escola.

Meu avô permanecera pensativo por um longo tempo. Era a primeira vez que ousavam dar-lhe esta ordem.

Eu estava morto e meu pai havia sido o rei do sangue de toda a planície. Portanto, o que ele tinha a fazer era ir prosternar-se em todas as casas e, depois, morrer. Pouco importava que fosse atirando-se num poço, envenenando-se ou enforcando-se. Tinha de morrer imediatamente e todas as pessoas da aldeia serem testemunhas de sua morte.

Assustado com essa ideia que acabava de brotar em seu espírito, meu avô partiu na direção da aldeia para anunciar ao meu pai que ele tinha de prosternar-se e morrer.

2

A situação era grave. Nessa pequena aldeia, que contava menos de duzentas famílias e menos de oitocentos habitantes, mais de quarenta pessoas haviam morrido em dois anos. Morria uma pessoa a cada dez ou 15 dias, mas quando, no ano seguinte, a estação dos mortos chegasse a seu auge, os túmulos seriam tão numerosos quanto os feixes de trigo no verão. Os mortos seriam adultos de 50 anos ou crianças de 3 ou 5. Antes que a doença se declarasse, era de regra ter febre durante dez ou 15 dias. Era por essa razão que haviam batizado a doença de "a febre". A doença ganhava terreno sem trégua e já apertava a garganta da Aldeia dos Ding. As lamentações ressoavam permanentemente.

Os marceneiros que fabricavam os caixões já haviam trocado três ou quatro vezes de machado e de serra.

Implacável como uma noite de breu, a morte envolvia a Aldeia dos Ding e todas as aldeias das cercanias. Diariamente, as mesmas notícias espalhavam-se pelas ruas: se não era alguém que acabava de ser vítima da febre, era outro que morrera à noite. Ou então a mulher de um homem que acabava de morrer ia refazer a vida casando-se numa distante aldeia de montanha a fim de fugir da aldeia maldita daquela planície onde reinava "a febre".

Os dias transcorriam numa tortura permanente. A morte rondava a aldeia voejando para a direita e a esquerda como um mosquito e abatia-se sobre uma casa na qual uma pessoa tinha a febre e morria nos três meses seguintes.

Os mortos eram cada vez mais numerosos. Enquanto a leste da aldeia uma família chorava antes de gastar o dinheiro necessário à compra do caixão preto, a oeste da aldeia, outra família não chorava, mas permanecia tristemente sentada velando seu defunto antes de enterrá-lo.

Os kiris, cuja madeira era normalmente utilizada para fabricar os caixões, haviam sido todos derrubados.

Paralisados pela ciática, os três marceneiros estavam esgotados.

Quanto a Wang, que confeccionava as coroas fúnebres de papel, de tanto manusear a tesoura, vira suas mãos cobrirem-se de bolhas, que, uma vez estouradas e secas, haviam se transformado em calos amarelos.

Vendo a morte aproximar-se, os vivos tornavam-se indolentes. Uma vez que a morte batia à porta, não se cultivavam mais os campos, não se saía mais para trabalhar e ganhar dinheiro. Ficava-se trancado em casa, portas e janelas fechadas, com medo de que a morte se aproveitasse de um vão para entranhar-se na casa. Na realidade, esperava-se. Diziam que o governo enviaria caminhões do exército que transportariam os doentes para o deserto do Gansu para lá enterrá-los vivos como, de acordo com a tradição, fazia-se antigamente durante as epidemias de peste. Ainda que fosse apenas um boato, todos acreditavam. Portas e janelas fechadas, esperava-se, e a morte terminava por chegar.

À medida que as pessoas morriam, a cidade morria também. Ninguém capinava mais, ninguém mais irrigava.

Em algumas casas visitadas pela morte, ainda se comia, mas ninguém mais se dava ao trabalho de lavar a louça. A comida era preparada nos mesmos utensílios e comia-se nas mesmas tigelas com os mesmos pauzinhos, sem lavá-los.

Um aldeão, a caminho do poço, encontrou outro a quem não via há mais de 15 dias e que todos julgavam morto. Fitou-o, boquiaberto.

— Céus! É você? Ainda está vivo?

O outro respondeu:

— Tive uma dor de cabeça por uns dias. Eu achava que era a febre, mas não era.

Os dois homens caíram na gargalhada e foram embora cada um para o seu lado.

Assim corria a vida na Aldeia dos Ding.

Ao chegar ao limite da aldeia, meu avô avistou Ma Xianglin, aquele que cantava as baladas do Henan tocando o instrumento de três cordas chamado *zhuiqin*. Ele estava sentado em frente à casa que mandara construir com o dinheiro recebido com a venda do seu sangue e cantava tocando o instrumento com a pintura descascada que ele não tocava fazia anos.

O sol nasce sobre o mar e morre atrás da montanha
Um dia de tristeza, um dia de alegria
Vendendo a colheita, ganha-se dinheiro
Um dia muito, um dia pouco...

Ele não parecia doente à primeira vista, mas meu avô detectou a cor da morte em seu rosto. Filetes esverdeados estriavam o rosto salpicado de bolhas avermelhadas que lembravam feijões secos. Ao perceber meu avô, ele largou o instrumento e esboçou um pálido sorriso. Seu olhar era o de um homem faminto. Sua voz conservara sua entonação cantante.

— Você foi à reunião com as autoridades, professor Ding?

Meu avô não pôde deixar de manifestar seu espanto:

— Xianglin, como você emagreceu!

— Não emagreci. Como dois pães em cada refeição. As autoridades disseram que era possível curar a doença?

Meu avô refletiu um instante antes de responder:

— Sim, em breve aperfeiçoarão um novo remédio e bastará uma injeção para se curar.

— E quando ele fica pronto?

— Não vai demorar.

— "Não vai demorar" quer dizer quanto tempo?

— Coisa de poucos dias.

— "Poucos dias" quer dizer quantos dias?

— Devo retornar para me encontrar com as autoridades por estes dias. Vou perguntar a elas.

Meu avô continuou seu caminho.

Enveredou por uma ruela. De ambos os lados, as portas das casas exibiam faixas de pano brancas, algumas antigas, outras bem recentes. Sua alvura era ofuscante. Julgou-se no meio de um campo de neve. Ali onde o filho da família, com menos de 30 anos, morrera, lia-se na faixa: "O filho partiu, a casa está vazia, os velhos pais irão sofrer." Numa outra casa, era a nora, casada não fazia muito tempo, que morrera. Trouxera a doença com ela e a transmitira ao marido e ao bebê que acabara de nascer. A faixa dizia: "Está tudo escuro em casa, aguardemos o retorno da luz." Em outra porta ainda, meu avô viu duas faixas inteiramente brancas. Intrigado, aproximou-se e, erguendo-as, percebeu que cobriam outras. Pelo menos três pessoas haviam morrido naquela casa e os sobreviventes tinham julgado desnecessário cansar-se pintando caracteres nas últimas faixas.

Perplexo, meu avô permaneceu plantado diante da porta. Ouviu Ma Xianglin gritar nas suas costas:

— Professor Ding, uma vez que o novo remédio vai chegar em breve, é preciso celebrar o acontecimento! Reúna todo mundo na escola e darei um concerto. Cantarei com minha voz mais maviosa. Neste momento, as pessoas estão sufocando, fechadas em casa!

Meu avô voltou a cabeça.

Ma Xianglin aproximou-se alguns passos.

— A escola é o lugar ideal para o meu concerto. Você só tem que avisar. Quando você falou para todo mundo vender seu sangue, todo mundo vendeu seu sangue. Todo mundo vendeu seu sangue para seu primogênito Ding Hui. Na época, a mesma agulha era utilizada para três pessoas. Não falemos mais nisso. Em todo caso, foi para ele que vendi meu sangue e agora, quando esbarro com ele na rua, ele não se dá sequer o trabalho de me dirigir a palavra... Não falemos mais nisso. Peço-lhe simplesmente que reúna todo mundo no pátio da escola para ouvir meu concerto.

Prosseguiu:

— Professor Ding, vamos esquecer o passado, vou cantar algumas canções do meu repertório de cantos tradicionais. Permita-me cantar esperando a chegada do novo medicamento, senão vou enlouquecer e estarei morto quando o remédio chegar.

Permaneceu imóvel a poucos passos do meu avô e fitava-o como um homem faminto implorando que lhe dessem de comer para não morrer de fome.

Nesse momento, girando a cabeça para olhar por cima do ombro, meu avô percebeu que havia várias pessoas atrás dele. Estavam todas doentes. Ali estavam Li Sanren, Zhao Xiuqin e Zhao Dequn. Todos olhavam para ele com uma expressão interrogativa. Ele sabia a pergunta que estavam loucos para lhe fazer. Antecipou-se e gritou:

— O novo remédio vai chegar em breve! Xianglin, quando pretende dar o seu concerto?

A fisionomia de Ma Xianglin iluminou-se na hora.

— Está tarde demais para esta noite. Cantarei amanhã. As pessoas vão querer vir me escutar todas as noites.

3

Meu avô encaminhou-se para nossa casa, que ficava na rua nova na zona sul da aldeia. Era realmente uma rua nova, pois as casas haviam sido construídas depois que a aldeia enriquecera. Nessa época, qualquer um com dinheiro logo mandava construir nessa rua uma casa de um andar conforme as normas oficiais. Ela era construída num terreno com um *mu** de super-

---

* Um *mu* equivale a 1/5 de 1 hectare.

fície, ao fundo de um quintal contornado por um muro em três de seus lados. As paredes da casa eram revestidas de ladrilhos brancos de cerâmica e os muros do quintal eram de tijolos vermelhos. Em qualquer estação, os tijolos e ladrilhos exalavam um forte cheiro de enxofre que agredia as narinas, queimava as orelhas e irritava os olhos, mas os proprietários sentiam-se felizes por morar nessa rua e muitos outros vendiam seu sangue na esperança de um dia virem a morar nela.

A rua contava um pouco mais de vinte famílias cujo membro ou membros haviam vendido seu sangue. Os grandes coletores de sangue haviam todos enriquecido. Meu pai, que fora o primeiro a exercer essa atividade, também havia sido o maior deles. Nossa casa, portanto, era a mais bem situada, e, ao passo que as demais casas da rua não tinham senão um andar, ela possuía dois, o que infringia as diretrizes oficiais. Meu pai não tivera nenhum problema para acrescentar um andar. Em contrapartida, quando outros quiseram imitá-lo, a administração interferira para impedi-los.

No quintal dessa casa de estilo estranho, tínhamos um cercado com porcos e um galinheiro, bem como um pombal no puxadinho. Na época da construção, meu pai quisera imitar fielmente as casas de Dongjing. No interior, escolhera para o assoalho grandes ladrilhos brancos e cor-de-rosa, e, para o quintal, lajotas de cimento com um metro de lado. Também julgara conveniente substituir as latrinas externas, onde, desde a noite dos tempos, ele se acocorava para se aliviar, por vasos internos, com um assento. Infelizmente, meus pais, mesmo permanecendo sentados durante horas, não conseguiam fazer suas necessidades nele. Meu pai então fora obrigado a remediar essa situação constrangedora cavando fossas tradicionais no quintal. Por outro lado, embora dispusesse de uma máquina de lavar no banheiro, minha mãe preferia continuar a lavar sua roupa com as mãos numa bacia no quintal. Assim, o assento dos banheiros, a máquina de lavar, a geladeira e a mesa da sala de jantar não passavam no fim das contas de elementos decorativos.

Quando meu avô chegou, o portão estava fechado. Meus pais e minha irmãzinha estavam jantando, aboletados em banquinhos em torno de uma mesa baixa no quintal.

Ao ouvir meu avô bater, minha irmãzinha foi abrir. Meu pai logo providenciou um banquinho para ele e apresentou-lhe uma tigela. Porém, antes de começar a comer, meu avô encarou friamente meu pai como se estivesse diante de um estranho. Meu pai fez o mesmo.

No fim de um momento, disse:

— Coma, pai.

— Como filho mais velho, refleti muito: preciso dizer-lhe uma coisa.

— Não precisa, coma.

— Não conseguirei comer e não conseguirei mais dormir antes de falar com você.

Meu pai pousou a tigela na mesa e seus pauzinhos ao lado da tigela.

— Hoje, participei da reunião com as autoridades...

— E lhe disseram que a doença que aqui chamam de "a febre" é na realidade a Aids e que a Aids é uma nova doença fatal. Estou enganado? Então, coma. Não vale a pena me contar, pois sei disso há muito tempo e dois terços da aldeia também sabem. Só os doentes não sabem ou, pelo menos, fingem não saber.

Tendo assim falado, meu pai olhou para o meu avô com uma expressão condescendente, como o aluno olha para o professor que lhe passa um exercício muito fácil. Finalmente, voltou à sua tigela e seus pauzinhos e à sua refeição.

Meu avô, que era chamado de "professor", passara sessenta anos de sua vida tocando o sino da escola. Às vezes cuidava dos pirralhos quando um professor ficava doente e lhes ensinava alguns caracteres elementares, que ele escrevia em maiúsculas no quadro-negro.

Também cuidara da educação do meu pai, mas este agora não lhe dispensava mais o respeito devido a um professor. A falta de respeito era visível em seus olhos. Ao ver meu pai voltar a comer, meu avô pousou suavemente sua tigela sobre a mesa.

— Filho primogênito, não lhe peço para se matar perante toda a aldeia, mas você deve prosternar-se uma vez em todas as casas.

— Por que razão?

— Você foi coletor de sangue.

— E daí? Todas as pessoas dessa rua foram coletores de sangue.

— Eles não fizeram senão seguir seu exemplo e ninguém ganhou tanto dinheiro como você.

Meu pai pousou novamente sua tigela, mais bruscamente dessa vez, espalhando o conteúdo pela mesa e atirando os pauzinhos, que quicaram e caíram no chão.

— Pai — disse ele, fitando meu avô —, a partir da data de hoje, se me falar de novo para eu ir me prosternar em todas as casas da aldeia, você não é mais meu pai e não poderá contar mais comigo para confortá-lo em sua velhice.

Meu avô disse lentamente:

— Vamos admitir que seja seu pai que lhe pede isso. Ele lhe pede para ir ajoelhar-se e prosternar-se uma vez em cada casa. Pode fazê-lo?

— Pai, chega. Se acrescentar uma palavra, você não é mais meu pai.

— Hui, você vai prosternar-se uma vez e não tocaremos mais no assunto.

— Chega! A partir de hoje, você não é mais meu pai. Em todo caso, quando você morrer, vou cuidar do seu enterro.

Meu pai ficou imóvel por um instante antes de descansar calmamente seus pauzinhos, acrescentando:

— Mais de quarenta pessoas morreram. Você vai se prosternar uma vez por casa. Terá então que se prosternar quarenta vezes. Isso esgotará suas energias?

Meu avô, de toda forma, parecia exaurido. Olhou para minha mãe e abaixou os olhos diante do olhar de Yngzi.

— Yngzi, amanhã você irá à escola. Seu avô lhe dará aula, pois os professores não vêm mais. Estudaremos juntos.

Dirigiu-se para a porta, a coluna arqueada, como uma velha cabra esgotada depois de caminhar o dia inteiro. Ninguém o acompanhou.

CAPÍTULO 2

1

Tenho que lhes apresentar a Aldeia dos Ding.

No início, a aldeia possuía apenas duas ruas. Depois que acrescentaram uma rua nova, passou a possuir três: uma leste-oeste e duas norte-sul.

Ao deixar a rua nova, meu avô dirigiu-se para a casa do meu segundo tio, onde descansou um instante antes de ir para a escola. Esta havia sido antigamente um templo dedicado ao deus Guan. A escola ficava numa ala e venerava-se o deus Guan na sala central. Os aldeões que almejavam ser ricos iam até lá para queimar varetas de incenso. Cerca de dez anos antes, haviam descoberto um método mais eficaz para enriquecerem: em vez de terem fé no deus Guan, haviam preferido vender seu sangue.

Graças à venda do sangue, haviam conseguido erguer uma nova escola, onde meu avô morava desde sua construção. Ela havia sido construída sobre um terreno de dez *mu* pertencente ao templo. Era um prédio de um andar. As salas de aula eram iluminadas por grandes baias envidraçadas e um número indicava em cada porta o nível da classe: 1 para o primeiro ano,

2 para o segundo ano... até 5 para o quinto ano. Haviam instalado uma tabela de basquete no pátio, e, na grade da entrada, uma tabuleta indicava: "Escola Fundamental da Aldeia dos Ding". Tinham mandado vir dois jovens professores. Um ensinava aritmética, o outro, mandarim. Moravam na escola até o dia em que ouviram falar da febre. Então se apressaram em partir, recusando-se obstinadamente a voltar.

Na escola, portanto, restara apenas o meu avô, que cuidava das portas, janelas, mesas, cadeiras e quadros-negros. Cuidava também da planície e da aldeia infectada pela febre. Naquela noite de outono, o cheiro de enxofre que emanava dos tijolos e ladrilhos estava ainda mais forte do que na rua nova. Aquele cheiro exercia um efeito benéfico sobre meu avô, pois estimulava sua imaginação. Anoitecera. O silêncio que reinava na planície envolvia a escola e ocupava-a como uma neblina.

Sentado no pátio, embaixo da tabela de basquete, meu avô deixava o vento acariciar seu rosto. Fizera apenas uma refeição desde sua partida para Weixian.

Voltou então subitamente a ver desenrolar-se aos seus olhos os acontecimentos da primavera daquele ano.

O diretor do escritório da educação viera à aldeia com dois quadros do distrito para lançar a campanha de venda do sangue. Era primavera. O perfume das flores impregnava as ruas. O diretor do escritório da educação dirigira-se à casa de Li Sanren e lhe pedira para reunir os aldeões para lhes anunciar que as autoridades desejavam que a população inteira participasse do comércio do sangue.

Estupefato, Li Sanren permanecera boquiaberto por um longo momento antes de exclamar:

— Meu Deus! Vocês querem que as pessoas vendam seu sangue!

Li Sanren não organizara a reunião. Três dias depois, o diretor do escritório da educação voltara e lhe reiterara a ordem de organizá-la. Li Sanren, de cócoras, fumando um cigarro, escutara-o sem dizer uma palavra.

Quinze dias mais tarde, o diretor do escritório da educação voltara de novo, mas, dessa vez, não mencionara novamente para Li Sanren a venda do sangue. Simplesmente lhe comunicara que ele havia sido demitido de suas funções de chefe da aldeia.

Convocou então uma reunião para anunciar oficialmente a decisão de exonerar Li Sanren, que era chefe da aldeia há quarenta anos. Sufocado, Li Sanren ficou de novo boquiaberto, incapaz de emitir um som.

O diretor do escritório da educação aproveitou a reunião para lançar pessoalmente a campanha de venda de sangue. Fez um longo discurso, explicando detalhadamente por que era preciso desenvolver a produção de plasma para a felicidade do povo e a potência do país. Encarando sua plateia, concluiu, gritando:

— Será que escutaram? Peço para responderem e continuam mudos! Deixaram as orelhas em casa?

Ele gritara tão alto que as galinhas haviam fugido cacarejando e um cão que dormia ao pé do dono acordara e começara a ladrar furiosamente. Assustado, seu dono dera-lhe um pontapé, perguntando-lhe:

— Sabe depois de quem você se atreve a latir?

O cão chispara ganindo.

O diretor do escritório da educação sentara-se, desencorajado, lançando na mesa o documento que tinha nas mãos.

Permaneceu assim por um momento sentado antes de sair para encontrar meu avô na escola.

Repito: meu avô não era professor de verdade. Quando era criança, levara o *Clássico dos Três Caracteres* e aprendera de cor o *Livro dos Nomes de Família*. Estudara o *Calendário Perpétuo* e sabia combinar os oito caracteres do horóscopo para formar uma data de nascimento. Depois da Libertação, o governo convocara todas as aldeias para erradicar o analfabetismo. A Aldeia dos Ding instalara então uma escola no templo do deus Guan. Meu avô ensinara ali, primeiro, o *Livro dos Nomes de Família*, depois o *Clássico dos Três Caracteres*, escrevendo na terra com uma varinha, até o dia em que as autoridades enviaram um professor de verdade. As crianças da Aldeia dos Salgueiros, da Aldeia das Águas Amarelas e da Aldeia de Segundo Li haviam sido transferidas para a escola da Aldeia dos Ding e o professor lhes ensinara os caracteres elementares, bem como "Nosso país é a República Popular da China e sua capital é Pequim" e também "Os gansos selvagens voam para o sul". Meu avô ficara na escola como factótum. Tocava o sino e vigiava para que ninguém roubasse nada do templo.

Isso aconteceu há décadas. Os professores recebiam um salário, mas meu avô, à guisa de pagamento, tinha direito ao conteúdo sólido e líquido das latrinas. Essa fonte de adubo permitira à sua família obter belas colheitas. Passaram-se os anos. Meu avô continuava a ser desprezado como um professor de verdade no que se referia a salário, mas tornava-se um quando se tratava de substituir um professor ausente.

Quando lhe avisaram que o diretor Gao esperava-o em frente ao portão gradeado da escola, ele estava varrendo o pátio. Ficou escarlate. Deixou a vassoura cair e correu até a entrada para recebê-lo.

— Senhor diretor do escritório da educação, venha sentar-se no meu quarto.

— Não tenho tempo para sentar, professor Ding. Todos os escritórios do distrito, todos os membros do comitê estão mobilizados para convencer os camponeses a venderem sangue. Designaram cinquenta aldeias para o escritório da educação, mas, nesta Aldeia dos Ding, choco-me com uma parede.

Meu avô manifestou sua estupefação:

— Vender sangue?

— Você goza de um imenso prestígio na aldeia. Agora não há mais quadro responsável. Portanto, você não pode furtar-se.

— Merda! Vender o próprio sangue?

— O escritório da educação está encarregado de mobilizar cinquenta aldeias. Se você não tomar a frente do movimento, quem mais poderia fazê-lo?

— Céus! É preciso convencer as pessoas a venderem seu sangue?

— Professor Ding, você é um homem instruído, como pode não compreender que o sangue de um homem é como uma nascente que irrompe ainda mais forte quando utilizamos sua água?

Meu avô permanecia estático, não sabendo o que responder.

O diretor Gao continuou:

— Professor Ding, você toca o sino e protege a entrada da escola, mas em todas as ocasiões em que a escola o indicou como professor-modelo, sempre apoiei a indicação. Nessas duas ocasiões, isso permitiu-lhe obter um diploma honorífico e receber um prêmio. Se agora se negar a cumprir a missão que eu, diretor do escritório da educação, lhe confio, isso significará que não sente por mim senão desprezo.

De pé diante do portão, meu avô não achava resposta. Lembrava-se de que havia sido ele, e não os dois professores em atividade, o indicado para professor-modelo todas as vezes, que tinha ido à capital do distrito pegar seu diploma e receber seu prêmio. Não era muito alto, mas ele sabia que a cada vez dava para comprar dois sacos de adubo. Quanto a seus belos diplomas vermelhos, por nada no mundo teria tirado da parede do seu quarto.

O diretor Gao continuou:

— Os outros escritórios já mobilizaram entre setenta e oitenta aldeias, enquanto eu não consegui mobilizar sequer quarenta. Provavelmente vou perder meu posto.

Meu avô continuava sem falar nada. O rosto colado no vidro, as crianças observavam a cena. Parecia um renque de melancias. Os dois professores que nunca haviam feito jus ao título de professor-modelo também observavam. Gostariam de falar com o diretor do escritório da educação, mas este conhecia apenas meu avô.

O diretor Gao foi ao ponto.

— Professor Ding, não lhe peço muita coisa. Peço-lhe apenas que explique às pessoas da cidade que vender seu sangue não é uma coisa extraordinária e que o sangue é como uma nascente que se renova à medida que utilizamos sua água. Precisa apenas dizer-lhes umas poucas palavras. Não pode se recusar a fazer isso para o diretor do escritório da educação.

— Vou ver o que posso fazer.

— Ótimo. Só precisa dizer umas poucas palavras.

O sino tocou de novo e as pessoas se reuniram no centro da aldeia. O diretor do escritório da educação passou imediatamente a palavra ao meu avô para que ele repetisse a comparação entre o sangue e a nascente. De pé sob a grande sófora, meu avô observou longamente a multidão, antes de ordenar, calmamente.

— Venham todos comigo até a beira do rio.

Dirigiu-se para o leste da aldeia e todos foram atrás. A aldeia situava-se no antigo leito do rio Amarelo. Estávamos no meio da primavera. Embora tivesse chovido, a areia estava seca na praia à beira do rio. Meu avô levara uma pá e avançou pela praia, seguido pelo diretor Gao, pelos dois dirigentes e pelos aldeões. Pegou um punhado de areia úmida e, após amassá-la em sua mão, começou a cavar. O buraco encheu-se de água até a metade. Uma tigela rachada achava-se bem nas proximidades. Meu avô pegou-a e tirou água, uma vez, duas vezes, três vezes... suficientemente rápido para esvaziar o buraco. Esperou um instante e a água subiu até a mesma altura.

Meu avô se pronunciou:

— Vejam, a areia estava seca. Vejam, uma nascente não pode secar.

Depois, voltando-se para o diretor Gao, disse:

— Estão à minha espera para tocar o sino. Se eu não tocar, as crianças não irão saber que está na hora da saída.

Esta era a menor preocupação do diretor Gao, que olhou primeiro para o meu avô, depois para a multidão de aldeões, e gritou:

— Compreenderam? Uma nascente não seca quando tiramos sua água. Logo, o sangue não se esgota quando o vendemos! O sangue é como a água dessa nascente. Isto é uma evidência científica!

Desferiu um pontapé na tigela.

— Cabe a vocês decidir se querem permanecer pobres ou se tornar ricos. Ou escolhem a via dourada que os levará à riqueza ou escolhem a ponte carcomida que os levará à miséria.

E concluiu:

— Agora voltem para suas casas e reflitam bem! Nas aldeias do distrito onde as pessoas vendem seu sangue, eles construíram belas casas, enquanto vocês, habitantes da Aldeia dos Ding, embora libertados há várias décadas, guiados pelo Partido Comunista há várias décadas, gozando das benfeitorias do socialismo há várias décadas, continuam a morar em cabanas.

A essas palavras, afastou-se.

Meu avô tomou seu rumo.

Os aldeões dispersaram-se e voltaram para suas casas. Dependia deles, permanecerem pobres ou ficarem ricos.

O sol se punha no antigo leito do rio Amarelo. A areia tingia-se de vermelho, um vermelho profundo, o vermelho do sangue. O perfume do trigo no capim pairava sobre a praia, ondulando como uma onda invisível.

Meu pai não se arredara. Permanecera de pé junto ao buraco escavado pelo meu avô. Abaixou-se e, com ambas as mãos, apanhou água e bebeu. Lavou as mãos e sorriu. Em seguida, mergulhando a mão no buraco, começou a cavar. A água subiu. O buraco encheu e um filete de água desenhava-se e estendia-se sobre a areia seca.

Meu pai sorriu. Tinha 23 anos.

2

Quando terminou seu dia, meu avô foi para a cama e dormiu.

Teve um sonho. O caso da venda do sangue chegava até ele trazido pelo vento da noite. As circunstâncias eram de uma clareza cristalina para ele. Era tudo óbvio, assim como é óbvio termos que semear na primavera para colher no outono e semear feijões para colher feijões.

Seu quarto situava-se ao lado da entrada, num prediozinho de telhado plano. A cama e a mesa ficavam no quarto. O fogão, num puxado, com o banquinho, as tigelas, os pauzinhos e os utensílios de cozinha. Antes de se deitar, ele arrumava a cozinha sempre da mesma forma. Na mesa do seu quarto, havia apenas, e nada além disso, uma caixa de giz pela metade e uma pilha de velhos livros e deveres. Um lugar para cada coisa, cada coisa em seu lugar. Estava tudo em ordem. O mesmo se dava com seus sonhos. Até o despertar, tudo era perfeitamente claro: o trigo era o trigo, os feijões eram os feijões. Ele não esquecia um detalhe, uma frase, nunca.

Em seu sonho, revia com grande nitidez a série de acontecimentos daquele ano.

O primeiro posto de coleta de sangue fora instalado ruidosamente na entrada da aldeia. Uma tenda verde fora erguida e reluzia ao sol como um nabo fresquinho, mas ninguém se apresentou para vender sangue. A mesma coisa no dia seguinte. No outro dia, o diretor do escritório da educação chegou e, sem sair do seu jipe, interpelou meu avô em frente ao portão da escola.

— Professor Ding, meus superiores querem me destituir. Diga-me o que devo fazer a respeito do sangue. Não quero lhe causar problemas. Amanhã, despacho dois caminhões para levar as pessoas da sua aldeia para visitar o distrito de Caixian, um exemplo de sucesso na província. Espero simplesmente de você que designe uma pessoa por família. Cada colaborador terá direito a uma recompensa de dez iuanes. Iremos parar, no caminho, para ver a famosa torre 7 de Fevereiro* e visitar a loja de departamentos Yashiya. Sinto muito dizer-lhe isso, professor Ding, mas, caso se recuse a me ajudar, a escola será obrigada a dispensar seus serviços.

E o jipe dirigiu-se para outra aldeia.

Na imensa planície, o barulho do motor era mais melodioso que o do trator. De pé na entrada da escola, olhando a fumaça do cano de descarga, meu avô estava pálido. Sabia que Caixian situava-se numa zona bastante pobre e se perguntava como aquele lugar pudera tornar-se um exemplo de sucesso. O diretor Gao passara como o vento. Meu avô tinha agora de ir de casa em casa transmitir a mensagem.

Em toda parte fizeram-lhe as mesmas perguntas e ele deu as mesmas respostas.

— Os voluntários irão mesmo receber iuanes?

— O diretor Gao prometeu, então...

— E iremos mesmo à capital da província?

— O diretor Gao me prometeu, como poderia faltar com a palavra?

Assim como se entranha na terra na primavera o adubo que dará colheitas no outono, haviam preparado o terreno para a venda do sangue. Em seu sonho, meu avô se curvou. Duas lágrimas escorreram de seus olhos.

Caixian fica a 150 quilômetros de Weixian. Os aldeões tinham subido bem cedinho nos caminhões, mas era perto de meio-dia quando chegaram à sua destinação. Assim que penetraram no distrito de Caixian, tiveram a impressão de estar

---

* Situada em Zhengzhou, capital do Henan, essa torre homenageia a greve de 7 de fevereiro de 1923, severamente reprimida pelo senhor da guerra Wu Peifu.

no paraíso. A aldeia que deviam visitar chamava-se Shangyang. Dos dois lados da rua erguiam-se casas de um andar de estilo estrangeiro, tão perfeitamente alinhadas quanto num mapa. Tudo se resumia a tijolos vermelhos e ladrilhos brancos, flores e carvalhos verdes. A rua era pavimentada e cada casa exibia uma placa decorada com estrelas vermelhas sobre um fundo amarelo. Algumas placas traziam cinco estrelas, outras quatro, outras três. Elas correspondiam ao volume de sangue vendido pela família. Cinco estrelas indicavam os maiores vendedores. Meras três estrelas indicavam os vendedores medíocres.

O diretor Gao guiava pessoalmente a visita. Saía-se de uma casa para entrar em outra. Os visitantes nunca teriam ousado imaginar o que descobriam. Até mesmo as ruelas tinham nomes sublimes: rua da Luz, rua de Datong, rua do Sol, rua da Felicidade... As portas de todas as casas exibiam uma placa com um número. Não se viam chiqueiros ou galinheiros nos quintais: eles eram reunidos do lado de fora da aldeia e cercados por muros de tijolos.

Em todas as casas, a geladeira ficava à esquerda da porta e o televisor instalado sobre um móvel vermelho em frente ao sofá. A máquina de lavar ficava no banheiro contíguo à cozinha. As molduras das portas e janelas eram de alumínio. Os baús e armários, em laca vermelha decorada com flores amarelas. No quarto de dormir, deliciosamente perfumado, travesseiros com fronhas de seda e cobertores de caxemira empilhavam-se na cama.

O diretor guiava a visita, meu pai em seus calcanhares. Os outros aldeões seguiam atrás.

Na rua, as mulheres tagarelavam e riam. Todas carregavam um saco contendo uma grande peça de carne e legumes frescos. Quando eram indagadas se voltavam do mercado, espantavam-se:

— Que mercado? Fomos à sede do comitê da aldeia pegar as provisões a que temos direito.

Cada família podia ir diariamente à sede do comitê pegar aquilo de que necessitava. Se queria espinafre, servia-se de espinafre, se queria cebola, servia-se de cebola, se queria carne, bastava encomendar.

Quanto ao peixe, pescava-se no viveiro.

Os visitantes não acreditavam em seus ouvidos. Quando meu pai perguntou se tudo aquilo era verdade, as mulheres responderam-lhe com um muxoxo desdenhoso, como se a pergunta as houvesse humilhado, e, ao se irem para preparar suas refeições, voltaram-se fulminando-o com o olhar.

Meu pai ficou pasmo por um instante. Vendo então uma mulher de uns 30 anos carregando um saco de legumes e peixe, obstruiu-lhe a passagem:

— Diga-me, esse peixe e esses legumes são fornecidos de graça?

A mulher olhou para ele como se não tivesse entendido a pergunta. Meu pai repetiu:

— Para ter carne e peixe todos os dias, a senhora paga quanto?

A mulher arregaçou a manga até o cotovelo, deixando aparecer as picadas de agulha que enxameavam seu braço como sementes de gergelim, e olhou para meu pai com o canto do olho.

— Como? O senhor vem visitar nosso vilarejo e não sabe que somos os fornecedores de sangue modelo para todo o distrito? Você não sabe que aqui todas as famílias vendem sangue?

Meu pai observou por um instante os vestígios de picadas em silêncio e assobiou para sublinhar seu espanto:

— E as picadas, doem?

Sua interlocutora caiu na risada:

— Na época das chuvas, coça um pouco, igual a mordida de formiga!

— E vendendo sangue diariamente vocês não sentem a cabeça rodar?

A mulher acusou nova surpresa:

— Não vendemos sangue diariamente, nem mesmo de 15 em 15 dias. Mas, quando paramos de vender nosso sangue, nos sentimos inchados como uma mulher que tem leite e não dá de mamar a seu bebê.

Tendo assim respondido às perguntas do meu pai, a mulher voltou para sua casa, no número 25 da rua da Luz.

Os visitantes dispersaram-se e percorreram as ruas do vilarejo, descobrindo os cercados de porcos ou de aves, as áreas de recreação para as crianças cobertas com telhas vermelhas e verdes, a escola fundamental de uma limpeza impecável. Puderam ver tudo que queriam ver e fazer todas as perguntas que queriam fazer. Aquele vilarejo fornecedor de sangue modelo era realmente o paraíso. O centro de coleta de sangue lembrava um hospital. A porta era encimada por uma cruz vermelha. Os médicos entravam e saíam. Seu trabalho consistia em tirar o sangue e analisá-lo. Após ter determinado o grupo sanguíneo e esterilizado o sangue, enchiam garrafas de cinco litros que vedavam antes de expedir.

Depois da visita ao hospital, meu pai e alguns jovens da Aldeia dos Ding entraram num clube onde pessoas de 20 a 50 anos, esbanjando saúde e irradiando felicidade, jogavam cartas ou xadrez, enquanto outros liam romances ou assistiam à televisão mastigando sementes de girassol. Outros ainda jogavam pingue-pongue como só podem jogar os estudantes ou as pessoas da cidade.

Sentia-se na atmosfera a chegada do verão. Apesar disso, ninguém trabalhava nos campos, e o suor que marejava as testas devia-se exclusivamente à energia despendida no jogo. Os jogadores de cartas ou de xadrez, arrebatados pela paixão do jogo, arregaçavam as mangas e gritavam. Todos os antebraços estavam crivados de picadas de agulha.

Em seguida, meu pai e os jovens que o acompanhavam saíram para a rua. Pararam na larga avenida pavimentada e permaneceram de pé na luz do sol, respirando o perfume das flores. Arregaçaram as mangas. Seus antebraços pareciam cenouras expostas na calçada. Saía deles um cheiro de pele que se expandia no ar como um filete de água barrenta que tivesse subitamente se misturado à correnteza cristalina da avenida.

Olhavam para seus antebraços.

— Merda, são humanos, assim como nós.

Com uma das mãos, batiam no outro braço, onde não havia nenhum vestígio de picada.

— Puta merda! Temos que vender! Mesmo que morramos disso, temos que vender!

Beliscavam suas veias. Brancos aqui, vermelhos ali, seus braços lembravam nacos de carne de porco com toucinho.

— Merda! Puta merda! O sangue dos nossos braços vale ouro!

3

O vento começou. O vento da loucura soprou na Aldeia dos Ding.

Na aldeia de algumas centenas de almas, de um dia para o outro, surgiram mais de dez postos de venda de sangue: o do hospital do distrito, o da enfermaria da aldeia, o da administração da aldeia, o do Partido, o do comitê de propaganda, o dos serviços veterinários, o do escritório da educação, o da câmara do comércio, o do exército, o da Cruz Vermelha, o da Inseminação... Não dava mais para contar. Bastava pregar uma tabuleta, pintar nela alguns caracteres, mandar vir duas enfermeiras e um contador, e o posto estava pronto para funcionar.

Instalavam-se postos de coleta de sangue em toda parte, na entrada da aldeia ou num cruzamento. Se alguém tinha um cômodo desocupado, transformava-o em posto de coleta. Um estábulo desativado também servia: punha-se uma porta sobre o comedouro e dispunham-se as agulhas. Prendiam numa viga a garrafa para coletar o sangue e o negócio podia começar.

Em toda parte na aldeia, o sangue corria para os tubos de plástico. O solo estava juncado de agulhas e algodões embebidos em álcool. Em toda parte estavam presas garrafas etiquetadas grupo O, grupo A, grupo B, grupo AB. Em toda parte, sangue, e seu cheiro acre flutuava na aldeia. Embora fosse primavera, as folhas das árvores, ao respirar o sangue, tingiam-se de vermelho. Em geral, nessa época, as tenras e finas folhas da sófora exibiam um amarelo-claro e, sob os raios do sol, as nervuras tornavam-se verde-escuro, mas este ano, as folhas estavam cor-de-rosa e as nervuras, roxas. O posto dos serviços veterinários ficava sob uma sófora a oeste da aldeia. Um fenômeno inesperado se produzira: as folhas que deveriam ter ficado amarelas estavam tão vermelhas quanto as folhas do caquizeiro no outono. Também estavam maiores e mais espessas que nos outros anos.

Atraídos pelo cheiro do sangue, os cães da aldeia aproximavam-se dos postos de coleta e, depois de um pontapé, fugiam carregando na boca um algodão ensanguentado que iam devorar escondidos.

As enfermeiras e os médicos de jaleco branco não conheciam um segundo de trégua e suavam em bicas. Iam e vinham como se estivessem numa feira. Após cada coleta, ordenavam ao vendedor que apertasse o algodão durante cinco minutos. "Aperte cinco minutos" era o refrão que ressoava em toda a aldeia desde a manhã até a noite.

Como após cada coleta tinha-se direito a água com açúcar, todas as lojas da região tinham sido esvaziadas, e, para arranjar açúcar, era preciso ir à província mais próxima.

Para descansar três dias como prescrevia o médico após cada coleta, instalavam-se leitos em lugares ensolarados, nos quintais ou na rua.

Os médicos autorizavam os moradores das aldeias vizinhas a virem vender seu sangue na Aldeia dos Ding. Estes chegavam portanto numa vaga ininterrupta. Assim, várias famílias haviam aproveitado a oportunidade para abrir um restaurante ou uma birosca onde se pudesse comprar sal, açúcar ou fortificantes.

A Aldeia dos Ding prosperava.

Em menos tempo do que é necessário para dizê-lo, tornou-se a aldeia fornecedora de sangue modelo do distrito. Naquele ano, o diretor Gao vendeu seu jipe e comprou um automóvel de último tipo que estreou vindo à nossa aldeia. Após ter visitado todos os postos de coleta de sangue, comeu na nossa casa duas tigelas de aletria com ovos e gatária antes de se encaminhar para a escola, onde, apertando a mão do meu avô, pronunciou uma frase que o deixou estarrecido:

— Professor Ding, você é o salvador da Aldeia dos Ding! Você tirou seus habitantes da pobreza para levá-los para o caminho da riqueza.

4

O entusiasmo foi apenas efêmero, pois, muito rapidamente, a situação se deteriorou.

Foi quando meu pai entrou em cena.

A venda do sangue era, com efeito, organizada de acordo com a faixa etária, o grupo sanguíneo e o estado de saúde do vendedor. Todos os habitantes com idade entre 18 e 50 anos possuíam um cartão amarelo de cinco centímetros por sete, trazendo na frente o nome, o grupo sanguíneo e a frequência de coleta autorizada, e, no verso, a data das coletas e o volume coletado. Com esse cartão, algumas pessoas só podiam vender seu sangue uma vez a cada dois meses, e mesmo uma vez a cada três meses. Em contrapartida, os com idade entre 18 e 25 anos, cujo sangue renovava-se mais rapidamente, podiam vender um frasco a cada 15 dias.

Por essa razão, os postos de coleta haviam se tornado móveis: um mês na Aldeia dos Ding, um mês na Aldeia dos Salgueiros, um mês na Aldeia das Águas Amarelas ou a Aldeia de Segundo Li.

As coisas complicavam-se. Não era mais possível esticar o braço a seu bel-prazer e depois ficar com uma garrafinha presa na cintura, comendo e bebendo e deixando o frasco encher, para finalmente receber seu dinheiro e matar a fome por um certo tempo. As pessoas não tinham mais condições de se dirigir a um posto de coleta quando lhes desse na veneta e examinar, à luz do sol, uma bela cédula de cem iuanes para certificar-se de sua autenticidade. Quando viam a filigrana do presidente Mao, um sorriso iluminava seu rosto como o sol iluminava o frasco de sangue que brilhava diante de seus olhos.

Ora, um dia, meu pai foi à cidade e voltou com um saco de agulhas, tubos, algodão hidrófilo e frascos. Colocou todo o aparato na cama e foi pegar uma tábua no cercado de porcos, na qual pintara: "Posto de coleta de sangue da família Ding". Em seguida foi instalar-se embaixo da sófora no centro da aldeia e bateu no gongo, gritando com toda a força dos seus pulmões:

— Quem quiser vender seu sangue que venha me procurar! Os outros pagam oitenta iuanes por frasco, enquanto eu pago 85!

Assim que terminou seu reclame, as pessoas acorreram à nossa casa.

Estava inaugurado o posto de coleta de sangue da família Ding.

Seis meses mais tarde, contavam-se mais de dez postos de coleta particulares, mas, como os proprietários não sabiam para onde levar o seu sangue, vendiam-no a meu pai, que o revendia com lucro a um veículo coletor que parava no acostamento da estrada no meio da noite.

O frenesi da venda tomara conta da aldeia.

Dez anos depois, "a febre" eclodira e rapidamente se propagara. Todos os que haviam vendido sangue eram vítimas. No início, as pessoas morreram como cães, mas terminaram morrendo como formigas.

Caíam como folhas secas. A luz apagava-se e eles não eram mais deste mundo.

CAPÍTULO 3

1

NA MADRUGADA DO DIA seguinte, enquanto o sol nascente tingia de vermelho, vermelho do sangue, a planície do Henan, meu avô começou sua ronda para convidar todas as pessoas da aldeia a irem à noite até a escola para escutarem o concerto de Ma Xianglin.

Dizia:

— Não deixem de ir à escola esta noite. Descobriram um novo remédio que vai curar a febre. Por que continuam enfurnados em casa?

Perguntavam-lhe:

— Esse novo remédio existe de verdade?

Meu avô respondia, sorrindo:

— Ensinei a vida inteira e nunca menti.

Ou então:

— Você sabe que Ma Xianglin está doente. Tem que ir escutá-lo. Isso o deixará feliz e talvez ele resista até a chegada do novo remédio.

E, sempre que lhe perguntavam se aquele remédio existia de verdade, ele repetia incansavelmente:

— Ensinei a vida inteira...

Quando adentrava a rua nova, meu avô encontrou meu pai, minha mãe e Yingzi, que voltavam para casa. Meu pai carregava um saco de legumes. Levantara-se cedinho para colhê-los em sua plantação. Os dois homens ficaram imóveis. Meu avô conseguiu esboçar um sorriso para dirigir-se à sua netinha:

— Yingzi, você tem que ir ao concerto esta noite. Será mais interessante do que ver televisão...

Minha mãe, sem dar tempo para Yingzi responder, pegou-a pelo braço e arrastou-a. Meu pai ficou sozinho diante do meu avô. O sol iluminava seus rostos. Os tijolos e ladrilhos exalavam seu cheiro de outono que se misturava ao cheiro da terra que um ventinho frio trazia dos campos.

Voltando a cabeça, meu avô avistou ao longe Wang Baoshan trabalhando em sua plantação. Desde que sua mulher pegara a doença, ele parara de cultivar aquele campo, que já não dava mais nada. Assim que soubera que um novo remédio ia chegar, voltara ao trabalho e revolvia a terra para preservar a umidade do solo. Talvez ainda desse tempo de plantar algumas couves, e, se fosse tarde demais para semear ou plantar, aquilo permitiria que uma terra boa não se degenerasse.

Ao vê-lo, meu avô sorriu e dirigiu-se a meu pai:

— Venha escutar Ma Xianglin esta noite.

— Para quê?

— Todas as pessoas da aldeia estarão lá. Você aproveitará para subir no tablado e se prosternar. Uma única vez bastará, e não tocamos mais no assunto.

Olhando meu pai diretamente nos olhos, meu pai respondeu:

— Pai, você ficou maluco. Ninguém da aldeia me pede isso e precisa ser você, meu pai, a fazê-lo?

Parecia tão feroz quanto um deus guardião de porta.

Meu avô interpelou-o, num tom de menosprezo:

— Acha que não sei que quando coletava sangue você utilizava o mesmo algodão para três pessoas e a mesma agulha para mais de três?

Com ódio na voz, meu pai respondeu:

— Pai, se você não fosse meu pai, eu o esbofetearia!

E afastou-se para juntar-se à minha mãe.

Meu avô virou-se para gritar-lhe:

— Hui, não lhe peço para se prosternar, nem mesmo se ajoelhar! Pelo menos vá à casa das pessoas para pronunciar algumas palavras de desculpa.

Como ele não respondia, meu avô deu alguns passos em sua direção.

— Recusa-se definitivamente a dizer uma palavra de desculpa?

Meu pai abriu a porta de nossa casa e voltou-se:

— Não precisa vir me encher de novo. Vou deixar a aldeia com a minha família e você não verá a gente nunca mais.

Entrou no pátio e bateu a porta atrás de si, deixando meu avô fincado como uma coluna na rua.

Meu avô gritou para ele:

— Hui, você não terá uma boa morte!

2

A lua nascera quando Ma Xianglin começou a cantar.

Haviam pendurado duas lâmpadas de 100 watts na tabela de basquete e apoiado uma porta sobre uns tijolos para improvisar um palco. Ma Xianglin cantava e tocava seu instrumento, sentado num banquinho alto diante de um banquinho mais baixo no qual estava colocado um bule.

Os aldeões chegaram depois da refeição da noite. Deviam ser duzentos ou trezentos, sentados no chão, espremidos uns contra os outros, os doentes na frente, os demais atrás.

Era fim de outono e o frio abatia-se sobre a planície do leste do Henan. Para assistir ao concerto, alguns haviam colocado novamente seus casacos acolchoados, outros o haviam simplesmente deixado nos ombros. Os doentes eram os que mais temiam o frio, pois, para eles, um simples resfriado podia ser fatal. Tinham ido, portanto, agasalhados como no inverno. Só se falava de uma coisa: o novo remédio. Uma única picada, e era a cura. Os rostos irradiavam felicidade.

Quando Ma Xianglin sentou-se no banquinho, a lua estava pendurada no céu atrás da escola. Via-se em seu rosto o reflexo esverdeado da morte. Todo mundo sabia que não conseguiria resistir mais por muito tempo. Se o novo remédio não chegasse nos próximos 15 dias, ele morreria.

Mas, se cantasse todas as noites, seria feliz, talvez a felicidade lhe desse forças para sobreviver mais um ou dois meses. Precisava, portanto, cantar e que viessem escutá-lo.

Meu avô avançou com um bule de água quente e duas cumbucas e se dirigiu aos espectadores:

— Quem quer beber?

Ninguém se manifestou. Ele pousou o bule sobre o tablado e se voltou para o homem que morreria em breve:

— A lua nasceu. Cante.

Um milagre então se produziu. Embora seu instrumento estivesse perfeitamente afinado, Ma Xiangling dedilhou as cordas para testá-lo. Não havia nada de anormal nisto. Os cabelos brancos, as pústulas esverdeadas, os lábios pretos, todo mundo sabia que eram os preságios da morte. Entretanto, assim que começou a cantar sorrindo para o público, seu rosto ficou tão róseo quando o de um jovem noivo. Até mesmo as pústulas tingiram-se de vermelho e puseram-se a cintilar na luz. O sangue afluiu ao seu rosto e seus cabelos pareceram avermelhar também. Balançava a cabeça, os olhos semicerrados, sem olhar para ninguém, como se estivesse sozinho no mundo. Os dedos de sua mão esquerda corriam pelas cordas enquanto em sua mão direita o arco ia e vinha, às vezes rápida, às vezes lentamente, extraindo do instrumento notas que escoavam como a água cristalina sobre a areia seca. Anunciou:

— Vou cantar um prólogo.

Limpou a garganta e começou a cantar "A partida do filho". Era uma canção tradicional que todos conheciam:

A mãe acompanha até os limites da aldeia
Seu filho que parte
Num tom brincalhão
Ela é pródiga em conselhos...

Parando de cantar, imitou a voz da mãe:

Longe de casa é preciso comportar-se bem
Quando fizer frio, deve se cobrir,
Quando tiver fome, deve se alimentar
Quando vir um ancião, chame-o de avô,
Quando vir uma velha, chame-a de avó...

Cantou em seguida as proezas de Mu Guiying, a heroína dos Yang, e outras heroínas lendárias. Os aldeões sabiam que ele nunca conseguira memorizar integralmente o libreto. Quando antigamente quisera aprender sua arte, o professor, desencorajado, desistira de lhe ensinar. Até aquele dia, só cantara para si mesmo. Era a primeira vez que cantava perante um público de duzentas ou trezentas pessoas.

As árias por ele lembradas eram as mais belas, as que encerravam a quintessência da obra. Os espectadores deleitavam-se como se lhes houvessem servido vinho envelhecido. Ele nunca as cantara tão bem. Meu avô organizara seu concerto num momento crucial. Sua concentração era extrema. O corpo empertigado, a cabeça erguida, os olhos semicerrados, esquecido do mundo, ele tocava e cantava. À medida que cantava, sua voz ia ficando rouca, mas essa rouquidão era como o sal acrescentado a uma sopa de ossos para torná-la mais saborosa. Todos os aldeões conheciam como se a houvessem vivido a história de Mu Guiying, Cheng Yaojin e Liang Liulang, as heroínas lendárias que enfeitavam as imagens do Ano-Novo. Compreendiam todas as palavras que saíam de sua boca em seu próprio dialeto. Ouvir cantar daquela maneira uma história que eles conheciam de cor era como um delicioso repasto. Os jovens e crianças não compreendiam todos os meandros da história, mas estavam subjugados pela concentração e a atuação do cantor. O suor brotava de sua testa e uma luz escarlate brilhava sobre seu rosto de condenado à morte. Quando ele balançava a cabeça, as gotas de suor pingavam de seu queixo e caíam como pérolas sobre o tablado. Seus pés batiam no estrado para marcar o ritmo, lembrando o martelar do peixe de madeira no templo. No momento em que Yang Liulang vai morrer, o tablado transformou-se em tambor.

Os espectadores escutavam no mais profundo silêncio. Na planície, seu canto caía como o orvalho sobre os jovens brotos de trigo, espalhando uma água benfazeja sobre a relva ressequida e a areia calcinada pelo sol do antigo leito do rio Amarelo, de onde emanava um novo aroma, que impregnava o pátio da escola.

Enfeitiçados, os espectadores não notavam que sua voz ia ficando cada vez mais rouca, pois não se contentavam em escutar, admirando Ma Xiangling emitir seu canto do cisne, esquecendo-se de que, como ele, morreriam aquela noite, amanhã ou depois de amanhã.

O silêncio era impressionante, mas, de repente, no momento em que Ma Xiangling cantava "Xu Rengui brandindo seu sabre partiu para o oeste e galopou três dias e três noites para percorrer oitocentos lis...", o silêncio foi quebrado. Ouviu-se primeiro um murmúrio, depois estilhaços de voz. Subitamente, todo mundo se virou. Zhao Xiuqin e seu marido Wang Baoshan haviam se levantado. Zhao Xiuqin gritou:

— Professor Ding! Professor Ding!

Ma Xianglin calou-se.

Meu avô, que estava sentado na primeira fileira, levantou-se.

— O que está acontecendo?

— Afinal, existe mesmo o novo remédio? Diga-nos a verdade perante toda a aldeia!

Meu avô respondeu:

— Ensinei durante toda a minha vida. Já menti alguma vez?

Wang Baoshan emendou:

— Entretanto, seu primogênito Ding Hui que está sentado atrás de nós afirma que nunca ouviu falar de remédio.

Meu pai estava sentado atrás, com a minha irmãzinha. Não passou pela cabeça de ninguém que ele viria. Juntara-se aos outros para não ficar enfurnado em casa. Enquanto Ma Xianglin cantava, ele deflagrava a tempestade anunciando àqueles que o cercavam que o remédio não existia.

Todos os olhos apontaram para o meu avô, fixando avidamente seu rosto e seus lábios como para deles extrair um remédio salvador.

Ma Xianglin parara de cantar. De pé no tablado, observava os espectadores agora silenciosos no frio daquele fim de outono. O silêncio reinante era aquele que se segue à explosão de uma carga de dinamite. Ninguém ousava respirar com medo de deflagrar a explosão de uma nova carga. Os olhares voltavam-se sucessivamente para o meu pai e meu avô, perguntando-se o que aconteceria agora.

Meu pai era de toda forma filho do meu avô, devia-lhe uma palavra. Gritou:

— Pai, por que engana as pessoas da aldeia? Como fará para lhes fornecer o remédio?

Os olhos estavam agora voltados para o meu avô. Ele não dizia nada.

Após ter permanecido em silêncio por um instante, varrendo a multidão com o olhar, encaminhou-se lentamente até o meu pai. Parou a um passo dele. Seu rosto estava violáceo. Seus dentes fincados no lábio inferior. Encarava friamente o filho. Sob a luz amarela, suas pupilas estavam vermelhas. O suor enchia seus punhos cerrados. De repente, como se uma mão invisível afastasse seus lábios, deu um berro e, com ambas as mãos, agarrou meu pai pela garganta. Meu pai caiu e meu avô caiu sobre ele, apertando com toda a força, determinado a estrangulá-lo, rangendo dentes e berrando:

— Como sabe que o remédio não existe? Você vendeu o sangue! Você vendeu o sangue!

Enquanto berrava, enfiava os dois polegares na garganta do meu pai, cujos olhos pulavam das órbitas. Meu pai debateu-se por um instante e, incapaz de se desvencilhar, imobilizou-se.

Acontecera tudo muito rápido. Ninguém esperava que um pai pretendesse estrangular o filho.

Minha irmãzinha chorava, gritando:

— Pai! Pai! Vovô! Vovô!

Os aldeões formaram um círculo. Mudos, petrificados, assistiam à cena como se assistissem a uma briga de galo ou de búfalos, esperando seu desenlace.

Minha irmãzinha continuava a gritar com estridência.

Então, como se tivesse levado uma bordoada na cabeça, meu avô relaxou a pressão. A tempestade passara. Como se saísse de um sonho, levantou-se. Olhou primeiro para a multidão com um ar perplexo, depois meu pai, ainda deitado no chão, e resmungou baixinho uma frase que ninguém compreendeu:

— Você não quis aproveitar que a aldeia toda estava presente para se prosternar...

Após ter permanecido imóvel por um longo momento, meu pai respirou profundamente e sentou-se com vagar. Seu rosto lívido ficou roxo, como se acabasse de fazer um esforço sobre-humano para subir uma ladeira íngreme, e ele sentou para recuperar o fôlego. Desabotoou o colarinho e abriu o casaco para permitir que o vento penetrasse sob sua camisa, revelando as marcas vermelhas impressas em seu pescoço pelos dedos do meu avô. Duas lágrimas escorriam de seus olhos e um silvo asmático saía de sua garganta.

Por fim, levantou-se, lançou um olhar de ódio para o meu avô e, subitamente, voltou-se para minha irmãzinha e a esbofeteou, gritando:

— Eu não queria que você viesse! Foi você que quis vir!

Encarou novamente o meu avô como para fulminá-lo com o seu ódio, percorreu com o olhar a multidão que assistira à cena sem intervir para impedir meu avô de estrangulá-lo e, arrastando minha irmãzinha que chorava, encaminhou-se para o portão.

Meu avô acompanhou-o com o olhar até que sua silhueta sumisse na escuridão. Apenas então se voltou. O suor transpirava de seu rosto. Subiu no tablado e, diante de Ma Xianglin e de todos os aldeões pasmos, caiu de joelhos, gritando:

— Eu, Ding Shuiyang, ajoelho-me perante vocês. Aos 60 anos, ajoelho-me perante vocês no lugar do meu primogênito Ding Hui. Peço-lhes que não se esqueçam que meu segundo filho contraiu a febre, que meu neto, de 12 anos, foi envenenado e que toda a aldeia está acometida pela doença porque meu filho primogênito coletou sangue em massa para revendê-lo.

Meu avô prosternou-se.

— Eu, Ding Shuiyang, ajoelho-me e prosterno-me. Imploro a todos que não odeiem a minha família.

Prosternou-se uma segunda vez.

— Eu, Ding Shuiyang, peço-lhes perdão. Fui eu que, no início, disse-lhes que, quanto mais sangue tirassem, mais ele se renovaria.

Prosternou-se pela terceira vez.

— Além disso, fui eu que, para obedecer às instruções das autoridades, os reuni para levá-los para visitar o distrito de Caixian, onde o que viram os decidiu a venderem seu sangue. Em consequência disso, vocês pegaram a doença.

* * *

A primeira vez que ele se prosternara, alguns aldeões haviam se aproximado para reerguê-lo, dizendo:

— Isso é inútil. Isso é inútil.

Mas não haviam sido capazes de impedi-lo de se prosternar três vezes. Tendo dito o que tinha a dizer, levantou-se e, como o professor diante de sua classe, varreu com o olhar a multidão dos aldeões sentados ou de pé diante do tablado e anunciou:

— A partir de amanhã, a Aldeia dos Ding, privada de chefe há anos, poderá confiar em mim. Todos os doentes poderão morar na escola. Lá, serão alimentados. Vou até as autoridades para lhes pedir que forneçam o necessário. Eu, Ding Shuiyang, autorizo-os, caso não cumpra minha promessa, a envenenar meu primogênito Ding Hui, meu segundo filho, seus leitões e suas aves e todos os membros da minha família.

Prosseguiu:

— Devo-lhes a verdade. As autoridades não me disseram que haviam inventado um novo remédio. Por outro lado, comunicaram-me que a doença era a Aids. É uma doença contagiosa como a peste, que nosso país não possui recursos para curar. Se permanecermos enfurnados em casa, correremos o risco de transmitir a doença aos demais membros da família. Morando na escola, os doentes lhes permitirão ficar em casa com toda a segurança.

Encarando a massa, ele se preparava para acrescentar alguma coisa quando ouviu um barulho seco às suas costas. Voltou-se. Ma Xianglin caíra de seu banquinho e jazia no tablado, a cabeça virada de lado, o rosto tão branco quanto uma faixa fúnebre. Ao lado dele, as cordas de seu instrumento ainda vibravam.

Ouvindo meu pai anunciar que o remédio não existia, ele desmoronara. Um fino filete de sangue escorria da comissura de seus lábios. Outros dois filetes saíam de suas narinas.

O cheiro do sangue da morte invadiu o pátio da escola.

3

Ma Xianglin estava morto. Morrera no tablado onde dava seu concerto. Sua mulher e meu avô organizaram as exéquias. Pediram a um artista, membro de sua família, que ignorava que Ma Xianglin estava doente, que pintasse um quadro representando-o, irradiando felicidade, cantando e tocando seu instrumento no tablado diante de uma multidão imensa de espectadores, alguns sentados no chão no pátio da escola, outros empoleirados nos galhos das árvores num ambiente de feira, com vendedores de batatas-doces assadas, pirulitos e espetinhos de frutas açucaradas.

Era preciso dar uma impressão de júbilo.

No caixão, de um lado do corpo foi depositado o tablado dobrado e do outro lado o instrumento que ele tanto amara.

Ma Xianglin estava morto e enterrado.

CAPÍTULO 4

1

Após o enterro de Ma Xianglin, os doentes foram um atrás do outro instalar-se na escola.

O inverno chegou. Fez muito frio e a neve caiu abundantemente. Numa noite, a planície do Henan ficou coberta por uma folha de papel branco, ao mesmo tempo crepitante e macia, sobre a qual seria possível desenhar as aldeias, os homens e os animais.

O inverno se instalara.

Fugindo do frio, os doentes chegavam. No início, templo do deus Guan, depois escola fundamental, o lugar era agora um albergue de doentes. A lenha e o carvão que haviam estocado para aquecer as crianças iam servir para aquecer os doentes atraídos pela perspectiva de se protegerem do frio.

Li Sanren, cuja doença atingira sua fase crítica, insatisfeito com os cuidados dispensados pela mulher, veio para a escola e decidiu se instalar aqui. Um sorriso desenhou-se em seu rosto de moribundo quando ele perguntou ao meu avô:

— Professor Ding, posso ficar na escola?

Julgando estar melhor na escola que em casa, trouxe cama e mesinhas de cabeceira. As paredes o protegiam do frio e ele estava bem aquecido. Às vezes comia com meu avô, às vezes preparava sua própria refeição no cômodo reservado para esse fim.

Na aldeia, morrera uma mulher que não havia vendido seu sangue. Chamava-se Wu Xiangzhi e acabava de completar 30 anos. Ainda não tinha 22 quando se casara com um homem da Aldeia dos Ding. De natureza sensível, desmaiava ao ver sangue. Assim, seu marido, que cuidava dela, tinha assumido todos os riscos vendendo um enorme volume de sangue. Entretanto, ele ainda estava vivo, e sua mulher, que não vendera uma gota de sangue, estava morta. Alguns anos antes, ela dera de mamar à sua filha, e esta morrera antes dela. Isso provava que a doença era contagiosa.

Para não contaminar suas famílias, portanto, recomendava-se a todos os doentes instalarem-se na escola.

Meu segundo tio foi também.

Minha tia acompanhou-o até o portão da escola. Ficaram por um instante de pé cara a cara na neve. Meu tio disse:

— Volte rápido para casa. Aqui há muitos doentes, e, se não for eu a lhe transmitir a doença, será outro.

Minha tia não se mexia. Sua cabeça começava a cobrir-se de neve.

Meu tio repetiu:

— Volte para casa. Aqui, terei meu pai, não serei infeliz.

Minha tia foi embora. Vendo-a afastar-se na neve, meu tio gritou para ela:

— Não me esqueça! Venha me visitar todos os dias!

Com um meneio da cabeça, minha tia indicou que ouvira. Meu tio seguiu-a um longo tempo com o olhar antes de entrar na escola, como se não fosse vê-la nunca mais.

Meu tio amava minha tia e amava a vida.

* * *

O mais difícil já passara. No início, ele não tinha mais forças para carregar um balde d'água, mas ainda conseguia comer um pãozinho e meia tigela de sopa. Nos primeiros dias do ano, seu estado piorara. Primeiro ele achara que era gripe, mas de repente sentira comichões em todo o corpo e, uma noite, seu rosto, sua cintura, suas pernas cobriram-se com pavorosas brotoejas. As comichões eram insuportáveis a ponto de ele investir com a cabeça nas paredes. Tinha dor de garganta e seu estômago rejeitava tudo que ele comia. Tinha fome, mas não podia comer. Compreendeu que estava com "a febre".

Para não contaminar sua mulher e seu filho Xiaojun, decidiu partir.

Disse à sua mulher:

— Meus dias estão contados. Parto com Xiaojun e deixo para sempre essa aldeia maldita.

Foi em seguida ao encontro do meu pai, para quem fez um outro discurso:

— Meu irmão, Song Tingting e Xiaojun foram a Weixian para fazer o teste. Não estão doentes. Quando eu morrer, conto com você para fazer com que ambos permaneçam na aldeia e para que minha mulher não se case de novo, caso contrário nunca poderei encontrar a paz no túmulo.

Meu tio amava minha tia e amava a vida.

Ao pensar que iria morrer em breve, seus olhos encheram-se de lágrimas. Minha tia perguntou-lhe:

— Por que chora?

— Não tenho medo de morrer, mas você vai ser infeliz. Quando eu morrer, precisa se casar de novo.

Foi então visitar o meu avô:

— Pai, Tingting lhe obedece. Ninguém poderá amá-la tanto quanto eu. Ela não deve se casar de novo. Aconselhe-a a ficar aqui e a não se casar com mais ninguém.

Meu avô contentou-se em responder:

— Segundo filho, você só tem que continuar a viver e ela não se casará de novo.

E emendou:

— Há exceções para tudo. Dizem que o câncer é uma doença mortal, e, no entanto, alguns doentes conseguem sobreviver uma década depois que ele é declarado.

Meu tio revelou-se uma dessas exceções. Recomeçou a comer dois pratos e a beber dois copos de aguardente. Mas o que o fazia sofrer mais era ter 30 anos e sua mulher de 28 não permitir mais que ele a tocasse à noite. Ela não lhe permitia mais sequer segurar sua mão. Pareceu-lhe então que ser exceção não apresentava nenhum interesse. Gostaria de desabafar com alguém, mas não via como abordar o assunto.

Meu tio amava minha tia e amava a vida.

A noite em que ele veio instalar-se na escola, ele olhou minha tia afastar-se. Não se voltou. Quando sua silhueta apagou-se na distância, ele mordeu cruelmente o lábio para não chorar e chutou furiosamente a pedra que se achava à sua frente.

Várias dezenas de pessoas, homens e mulheres entre 30 e 40 anos, haviam escolhido agora a escola para morar. Haviam se instalado de acordo com as diretrizes do meu avô: os homens nas salas do primeiro andar, as mulheres nas do térreo. Alguns haviam trazido sua cama, outros contentavam-se com uma tábua, outros ainda deitavam-se em carteiras de sala de aula emendadas. A torneira ficava aberta permanentemente. Ao lado da torneira, dois cômodos que até então haviam servido como despensa para guardar as mesas e cadeiras quebradas exerciam agora função de cozinha. Os residentes haviam repartido o espaço e não cabia mais um pé ali.

De tanto ser pisoteada, a bela neve branca do pátio transformou-se em lama preta.

Embaixo da escada estavam empilhadas as ânforas e os sacos de arroz.

Meu avô se virava para organizar a disposição dos espaços. Classificara e guardara cuidadosamente numa sala as coisas indispensáveis ao ensino: quadros-negros, caixas de giz, cadernos e manuais escolares. As crianças não estavam mais em aula, mas a escola era útil, uma vez que servia de refúgio para os doentes. A atividade parecia ter rejuvenescido meu avô. Suas costas ligeiramente arqueadas e seus cabelos brancos pareciam ainda mais brilhantes.

Na sala de aula do segundo ano, haviam colado as mesas ao longo das paredes e instalado banquinhos no meio para transformá-la em sala de reunião. Foi durante uma reunião que um doente propôs:

— Em vez de cada um preparar sua comida, quem sabe não poderíamos prepará-la todos juntos? Cada um daria sua contribuição para a lenha e os víveres. Seria muito mais econômico.

A propósito, as autoridades não haviam prometido uma ajuda em farinha e arroz? Comer às custas da coletividade tornaria, sem dúvida alguma, os pratos mais saborosos.

Meu avô então convocou todo mundo para uma reunião. Fossem praticamente analfabetos ou tendo aprendido a ler com meu avô, todos os doentes consideravam-no seu professor. Além disso, era o mais velho de todos. Também era o único que não contraíra a doença e não temia ser contaminado. Logo, tornara-se muito naturalmente seu tutor e seu chefe.

A sala estava lotada. Estavam todos presentes, sentados ou de pé: Ding Yuejin, Zhao Xiuxin, Ding Zhuangzi, Li Sanren, Zhao Dequan... algumas dezenas ao todo, espremidos uns contra os outros. Um pálido sorriso desenhava-se em seus semblantes. Como bons alunos, esperavam que meu avô tomasse a palavra. Meu avô subiu no tablado feito com três renques de tijolos e fitou a assembleia:

— Sentem-se todos!

Quando todos se sentaram, continuou, como um orador experiente:

— É inútil bancarem os espertos. Passei metade da vida nesta escola, e pode-se dizer que sou meio professor. Por conseguinte, todos os que vêm instalar-se na escola devem obedecer-me. Se alguém discorda, que levante a mão agora!

Passeou o olhar pela plateia. Como crianças, os participantes sorriam ou prendiam o riso.

— Ninguém levanta a mão? Então, eis o que tenho a lhes dizer:

"Em primeiro lugar, enquanto esperamos a chegada dos víveres fornecidos pelas autoridades, temos que socializar a comida. Ding Yuejin será o contador e dividirá as contribuições. Os que tiverem dado um pouco mais este mês darão um pouco menos mês que vem e vice-versa.

"Em segundo lugar, a água e a comida serão de graça mas é preciso pagar pela eletricidade. Vocês então não podem deixar a luz acesa a noite inteira. Têm que economizar a eletricidade como se estivessem em casa.

"Em terceiro, é às mulheres que incumbe preparar a comida e aos homens cuidar da manutenção. Xiuqin organizará o revezamento das mulheres. As que estão gravemente doentes trabalharão menos que as que ainda estão válidas. Vocês poderão ficar de serviço um, dois ou três dias seguidos, como quiserem.

"Quarto lugar, tenho mais de 60 anos e, como alguns de vocês, talvez esteja morto amanhã, mas outros irão sobreviver e as crianças um dia voltarão à escola. A contar de hoje, vocês não devem mais ir às suas casas por uma tolice qualquer. Devem cuidar-se para evitar escoriações para não sangrar. Não devem beijar nem sua mulher nem seus filhos a fim de não contaminá-los. Por outro lado, devem respeitar o patrimônio da escola como se este lhes pertencesse.

"Em quinto lugar, não somente é preciso prestar atenção para não contaminar os outros, como fazê-los felizes. Portanto, em vez de jogar xadrez e ver televisão, vocês devem dizer o que estão com vontade de fazer ou comer. A vida aqui se resume numa frase: viver o melhor possível os poucos dias que nos restam.

Meu avô parou e olhou pela janela o céu carregado de neve. Os flocos caíam compactos, tão cheios e brancos como as flores da pereira. O pátio ficara novamente branco. Uma lufada de ar puro e gelado penetrava pela porta e se misturava ao ar viciado da sala como um fio de água clara lançando-se numa cachoeira de lama. O choque era quase perceptível. Sentado embaixo da tabela de basquete coberta de neve, um cão que seguira seu dono olhava na direção da sala.

Meu avô abaixou os olhos e percorreu com o olhar os rostos de cera voltados para ele:

— Quem pede a palavra? Uma vez que ninguém tem nada a acrescentar, preparemos nossa primeira refeição. Não interessa quem vai fazer a comida, tem que ficar gostosa!

A reunião terminara.

Tagarelando alegremente, os doentes que já estavam alojados reuniram-se em torno da estufa, os outros foram instalar suas camas.

Meu avô saiu na neve. Os flocos não esvoaçavam mais. Impelidos por um vento forte, colidiam com seu rosto ainda quente, transformando-se de imediato na água que gotejava de sua face.

Estava tudo branco. Seus passos chiavam na neve.

Meu tio o seguira. Chamou:

— Pai!

Meu avô se voltou. Meu tio perguntou:

— Devo dormir no salão com os outros?

— Não, você dormirá comigo no meu quarto. Ele é pequeno e você ficará aquecido.

— Por que escolheu Yuejin para administrar as contas?

— Ele foi contador da aldeia.

— Deveria ter escolhido a mim.

— Qual é a diferença?

— Sou seu filho, pode confiar em mim.

— Confio nele também.

Meu tio concluiu, rindo:

— Afinal de contas, isso não tem importância. Daqui a pouco iremos todos morrer. Não passaria pela cabeça de ninguém entregar-se a malversações.

2

Alguns dias mais tarde, a neve derreteu. Os doentes tinham a impressão de estar no paraíso. Quando meu avô, com toda a força de seus pulmões, gritava que a refeição estava pronta, todo mundo pegava sua gamela e dirigia-se para o pequeno prédio do oeste. Comia-se o que se queria, o quanto se queria. Havia comida para todos os gostos, com carne ou sem carne. Depois de comer, cada um lavava sua gamela e a guardava num lugar reservado para esse fim ou a colocavam num saco que era pendurado na tabela de basquete. Fervia-se em seguida num grande caldeirão a infusão que supostamente curava a febre e cada um bebia uma cumbuca. Aqueles a quem haviam dado um pãozinho assado no vapor dividiam-no com os demais. Depois de ingerirem o remédio, não tendo nada para fazer, os que queriam ver televisão viam televisão. Outros reuniam-se em grupos de quatro para jogar cartas ou procuravam um parceiro para o xadrez.

Podia-se passear pelo pátio ou ir tirar um cochilo. Ninguém fazia perguntas. Era-se tão livre quanto um dente-de-leão na pradaria.

Podia-se também ir ver o que estava acontecendo em sua casa ou dar uma volta pelas plantações, ou, caso ainda se preferisse, mandar avisar a alguém da família para vir à escola e este logo aparecia.

Era então o paraíso terrestre, mas o feitiço foi quebrado ao fim de 15 dias. Como ratos, os ladrões deram o ar de sua graça. Primeiro foi meio saco de arroz que desapareceu, depois um saco de feijão. Dias depois, Li Sanren queixou-se de que haviam roubado as poucas dezenas de iuanes que ele escondera debaixo do travesseiro.

Uma moça de uns 20 anos chamada Yang Lingling, nativa de outra aldeia, casara-se com um primo do meu pai. A febre declarara-se pouco depois do seu casamento. Ela vendera seu sangue anos antes. Não podia então culpar ninguém. Passava os dias a ruminar, sem dizer uma palavra, sem esboçar um sorriso. No dia em que seu marido percebeu que ela estava doente, esbofeteara-a, dizendo:

— Quando nos casamos, eu lhe fiz a pergunta. Você me garantiu que nunca tinha vendido seu sangue.

A bofetada, que deixara sua face inchada, roubara-lhe ao mesmo tempo o sorriso e o gosto pela vida. Então ela instalara-se na escola. Estava aqui fazia uma semana quando, uma tarde, ao pôr do sol, querendo vestir seu agasalho acolchoado, percebeu que ele sumira.

Era preciso fazer alguma coisa. Meu avô reuniu todos os residentes na sala grande. Quando lhes ordenou que sentassem, a maioria permaneceu de pé. Subiu o tom da voz:

— Mesmo restando-lhes pouquíssimo tempo de vida, vocês ainda arranjam um jeito de roubar dinheiro, comida e roupas. Que pretendem fazer quando morrerem? Prestem atenção! Em primeiro lugar, a datar de hoje, ninguém poderá ir em casa para levar até lá o que tiver roubado. Em segundo lugar, não vamos procurar os ladrões. Eles é que terão que devolver esta noite o que pegaram. Deverão colocar de volta na cozinha o arroz e o feijão, restituir o dinheiro àqueles de quem o roubaram e deixar o casaco na cama de seu dono!

O sol se punha. O vermelho do crepúsculo subia do pátio e penetrava na sala. A brisa espalhava as cinzas do forno. Depois de escutarem meu avô, os doentes entreolharam-se por um instante como se julgassem identificar o ladrão.

Meu tio berrou:

— Façamos uma busca!

Alguns fizeram eco:

— Uma busca! Uma busca!

De seu tablado, meu avô interveio:

— Isso não é necessário, basta que à noite o ladrão devolva o que pegou. Se for embaraçoso para ele devolvê-lo em mãos ou deixá-lo em sua cama, poderá deixá-lo no pátio.

Saíram todos da sala, os homens xingando os idiotas que sentiam necessidade de roubar um saco de arroz ou feijão quando estavam à beira da morte.

Meu tio aproximou-se da mulher de seu primo:

— Lingling, por que não guardou direito seu casaco acolchoado?

— Quando não estou usando, onde posso deixá-lo a não ser pendurado na cabeceira da cama?

— Tenho um suéter de lã que não cabe em mim. Posso lhe dar.

— Não precisa, já estou usando dois suéteres.

Como de hábito, à noite, alguns assistiam à televisão, outros conversavam, outros finalmente, que não confiavam no remédio distribuído para todos, preparavam sua própria infusão na cozinha ou no dormitório. Dia e noite um cheiro acre impregnava a escola e espalhava-se pela planície. Parecia que a escola havia se transformado numa indústria farmacêutica.

Depois de engolirem sua poção, iam todos para a cama. Não se ouvia mais nada senão o assobio do vento sobre a planície.

No quarto do meu avô, meu tio removera da mesa os cadernos escolares que a atulhavam e a encostara na janela para transformá-la em cama. Song Tingting voltara para a casa de seus pais.

Meu tio dirigiu-se ao meu avô:

— Eu lhe falei de Tingting?

— Não, o que tem a me dizer?

— Quando eu morrer, não pode permitir que ela se case de novo.

— Durma.

A conversa parou neste ponto. A escuridão era total. Meu tio, que não dormia, julgou ouvir passos; ele esticou os ouvidos, voltou-se e chamou:

— Pai, quem dos doentes você acha que é o ladrão?

Não obtendo resposta, levantou-se e se vestiu para ir ver quem devolvia as coisas roubadas no pátio. No momento em que se preparava para sair, meu avô interpelou-o:

— Aonde vai?

— Não está dormindo?

— Perguntei-lhe aonde ia.

— Tingting voltou para casa e não consigo dormir.

Meu avô sentou-se na cama:

— Segundo filho, como pode ser tão burro?

— Pai, preciso conversar a sério com você. Antes de mim, Tingting quase se casou com um rapaz da aldeia dela.

— Você tomou o medicamento que fervemos hoje?

— Inútil querer me iludir, sei que essa doença não tem cura.

— Ainda assim é preciso tentar.

— Tentar ou não, dá no mesmo. Isso não adianta nada. A única coisa que eu queria era transmitir a doença a Tingting para que ela não pudesse se casar, e então eu morreria tranquilo.

Meu avô ficou mudo de espanto. Meu tio vestiu seu casaco acolchoado e saiu. Temendo rachá-la, colocou delicadamente o pé sobre a placa de vidro que parecia cobrir o pátio e brilhava ao luar. Diante dele erguiam-se os dormitórios que abrigavam um ou vários ladrões. O barulho do sono dos residentes lembrava o ronco intermitente da água passando pelo encanamento. Meu tio dirigiu-se para o prédio. Percebeu uma forma escura na penumbra. Achando que era o saco de arroz devolvido pelo ladrão, aproximou-se. Não era um saco, mas uma mulher.

— Quem é? — perguntou.

— Sou eu. Você é o irmão* do meu marido?

— Lingling! O que faz aqui a uma hora dessas?

— Eu queria saber quem foi aquele da sua Aldeia dos Ding que roubou meu casaco acolchoado.

Meu tio retrucou, rindo:

— Então, tivemos a mesma ideia!

Foi agachar-se ao lado dela. Poderiam ser tomados como dois sacos de arroz. À luz do luar, viam gatos vadios e ratos correrem e podiam ouvir o barulho de seus passos na neve.

— Não está com medo, Lingling?

— Antigamente, eu tinha medo de tudo. Sofria vendo uma galinha ser morta, mas, quando passei a vender meu sangue, tornei-me corajosa e, desde que sei que estou doente, não tenho mais medo de nada.

— Por que vendeu seu sangue?

— Eu queria comprar um vidro de xampu. Uma garota da minha aldeia que lavava a cabeça com xampu tinha um cabelo espetacular. Ela me disse que conseguira comprá-lo vendendo seu sangue. Então vendi meu sangue também para poder comprá-lo.

Meu tio olhou para o céu.

— Percebo.

— Meu irmão era coletor de sangue, então, ao ver que todo mundo lhe vendia sangue, fiz como todos.

---

* Na realidade, é o primo de seu marido, mas os chineses utilizam os termos de parentesco de maneira bem ampla. Também se pode chamar de irmão ou irmã alguém da mesma geração, tio ou tia alguém da geração precedente etc.

Lingling voltou-se para ele:

— Todo mundo diz que seu irmão é um gângster. Quando ele dizia que tirava um frasco, era na realidade um frasco e meio.

Meu tio sorriu, preferindo mudar de assunto. Cutucou Lingling:

— Não acha que quem roubou seu casaco vai roubar outra coisa?

— Todo mundo se preocupa com a própria reputação.

— Acha que pessoas que vão morrer preocupam-se com essas bagatelas? Você gozava de uma boa reputação e isso não impediu seu marido Xiaoming de lhe aplicar uns tabefes quando soube que você estava doente. Se a esbofeteou cruelmente, é porque não a amava. No seu lugar, eu teria ficado calada e lhe transmitido a doença.

Estupefata, Lingling olhou para o meu tio como se o visse pela primeira vez e afastou-se um pouco dele como se de um ladrão.

— Você transmitiu a doença à sua mulher?

— Farei isso assim que tiver a oportunidade.

Meu tio estava com as costas coladas nos ladrilhos do muro. O frio que atravessava seu agasalho congelava-lhe a espinha. Com o rosto voltado para o céu, não falava mais. Dois filetes escorriam de seus olhos. Lingling não vira suas lágrimas, mas, pela sua voz, compreendeu que ele chorava.

— Você detesta sua mulher?

Meu tio enxugou as lágrimas:

— No início, ela era gentil comigo. Deixou de ser no dia em que descobriu que eu estava doente. Você vai zombar de mim, mas, a partir desse dia, ela não me permitiu mais tocá-la e eu ainda não tinha 30 anos.

Lingling abaixou a cabeça e permaneceu silenciosa. Meu tio apenas percebeu que seu rosto ficara roxo. Depois que o sangue se retirou de suas faces, ao fim de um longo momento, ela fitou meu tio e disse lentamente e baixinho:

— Aconteceu a mesma coisa comigo, grande irmão Ding Liang. Quando Xiaoming soube que eu estava doente, nunca mais tocou em mim. Eu acabara de completar 24 anos e nos casáramos não fazia um ano.

Encararam-se e aproximaram-se.

Embora não estivesse mais sobre a escola, a lua ainda iluminava o pátio. Voltados um para o outro, não se viam mais distintamente. O rosto de Lingling lembrava uma maçã madura, um tanto mosqueada. Eram as manchas da doença, mas manchas às vezes deixam um rosto mais bonito. Meu tio não conseguia desgrudar os olhos daquele rosto e respirava o cheiro que emanava das manchas ao qual se misturava um cheiro de mulher jovem, um cheiro de água pura que ninguém houvesse poluído, um cheiro de recém-casada, um cheiro de água pura que houvessem fervido e deixado esfriar.

Meu tio pigarreou para limpar a garganta e, reunindo toda a sua coragem, começou:

— Lingling, quero lhe dizer uma coisa.
— O que quer me dizer?
— Merda! É melhor nos entendermos.
— Nos entendermos para fazer o quê?
— Somos ambos casados e logo iremos morrer. Ora, poderíamos nos entender...

Pasma, Lingling olhava para o meu tio como se de repente estivesse diante de um desconhecido.

Era a segunda metade da noite, o frio estava cada vez mais intenso. As pústulas do meu tio pareciam cascalhos grudados em seu rosto. Seus olhares colidiam até o momento em que Lingling não pôde mais suportar o olhar do meu tio, cujos olhos pareciam dois buracos negros prestes a tragar. Ela abaixou a cabeça.

— Grande irmão Ding Liang, você se esquece que Xiaoming é filho do seu tio.

— Se Xiaoming tivesse sido gentil com você, eu teria pensado nisso, mas ele a maltratou e espancou. Eu nunca espanquei Tingting, mesmo ela não tendo sido gentil comigo.

— De toda forma, Xiaoming continua sendo seu irmão mais velho e você é o caçula.

— Primogênito ou caçula, qual a diferença? Morreremos em breve.

— Se os outros souberem, irão nos arrancar a pele!

— Então que nos arranquem a pele. Morreremos em breve.

— Irão literalmente nos arrancar a pele.

— Então morreremos juntos.

Lingling ergueu a cabeça e olhou para o meu tio como que para certificar-se de que ele morreria em breve. Na penumbra, seu rosto parecia quase negro. Sentia o bafejo denso que escapava de sua cabeça esquentar seu rosto.

Perguntou:

— Se morrermos juntos, poderemos ser enterrados juntos?

— Desejo do fundo do meu coração ser enterrado com você.

— Xiaoming me disse que, quando morresse, não queria ser enterrado comigo.

— Meu único desejo é ser enterrado com você.

Aproximou-se de Lingling.

Pegou primeiro sua mão antes de enlaçá-la. Abraçou-a como se encontrasse um cordeiro à procura da outra metade de sua vida. Apertava-a quase a ponto de sufocá-la, como se temesse que ela fugisse. Ela, por sua vez, passou os braços em volta dele e logo se aninhou contra o seu peito. A noite ia terminar. Outro dia ia começar. No silêncio que reinava na planície, era possível ouvir a brisa noturna. O crepitar da neve que congelava os envolvia.

Permaneceram imóveis por um longo tempo. Por fim, levantaram-se e se dirigiram para o cômodo contíguo à cozinha, que servia de despensa para a comida.

Entraram. Estava quente. Redescobriram o gosto pela vida.

3

Os raios do amanhecer aqueceram a Aldeia dos Ding.

Numa única noite, os brotos haviam eclodido por toda parte. Nas ruas, nos quintais, nos campos, em todo o antigo leito do rio Amarelo, os crisântemos, as cerejeiras, as peônias, os jasmineiros, as orquídeas, os dentes-de-leão, até nas divisórias dos chiqueiros, nos galinheiros e comedouros das vacas, por toda parte abriam-se flores de todos os tamanhos e de todas as cores. Carregado pela noite, seu perfume obsedante invadira a Aldeia dos Ding.

Meu avô não sabia por que todas as flores haviam desabrochado numa noite. Fazia-se a pergunta dirigindo-se para a zona oeste da aldeia. Viu então um espetáculo espantoso: na rua coberta de flores, adultos e crianças, ostentando um largo sorriso, entravam em suas casas e dali a pouco saíam. Alguns carregavam na palanca dois cestos cobertos com um casaco, outros um saco preso nos ombros. Até as criancinhas apertavam no peito um saco pesado demais para elas. Quando lhes perguntou o que estava acontecendo, ninguém quis perder um segundo em lhe responder. Prosseguiam todos sua carreira num vaivém frenético.

Ao saírem de suas casas, todos se dirigiam para o oeste. Intrigado, meu avô seguiu-os. Ao chegar aos limites da aldeia, viu que os campos eram apenas um mar de flores estendendo-se ao infinito e ondulando sob o vento num caleidoscópio cor-de-rosa e amarelo. Em meio às flores, os aldeões, em pequenos grupos, trabalhavam em suas plantações. Os homens, com seu ancinho, revolviam e aravam o solo.

Meu avô quedou-se no limiar dos campos. Viu Li Sanren, em geral tão taciturno, agitando-se e rindo. O suor pingava de sua testa. Com a ajuda de sua pá, arrancava um pé, abaixava-se para sacudi-lo e o punha de lado. Depois recomeçava a escavar. Desenterrou dessa forma uns vinte pés e ficou de cócoras com a mulher e os filhos para guardá-los nos cestos. Quando um cesto ficava cheio, ele o cobria com um pano. Prendeu dois cestos em sua palanca e partiu para a aldeia titubeando sob o peso, percorrendo, sem desmoronar, seu caminho ao preço de um esforço sobre-humano.

Li Sanren era o antigo chefe da aldeia. Tinha poucos anos a menos que o meu avô. Fizera seu serviço militar em Hangzhou, o paraíso do sul. Distinguira-se e tornara-se membro do Partido. Mas, prestes a ser nomeado, num impulso de entusiasmo, mordera o próprio dedo e, com seu sangue, escrevera uma carta a seus superiores para renunciar a seu posto, explicando que desejava voltar para sua aldeia, a fim de transformá-la e torná-la tão rica quanto uma aldeia do Sul.

Deixara, portanto o exército. Tornara-se chefe da aldeia e assim permanecera anos a fio. Dia ou noite, dirigia a manutenção do fumeiro, as semeaduras, a irrigação e as colheitas. Quando as autoridades davam ordens para plantar, eles plantavam. Quando decidiam que era preciso semear algodão, destruíam o trigo viçoso para semear algodão. Depois de todos esses anos, nada mudara a não ser a população, que aumentara muito. As casas não tinham um cômodo suplementar e na aldeia não havia uma máquina ou trator suplementar. A Aldeia dos Ding era mais pobre que a Aldeia dos Salgueiros, a Aldeia das Águas Amarelas ou a Aldeia de Segundo Li. Um dia, um homem cuspira-lhe na cara, dizendo:

— Li Sanren, como você ainda pode ter o topete de ser o chefe da aldeia? Há anos, você é chefe da aldeia e secretário do Partido, e minha família nunca conseguiu encher a pança no Ano-Novo!

Desde que fora demitido de suas funções durante a campanha de venda de sangue, ele se tornara taciturno e seu rosto entristecera.

Quando as autoridades perceberam que meu pai era o rei do sangue e que era superdedicado, quiseram colocá-lo à frente da aldeia. Gostariam que ele coletasse menos sangue pessoalmente e fomentasse a criação de outros postos de coleta.

Após ter refletido longamente, meu pai chegara à conclusão de que, se outros coletassem sangue, haveria menos para ele. Declinara então a oferta que lhe era feita.

Os aldeões haviam respondido ao apelo para vender seu sangue. Mas Li Sanren recusara-se obstinadamente a vender o seu. Declarara:

— Fui chefe de aldeia a metade da vida e não foi para ver agora as pessoas venderem seu sangue.

Vendo as outras famílias construírem belas casas, sua mulher admoestara-o no meio da rua:

— Li Sanren, você não tem coragem nem para vender seu sangue! Como pode se considerar um homem? Ainda bem que você não é mais chefe da aldeia! Não espanta nada que depois de todos esses anos as mulheres ainda não consigam comprar papel higiênico para se proteger quando ficam menstruadas. Tudo isso porque você foi chefe da aldeia e não tem nada nas algibeiras. Você tem medo de vender meia garrafa, uma gota do seu sangue! E atreve-se a dizer que é um homem!

Li Sanren, que comia sua tigela de arroz acocorado diante da porta, sofrera o falatório sem vacilar. Contentara-se em descansar sua tigela e sair. Quando retornou, sua mulher lavava a louça e preparava o angu dos porcos. Ele tinha nas mãos uma cédula de cem iuanes. Uma manga do seu casaco estava arregaçada, a outra estava em seu ombro. Mostrou o antebraço. Estava um pouco pálido e algumas gotas de suor brotavam de sua testa. Deixou o dinheiro na bancada da cozinha e disse, fitando sua mulher:

— Pronto, também vendi meu sangue!

As mãos da mulher haviam se imobilizado na pia. Olhara para o marido, sorrindo:

— Agora pelo menos você pode dizer que é um homem.

Ela perguntara:

— Quer um pouco de água com açúcar?

Ele respondera:

— Não precisa. Depois de ter feito a revolução durante toda a minha vida, hoje sou obrigado a vender o meu sangue.

Uma vez que ele começara, continuou, vendendo seu sangue primeiro uma vez por mês, depois uma vez a cada vinte dias e finalmente a cada dez dias. Quando dava uma trégua, tinha a impressão de que suas veias iam explodir e o sangue irromper.

Havia então muitos vendedores e muitos coletores. Estes últimos passavam pelas casas com seu equipamento e gritavam, como os catadores de ferro-velho e de sapatos velhos ou os caixeiros-viajantes que trocam cabelos cortados por agulhas:

— Quem tem sangue para vender?

Também passavam pelas plantações. Às vezes, quando davam seu grito, alguém respondia:

— Tarde demais! Acabo de vender.

O coletor de sangue não se desconcertava. Continuava:

— Seu trigo está realmente uma beleza!

O outro retorquia:

— Sabe quanto coloquei de fertilizantes?

O coletor de sangue punha-se de cócoras e acariciava os jovens brotos de trigo como que para melhor admirá-los:

— Não sei quanto você colocou de fertilizante mas sei que foi fertilizante que você comprou vendendo seu sangue. Vendendo uma garrafa, você pode comprar dois sacos de fertilizantes e um único saco basta para dar uma belíssima colheita.

— Certo, mas o mais importante é cuidar da plantação e os que vendem muito sangue não têm mais forças para trabalhar. Claro, o sangue não se esgota, mas um homem não pode viver cem anos. Não se pode dar sangue durante cem anos, ao passo que a terra pode ser cultivada e proporcionar colheitas durante cem ou mil anos. Você por acaso teria o desplante de me dizer que um homem pode vender seu sangue durante mil anos?

A conversa estava entabulada. O homem que trabalhava saía de sua plantação e começava a tagarelar com o coletor vindo talvez de outra aldeia. Ao mesmo tempo que falava, ele arregaçava subitamente sua manga:

— Tudo bem! Vá lá! Vendo uma garrafa para você. Afinal de contas, somos amigos.

Um outro frasco de sangue estava vendido e comprado.

Os dois homens se separavam como velhos amigos e, como um velho amigo, o coletor não demorava a retornar para fincar sua agulha na veia do vendedor.

Li Sanren trabalhava em sua plantação. Revolvia a terra de um trecho em que o arado não conseguia passar. Desde que vendia seu sangue duas ou três vezes por mês, seu rosto estava amarelo e brilhante como se o houvessem recoberto com uma camada de cera. Quando ele era chefe da aldeia, manejava seu ancinho com tanta facilidade que parecia trabalhar com uma pena. Agora, dava antes a impressão de erguer um rochedo. Depois de colhido o trigo, era preciso semear o milho. O trabalho do outono era diferente do trabalho do verão. Não se podia perder um instante, pois, semeando um dia mais cedo, era possível colher três a quatro dias mais cedo. Embora já estivéssemos no outono, a canícula perdurava e o sol parecia querer fritar a planície. Li Sanren trabalhava descalço e sem camisa. O suor escorria em seu rosto e em suas costas como se ele acabasse de sair da água. Em seus braços, as marcas das picadas de agulha estavam vermelhas e um pouco inchadas. Coçavam. Ele estava no fim das forças. Um ano atrás, bastava-lhe metade de um dia para capinar aquele cantinho, mas esse ano, após ter vendido seu sangue durante seis meses, precisou de dois dias para fazer metade.

Fazia três meses que minha avó morrera. Um dia, por inadvertência, ela pusera o pé na bacia cheia de sangue do grupo

A. Vendo-se subitamente coberta de sangue, sentira tamanho pavor que caíra e seu coração pusera-se a bater espasmodicamente. Nunca se recuperara e morreu dias mais tarde. Chorando, meu pai e meu tio haviam jurado parar com o comércio de sangue, mas três meses depois meu pai reassumira a direção das operações e recomeçara a coletar sangue com a ajuda do meu tio. Eles dirigiam-se para aldeias distantes, percorriam os campos para tirar sangue dos camponeses que não tinham tempo para ir a um posto de coleta e traziam diariamente uma enorme quantidade em seu ciclorriquixá.

Um dia, voltando de sua ronda haviam parado na orla da plantação onde Li Sanren trabalhava:

Meu tio gritara:

— Ohê! Você vende?

Li erguera a cabeça sem responder e voltara ao trabalho.

Meu tio gritara de novo:

— Então, vende ou não?

Li Sanren, num tom furioso, lançara uma única frase:

— Vocês, os Ding, não têm realmente medo de fazer toda a aldeia morrer!

Meu tio acabava de fazer 18 anos. Vociferou:

— Você é muito burro, estamos trazendo dinheiro para sua plantação e você se recusa a pegá-lo.

Meu pai, que chegava atrás dele, avançou pela plantação pisando com delicadeza, como se caminhasse sobre algodão. Ao chegar diante de Li Sanren, em vez de interpelá-lo com o tradicional "Ohê!", dirigiu-se respeitosamente a ele:

— Bom dia, chefe da aldeia!

Li Sanren fitou-o estupidamente. Seu ancinho permaneceu suspenso no ar. Fazia quase dois anos que ninguém lhe dava aquele título.

Meu tio repetiu:

— Chefe da aldeia...

Li Sanren abaixou o ancinho:

— Chefe da aldeia, dias atrás participei de uma reunião com as autoridades da província durante a qual os coletores de sangue trocaram experiências. Os responsáveis criticaram a Aldeia dos Ding, cuja venda de sangue é insuficiente. Criticaram-nos por não termos chefe e queriam me nomear chefe da aldeia.

Meu pai deteve-se e fitou o rosto de Li Sanren. Este fitou o rosto do meu pai.

— Claro, eu não podia aceitar. Disse para eles que uma única pessoa era capaz de assumir esta função: nosso antigo chefe de aldeia.

Com os olhos esbugalhados, Li Sanren continuava a fitar meu pai.

— Pouco importa que você seja do clã dos Li e não do clã dos Ding. Eu, Ding Hui, afirmo que você é o único que dedicou toda a sua vida à Aldeia dos Ding. Ninguém teria ousado fazer o que você fez. Vê algum outro que pudesse substituí-lo?

Sem esperar resposta, meu pai deu-lhe as costas e deixou lentamente a plantação, enxotando com um esperneio uma libélula pousada em seu sapato. Ouviu Li Sanren gritar:

— Ding Hui, já que é assim, vou vender um frasco para você!

Meu pai respondeu:

— Seu rosto está um pouco amarelo, talvez fosse melhor esperar uns dias.

— Puta que o pariu, depois de ter vivido o que vivi, por que eu teria medo de dar umas gotas do meu sangue, ainda mais se é meu país que me pede isso?

Ele se deitou sob a sófora. Meu pai prendeu a bolsa num galho enquanto meu tio espetava a veia. O sangue começou a correr por um tubo de plástico. Teoricamente, uma bolsa tinha capacidade para 500cc, mas podia na realidade conter 600cc, e, batendo nela enquanto o sangue escoava, era possível fazê-la inflar até 700cc.

Meu pai então bateu, explicando ao mesmo tempo que aquilo era necessário para que o sangue não formasse grumos.

Voltou ao ponto de partida:

— Você é o único a poder assumir a função de chefe da aldeia.

— Basta, fui isso a vida inteira.

— Você não tem nem 50 anos. É a idade da sabedoria.

— Se eu retomar o serviço, você terá que me dar uma mãozinha.

— Eu disse o que pensava às autoridades. Que preferia morrer a aceitar o posto em seu lugar.

De repente, Li Sanren perguntou:

— Qual é a quantidade que você tira?

— Não se preocupe. Não é muito, está terminado.

A bolsa estava quase explodindo de cheia.

Meu pai soltou a bolsa, retirou a agulha do braço de Li Sanren e entregou-lhe uma cédula de cem iuanes. Este perguntou:

— Tenho que lhe dar algum troco?

Meu pai respondeu:

— O preço do sangue baixou muito agora. Não dão mais que oitenta iuanes por bolsa.

— Então, devo-lhe vinte iuanes.

Meu pai repeliu sua mão:

— Chefe da aldeia, você me insultaria dando-me vinte iuanes de troco. Ainda que fossem cinquenta iuanes, eu não os aceitaria.

Li Sanren, com um ar constrangido, pôs de volta o dinheiro no bolso.

Ao se irem, meu pai e meu tio perceberam que ele estava lívido e que o suor brotava de seu rosto. Levantou-se, deu três passos, vacilou e se acocorou apoiando-se em seu ancinho. Gritou:

— Ding Hui, estou vendo tudo rodar!

— Eu lhe havia dito para não vender seu sangue e você quis vendê-lo. Vamos erguer suas pernas para fazer o sangue retornar. Deite-se.

Meu pai e meu tio ergueram-no pelos pés para fazer o sangue descer na direção da cabeça, balançando ligeiramente as pernas como balançamos as pernas de uma calça que acabamos de lavar para fazer a água descer para a cintura.

No fim de um instante, largaram suas pernas:

— Está melhor?

Li Sanren levantou-se lentamente, deu alguns passos, voltou-se e disse, rindo:

— Bem melhor. Depois de viver o que eu vivi, por que eu teria medo de doar algumas gotas do meu sangue?

Meu pai e meu tio voltaram a embarcar em seu ciclorriquixá.

Ao vê-lo retornar à sua plantação titubeando, julgaram que ele ia desmoronar, mas não aconteceu nada disso. Do meio da plantação, gritou:

— Ding Hui, quando eu for novamente chefe da aldeia, você será meu assessor!

Meu pai e meu tio olharam para ele rindo antes de regressarem à aldeia. Num lugar ensolarado ao abrigo do vento, com as cabeças para baixo, as pernas apoiadas num montinho, ou deitados numa tábua inclinada em seus quintais, aldeões que haviam vendido seu sangue e haviam passado mal esperavam que o sangue descesse de volta ao cérebro enquanto os mais jovens plantavam bananeira ou punham as pernas na parede. Era óbvio que tinham ido vender sangue numa outra aldeia ou que coletores de outra aldeia tinham vindo recolher seu sangue.

Observando o espetáculo, meu pai ficou imóvel sem nada dizer. Meu tio vociferou duas vezes:

— Como são burros! Como são burros!

Quem eram os visados! Ninguém poderia dizê-lo.

Li Sanren não completara 50 anos quando começara a vender seu sangue. Então, não parou mais.

Agora, tinha 60 anos e estava doente. A febre o golpeara mais severamente que aos outros, ele não tinha mais forças sequer para falar. Há anos esperava ser nomeado chefe da aldeia, mas a aldeia continuava sem chefe, pois ninguém queria assumir esta responsabilidade.

Estava velho. Embora tivesse apenas 60 anos, parecia ter 70. Em poucos meses, dava a impressão de puxar dois pedregulhos com os pés. Um dia sua mulher lhe disse:

— Li Sanren, todos os doentes vão morar na escola para desfrutarem um pouco da vida, enquanto você fica em casa para eu cuidar de você.

Ele então foi instalar-se na escola. Não falava mais, passeava lentamente pelo quintal e escalava penosamente a cama quando queria se deitar. Parecia à espera da morte. Entretanto, nesse dia, o sol estava deslumbrante, as flores enchiam a aldeia e o perfume impregnava a atmosfera. Em toda parte, as pessoas revolviam e capinavam o solo, transportando sua colheita na palanca ou nos ombros, ofegantes, incapazes de falar, sorrindo através do suor que irrigava seu rosto, indo e vindo numa ronda ininterrupta. Na orla da aldeia, meu avô viu Li Sanren voltando dos campos, carregando um pesado cesto de bambu coberto com um pano em cada extremidade de sua palanca. Embora não lhe restasse muito tempo de vida, parecia radiante. Ao chegar perto do meu avô, mudou a palanca de ombro. Meu avô quis saber o que ele carregava. Ele não respondeu e, sem desfazer o sorriso, continuou sua carreira na direção de sua casa. Seu neto de 6 anos tentava segui-lo apertando contra o peito uma trouxa envolvida num casaco e gritando desesperadamente pelo avô. Subitamente, a criança tropeçou e caiu no chão, deixando escapar seu fardo, cujo conteúdo espalhou-se num alegre tilintar metálico. Meu avô não acreditou em seus olhos ao ver à sua frente barras e pepitas de ouro no meio de amendoins de ouro. Havia sido então ouro que crescera sob as flores. Meu avô quis ajudar a criança que chorava ao se levantar, mas, no momento em que estendia a mão para ele, acordou.

Tinha sido Li Sanren quem o despertara.

4

Ainda nas brumas do sono, meu avô viu Li Sanren aproximar-se de sua cama com um passo de lobo e ouviu-o chamar com uma voz tímida:

— Grande irmão Shuiyang...

Meu avô acordou completamente. Percebeu que estendia a mão por cima da colcha para ajudar o netinho de Li Sanren a se levantar. Ainda estava no mar irisado de flores multicoloridas que cobria a aldeia, as plantações e o antigo leito do rio Amarelo. Via à sua frente tijolos de ouro, telhas de ouro, barras de ouro, pepitas de ouro... Não abriu imediatamente os olhos para continuar a se deliciar por um instante com aquele espetáculo feérico. Apenas remexeu-se um pouco na cama. Ouviu Li Sanren repetir:

— Grande irmão Shuiyang...

Sorria e se preparava para dizer: "Irmão Sanren, eu sonhava exatamente com você." Mas as palavras não atravessaram seus lábios, pois ele percebeu que Li Sanren estava lívido como se viesse lhe anunciar uma notícia do outro mundo, necessitando de uma reação imediata.

Meu avô sentou-se:

— O que está acontecendo?

Com uma voz dilacerante, Li Sanren anunciou:

— Puta merda, há realmente ladrões sem fé nem lei e com muita cara de pau!

— Roubaram mais alguma coisa?

— Não apenas não devolveram nada a noite passada, mas agora cismaram comigo.

— O que lhe roubaram?

— Roubaram-me justamente o que não podiam roubar.

Meu avô levantou-se às pressas e disse, começando a se vestir:

— Quando você era chefe da aldeia, você se exprimia sempre com bastante clareza, então pare de tartamudear e vamos ao fato.

Li Sanren fitou o rosto do meu avô e hesitou por um instante:

— Grande irmão Shuiyang, vou contar a verdade. Quando eu era secretário do Partido para a aldeia, eu guardava sempre o sinete oficial comigo e continuei a fazê-lo após ter sido demitido de minhas funções há dez anos. À noite, eu o colocava debaixo do travesseiro junto com meu dinheiro. Esta manhã, o sinete e o dinheiro sumiram.

Continuou:

— O dinheiro não tem importância, era o sinete que eu não podia perder! Há dez anos não me separo dele e esta manhã ele não estava mais no lugar.

O sol que penetrava pela janela e pela porta iluminava agora o recinto. Meu avô olhou para a cama do meu tio. Estava vazia. Seu rosto entristeceu-se. Li Sanren virara um esqueleto. Parecia desesperado. Meu avô voltou-se para ele:

— Quanto lhe roubaram?

— Não ligo para o dinheiro! É o sinete que é preciso encontrar.

Meu avô fez novamente a pergunta e Li Sanren deu a mesma resposta: o dinheiro não tinha importância, era o sinete que era preciso encontrar de qualquer jeito.

Meu avô descobria um Li Sanren que ele não conhecia. Após encará-lo longamente, perguntou:

— O que podemos fazer para encontrá-lo?

Li Sanren respondeu friamente:

— É preciso fazer uma busca! Grande irmão Shuiyang, você foi professor a vida inteira. Você sempre ensinou a seus alunos que não se devia roubar e agora que juntou todos os doentes, roubam nas suas barbas!

Meu avô saiu.

A leste, um imenso campo de flores parecia desabrochar acima do horizonte, inundando o pátio da escola com sua luz dourada. Os doentes ainda não haviam acordado, preferindo o calor das colchas ao frio do inverno. Num galho do kiri, uma pega cantava. Era de bom augúrio. Meu avô aproximou-se da árvore para dar o toque de reunir. O badalo do sino não era usado há tempos. Provocou uma chuva de ferrugem. Desde a suspensão das aulas, o sino não passava de um enfeite, assim como o mastro metálico no qual, de acordo com o regulamento, antigamente hasteavam a bandeira.

O sino repicou novamente no ar frio da manhã.

Doentes vestindo seus casacos acolchoados passaram a cabeça pelas janelas do primeiro andar:

— O que está acontecendo?

Li Sanren, redescobrindo a autoridade da época em que era chefe da aldeia, gritou com uma voz tonitruante:

— Reunião! Reunião de emergência!

Alguém perguntou:

— Apanharam o ladrão?

Ele respondeu sem baixar o tom:

— Desçam e saberão!

Chegaram, um por um, esfregando os olhos e abotoando o casaco. Reuniram-se entre o kiri e a tabela de basquete. Meu tio e Lingling estavam lá. Ninguém vira de onde haviam saído. Vestiam-se com apuro e seus rostos estavam radiantes como se gozassem de excelente saúde. Mantiveram-se bem longe um do outro, no meio da multidão. O sol agora estava acima da linha do horizonte. Com o novo dia, a caça ao ladrão ia começar.

Meu avô tomou a palavra:

— Todos vocês estão doentes. Hoje estão vivos mas não sabem se ainda estarão amanhã. Mesmo assim, precisam roubar. Vocês roubaram de novo esta noite! Roubaram o dinheiro de Li Sanren.

Li Sanren interrompeu-o:

— Estou me lixando para o dinheiro! O que o ladrão pegou foi o sinete de chefe da Aldeia dos Ding que eu guardava comigo há dez anos. Ele sumiu na noite!

Meu avô berrou:

— Somos então obrigados a fazer uma busca! Quem quer ir comigo e Li Sanren? Vamos fazer uma busca em todos os cômodos, um por um!

Mal terminava de falar, meu tio saiu das fileiras e declarou com entusiasmo, como um herói prestes a travar um combate:

— Irei desmascarar quem ousou roubar o casaco acolchoado de seda de Lingling, a mulher do meu irmão!

Lingling corou até as orelhas.

Outros dois doentes ofereceram-se como voluntários e a revista do prédio começou.

Foram descobertos dois ladrões, ou melhor, uma ladra e um ladrão.

A ladra era Zhao Xiuqin, a que cozinhava para o grupo. Ela atingira um estágio avançado da doença. As pústulas que recobriam a quase totalidade de seu rosto pareciam feijões podres. As que cobriam o dorso de suas mãos e seus pulsos eram de natureza diferente. Depois que haviam secado, novas apareciam, comprimidas umas contras as outras, vermelhas como o nascer do sol sobre planície. A comichão era insuportável e ela se coçava o tempo todo. Seus braços que supuravam estavam cobertos permanentemente por um líquido branco de onde emanava um cheiro pestilento que ela tentava dissimular.

Estava doente há seis meses. De acordo com a evolução das pústulas, deveria normalmente estar morta, mas, contrariando as expectativas, ainda vivia.

Wang Baoshan vendera seu sangue a fim de juntar o dinheiro necessário para desposá-la. Ela dera o dinheiro que ele oferecera de presente a seu irmão caçula para que este pudesse se casar. Em seguida, ela começara a vender seu sangue junto com Wang Baoshan para reembolsá-lo pelo presente de casamento. Dez anos mais tarde, este continuava saudável, enquanto ela adoecera. Quando a febre havia se declarado, ela permaneceu sentada o dia inteiro em frente à sua porta, batendo com o pé no chão e repetindo:

— Não é justo! Não é justo!

Quando Wang Baoshan tentara reerguê-la, ela arranhara cruelmente seu rosto, gritando:

— Seu idiota, a culpa é sua!

Continuou a chorar e a lançar invectivas, ao mesmo tempo que fazia a terra voar em todas as direções. No fim de alguns dias, entretanto, parara de chorar e se lamentar e voltara a cozinhar para seu marido e a preparar a ração dos porcos. Agora, era para os doentes que cozinhava.

Ela dormia num canto da sala de aula do primeiro ano. Meu avô, Li Sanren e aqueles que os acompanhavam começaram a vasculhar minuciosamente as camas, os sacos e as caixas de papelão do andar térreo. Quando chegaram à cama de Zhao Xiuquin, ela não estava lá. Levantara-se antes do alvorecer para ir para a cozinha, onde trabalhava de manhã à noite com uma dedicação ímpar sem jamais se queixar, preparando com boa vontade todos os pratos que lhe pediam. Ela então estava preparando o café da manhã quando Li Sanren, levantando seu travesseiro, percebeu que este pesava como chumbo. Fazendo um rasgo, descobriu que estava cheio de arroz.

As testemunhas quedaram-se pasmas. Como era possível que fosse aquela que cozinhava para eles que tivesse roubado seu arroz? Enquanto alguém ia procurá-la, meu tio fazia uma descoberta igualmente inesperada: o segundo ladrão não era outro senão Zhao Dequan, homem de 50 anos sempre muito atencioso com todos. Ele não se levantara ao toque de reunir, dizendo que não tinha mais forças e que seus dias estavam contados. No primeiro andar, só faltava sua cama para ser revistada. O sol que penetrava pela janela tingia de vermelho seu rosto de moribundo. Não parecia necessário revistá-la. Ele trabalhara honestamente a vida inteira e quando comprava ou vendia alguma coisa era incapaz de dizer quem devia dar o troco a quem. Durante todo o tempo em que reinara a loucura da venda de sangue, ele vendera seu sangue sem nunca perguntar quanto aquilo ia lhe render. Deixava que coletassem o volume de sangue que quisessem, contentando-se em aceitar o que houvessem por bem lhe dar.

— Tiro quanto? — perguntava meu pai.

— Tire até você ver o meu rosto amarelo.

Meu pai pegava a maior bolsa de plástico à mão e a enchia, só retirando a agulha quando via o rosto de Zhao Dequan mudar de cor e as gotas de suor começarem a brotar na sua testa. Meu pai então lhe estendia o dinheiro como se lhe desse dois iuanes a mais do que lhe devia. Zhao Dequan dizia, pegando o dinheiro:

— Ding Hui, você é o coletor de sangue mais generoso comigo!

E era sempre ao meu pai que ele se dirigia quando queria vender o seu sangue.

Como é que o meu tio poderia imaginar que tinha sido ele que roubara o casaco acolchoado de seda de Lingling? O sol brilhava sobre seu rosto cadavérico e seus olhos de peixe morto. Quando os batedores aproximaram-se da cama, ele admirou com uma expressão de inveja aqueles que continuariam a viver quando ele estivesse morto. Lágrimas correram de seus olhos e ele deixou escapar um longo suspiro. Os batedores tentaram reconfortá-lo com uma brincadeira: quanto mais rápido se morre, mais nos reencontramos em nossa nova vida. Nunca teriam imaginado ter sido ele quem havia roubado o casaco de Lingling.

Iam sair e descer novamente para o térreo quando meu tio, sem saber por quê, voltou-se e, subitamente arrebatado por uma dúvida, retrocedeu, ergueu a colcha ao pé da cama e descobriu uma trouxa. Quando a abriu, o casaco acolchoado vermelho apareceu, cintilante na luz do sol.

Tiraram Zhao Xiuqin da cozinha e desceram Zhao Dequan para o pátio.

Dois Zhao. Desonravam todos os Zhao da terra.

No pátio que o sol aquecera, sentia-se o frescor dos campos. Os passarinhos cantavam acima das cabeças dos doentes, que esperavam como se desde sempre soubessem que Zhao Xiuqin era uma ladra. Ninguém tinha a impressão de prejudicá-la. Em contrapartida, todo mundo tinha certeza de que ela prejudicara muito as pessoas da aldeia. Portanto, os doentes esperavam debaixo do kiri para vê-la sair da cozinha de cabeça baixa, esmagada pela vergonha. Não se deu nada disso, não havia em seu rosto o menor vestígio de vergonha quando ela saiu para se apresentar perante a assembleia enxugando as mãos em seu avental, como que contrariada por ter sido importunada. Absolutamente calma e segura de si, parecia disposta a enfrentar o inimigo.

Meu avô olhava alternadamente para Zhao Xiuqin e o travesseiro cheio de arroz diante dele.

— Xiuquin, foi você que pegou o arroz da cozinha?
— Claro que não! Como ousam me acusar?

— Ouvi dizer que às vezes, antigamente, você roubava legumes nos campos, e agora rouba arroz e farinha de pessoas às portas da morte!

Ao mesmo tempo que falava, olhava o arroz escapando do travesseiro. Quando Zhao Xiuqin percebeu o belo arroz branco, ficou por um instante perplexa e se precipitou para o travesseiro, que apertou nos braços como uma mãe temerosa de que lhe arranquem o bebê. Pôs-se de cócoras diante do meu avô, pisoteando e gritando com uma voz chorosa:

— Vocês mexeram nas minhas coisas! Selvagens! Bando de ingratos! Vocês estão com Aids e foram revistar minha cama sem me avisar! Por que continuar a cuidar de vocês? É melhor eu voltar para casa e cuidar de Baoshan! Levanto todo dia de madrugada para preparar a comida de vocês e, depois que vocês se empanturram, largam de lado suas tigelas e vão embora. Sou eu que tenho que lavar a louça, ir ao poço pegar água para a cozinha, ferver a água que vocês bebem e, vocês, por sua vez, não mexem uma palha para usar meia bacia de água para lavar uma tigela! Por que eu deveria continuar a servi-los apenas para ganhar um pouco de comida? Se eu não estivesse doente e fosse cozinhar na casa dos outros, eu teria a mesma coisa para comer e, além disso, todos os meses me dariam algumas centenas de iuanes. Aqui, já lhes pedi um mísero fen? Vocês todos concordam quando dizem que cozinho bem e lambem os beiços com meus pratos, então digam-me também por que devo me matar de trabalhar para lhes dar prazer? Vocês não me devem um saco de arroz?

Ela gritava e chorava ao mesmo tempo, como se vítima de uma profunda injustiça. Mas chorava sem lágrimas. Quando terminou sua diatribe, passou a mão no rosto para enxugar lágrimas imaginárias e observou os aldeões que a encaravam.

Meu avô perguntou:

— Será que esse saco de arroz faz realmente falta à sua família?

— Tudo faz falta à minha família, arroz, lenha e até capim.

— Então, se você realmente precisa dele, eu dou para você.

— Não quero seu arroz. Quero o arroz que ganhei.

Meu avô não achou o que responder. Os doentes estavam doentes. Tinham agora a sensação de que eram eles, e não Zhao Xiuqin, que estavam errados.

Nesse instante chegaram meu tio e os outros batedores, amparando Zhao Dequan, que haviam arrancado da cama.

Embora fosse um homem, não ostentava a arrogância de Zhao Xiuqin. Seu rosto estava pálido e, apesar do frio, o suor escorria em sua tesa. Deixava-se arrastar como se o levassem para o terreno de execução. Vendo a multidão reunida no pátio, voltou-se para perguntar ao meu tio o que estava acontecendo. Meu tio deu-lhe ciência, sua tez lívida esverdeou. A doença atingira sua fase terminal. Não passava de um arbusto seco sobrando em roupas que haviam ficado imensas para ele. Seus ossos eram os galhos e sua pele as folhas que os recobriam. Não pesava mais nada. Os olhares deixaram Zhao Xiuqin para se voltarem para ele. Ninguém ousava acreditar que havia sido ele que roubara o casaco acolchoado de Lingling.

A própria Lingling não acreditava em seus olhos. Dirigiu-se ao meu tio. Este lhe entregou seu casaco dizendo:

— Estava escondido embaixo da colcha dele, no pé da cama.

Zhao Dequan acocorou-se lentamente, abaixando ainda mais a cabeça como se não fosse o casaco que lhe confiscassem mas antes uma camada de pele do rosto. Seus olhos de peixe morto fitavam obstinadamente seus pés. Ele se encoscorava como um cão à espera de uma sova:

Meu avô perguntou:

— Dequan, foi realmente você quem roubou este casaco?

Zhao Dequan ficou menor ainda.

— Responda! Foi você quem roubou o casaco?

Zhao Dequan não respondia.

— Se não foi você, é preciso dizer!

Zhao Dequan ergueu a cabeça e encarou o meu avô mas sempre sem dizer palavra.

Meu tio perguntou:

— Se encontrei o casaco embaixo da sua colcha, estou lhe acusando injustamente?

Zhao Dequan abaixou novamente a cabeça. Meu avô encarou meu tio com frieza:

— Segundo filho, por que está falando tanto?

Meu tio se calou.

O sol agora ia alto no céu. Sua luz dourada iluminava a cena. Ninguém falava. Os doentes olhavam alternadamente para meu avô e para Zhao Dequan, esperando a continuação.

Meu avô disse:

— Dequan, você tem filhos que vão se casar e rouba um casaco de recém-casada.

O suor que cobria a testa de Zhao Dequan escorreu para o chão.

Um silêncio de morte reinava agora no pátio. Zhao Xiuqin quis aproveitar-se dele para se eclipsar. Apertando seu travesseiro cheio de arroz contra o peito, dirigiu-se para a cozinha.

Meu avô interpelou-a:

— Aonde vai?

Ela respondeu:

— O arroz está no fogo. Se queimar, não terão o que comer.

Li Sanren emendou:

— Xiuqin, você também roubou o sinete de chefe da aldeia?

Após um instante de perplexidade, Li Sanren acocorou-se ao lado de Zhao Dequan e pediu-lhe numa voz amável:

— Irmão Dequan, nós nos conhecemos há mais de 50 anos, se você pegou o sinete que estava embaixo do meu travesseiro, precisa me devolvê-lo.

Zhao Dequan balançou a cabeça com uma expressão sincera olhando-o nos olhos.

Li Sanren repetiu a pergunta:

— Não foi mesmo você?

Zhao Dequan balançou novamente a cabeça.

Desesperado, Li Sanren levantou-se. Não era medo, mas preocupação, que fazia brotar o suor em sua fronte. Disse, num tom de súplica:

— Estou me lixando para o dinheiro, mas aquele que pegou o sinete de chefe da aldeia tem que me devolvê-lo. Guardei-o com todo o cuidado durante dez anos. Quando eu estava em casa, guardava-o num cofre e, quando saía, levava-o sempre comigo. Ontem à noite, coloquei-o embaixo do meu travesseiro e, esta manhã, ele tinha desaparecido.

Gritou de novo:

— Estou me lixando para o dinheiro, mas vocês têm que me devolver meu sinete!

A calma voltou à escola.

Passaram-se alguns dias. As latrinas das mulheres ficavam a oeste, as dos homens a leste. Vestindo seu casaco acolchoado de seda vermelha que cintilava na luz, Lingling dirigiu-se para o oeste. Fazia calor. No pátio, os doentes aqueciam-se no sol, deixando passar o tempo.

Ela esperou na proximidade das latrinas.

Ao sair, lançou um olhar de menosprezo para Zhao Dequan. Ele obstruiu-lhe o caminho perguntando com uma voz doce:

— Quer me vender seu casaco, Lingling?

Um pálido sorriso iluminava seu rosto descarnado.

— Sei que vai zombar de mim, mas não vou sobreviver até o próximo inverno. Quando me casei, prometi à minha mulher comprar um casaco acolchoado de seda vermelha para ela. Daqui a pouco estarei morto e meus filhos irão se casar, mas minha mulher não esqueceu minha promessa. Antes de morrer, eu gostaria de lhe oferecer esse casaco acolchoado de seda vermelha.

Lingling afastou-se sem uma palavra.

Zhao Dequan seguiu-a:

— Dou-lhe cinquenta iuanes!... Cem iuanes! Fechado?

Quando já estava bem distante, Lingling voltou-se e gritou para ele:

— Compre um em Weixian!

5

A paz se restabelecera.

Haviam roubado um pouco de arroz e feijão, um pouco de dinheiro, um casaco acolchoado e um sinete de chefe da aldeia. Exceto pelo sinete, os ladrões haviam sido desmascarados.

Zhao Dequan quisera, antes de morrer, dar de presente à mulher o casaco acolchoado que lhe prometera na época do seu casamento. Agora que seus filhos iam se casar e estabelecer, ele não tinha mais nenhuma probabilidade de cumprir a promessa. Era a razão pela qual se tornara ladrão.

Zhao Xiuqin, por sua vez, perguntara-se por que deveria continuar a trabalhar para a comunidade sem remuneração. Roubara o arroz e o feijão para indenizar-se.

Por conseguinte, o regulamento foi alterado. Doravante, Zhao Xiuqin seria auxiliada por outras duas mulheres e elas seriam dispensadas de sua contribuição mensal de arroz, farinha e cereais. Dessa forma, comeriam de graça. Acrescentaram igualmente uma cláusula: qualquer um flagrado roubando seria irremediavelmente expulso e deveria voltar para morrer em casa.

Normalmente, pessoas que não tinham mais senão poucos dias de vida não deveriam se preocupar com o futuro, mas Li Sanren continuava cismado com o sinete desaparecido. Não parava de repetir:

— Ninguém acha; ninguém acha; de toda forma, não existe mais chefe de aldeia.

Ao mesmo tempo, esticava os ouvidos, vasculhava nas trouxas de roupas e até nas tocas de ratos, lamentando não poder abrir cada excremento para examinar seu interior.

Em vão.

Ardia de impaciência. Inconsolável, permanecia sentado dias inteiros a soltar longos suspiros. Um dia, não foi visto sentado nem no pátio nem na janela. Deitara-se na véspera e continuava embaixo do edredom ao meio-dia quando meu avô mandou meu tio chamá-lo para comer. Meu tio subiu ao primeiro andar batendo em sua tigela e gritando:

— Li Sanren, estamos comendo!

Nenhuma resposta.

— Chefe da aldeia, estamos comendo!

Nenhuma reação.

Meu tio aproximou-se da cama e quis sacudi-lo, mas era como se sacudisse uma coluna de pedra. Levantou o edredom. O rosto de Li Sanren estava cinzento. Não era mais deste mundo.

Há quanto tempo estaria morto? Ninguém teria sabido dizer; uma enorme mancha de sangue escuro esparramava-se ao lado de seu travesseiro.

Ele precedera na morte a Zhao Dequan, que no entanto estava mais doente que ele. Embora houvesse cuspido sangue, seu rosto não estava deformado pela dor, o que provava que não havia sofrido. Talvez houvesse apenas tossido, cuspido sangue e morrido. Seu rosto exprimia apenas um profundo arrependimento. Seus olhos e sua boca estavam abertos, como se se preparasse para interrogar alguém mas não tivesse tido tempo.

Meu tio permaneceu plantado diante da cama. Estava pálido, mas não era por causa do medo, era por causa do frio que sentia em seu coração. Em pouco tempo, seria sua vez de sentir o frio da morte. No fim de um instante, estendeu timidamente a mão para colocá-la sob o nariz de Li Sanren. Sentiu um bafejo gelado. Recompôs-se, correu até a janela e gritou para os doentes que se reuniam no pátio para comer:

— Li Sanren está morto!

Não acreditando em seus ouvidos, eles levantaram a cabeça:

— O que está dizendo?

— Li Sanren está morto! Está frio!

Estupefação. Entreolharam-se, incrédulos, e, em vez de se dirigirem para a cozinha, subiram ao primeiro andar. Cinco ou seis quiseram certificar-se de que ele estava morto colocando a mão sob seu nariz. Estavam todos lívidos. Meu avô pôs como eles a mão sob o nariz de Li Sanren e disse:

— Alguém tem que avisar a família dele para preparar o caixão e os trajes fúnebres.

Uma pessoa então observou:

— É melhor começar a comer, senão a comida esfria.

Após ter refletido um instante, meu avô cobriu o rosto de Li Sanren com o edredom e ordenou a todo mundo que descesse para comer. Estivessem ou não ao par, todos os doentes começaram a comer como se nada houvesse acontecido.

O sol brilhava e não havia vento. No pátio, estava ameno. Os doentes comiam com apetite os pãezinhos no vapor, os legumes e a sopa de milho que Zhao Xiuqin preparara. Alguns haviam arranjado banquinhos, outros estavam agachados sobre seus calcanhares. Todo mundo comia e bebia evocando os episódios engraçados ou tristes da vida passada na aldeia.

Meu tio e Lingling comiam à parte.

Lingling perguntou:

— O chefe da aldeia está realmente morto?

Meu tio respondeu:

— Morto? Não. Ele simplesmente disse que não se sentia bem e que estava sem vontade de comer.

— Em todo caso, quem roubou o sinete não tem mais com que se preocupar.

— Você recuperou seu casaco. Então não se intrometa na vida dos outros.

Todo mundo abaixava a cabeça para comer e a erguia para falar. Quando meu avô terminou, dirigiu-se a Zhao Xiuqin, bem alto para que todos ouvissem:

— Li Sanren não quis ficar entre nós, não precisa mais cozinhar para ele.

Aturdidos, os doentes entreolharam-se. Alguns haviam compreendido o sentido de suas palavras, outros, não, mas ninguém ousou pedir explicações. Num instante, fez-se silêncio. No início, não se ouviu nada senão o arfar das respirações, que também terminou por se extinguir, de maneira que era possível ouvir o voo macio dos pássaros carregados pelo vento. Foi então que Ding Zuizui, sentado perto da porta da cozinha, julgou por bem contar uma história:

Limpou a garganta e começou:

— Era uma vez um empregado subalterno do Iêmen que se gabava de ser inteligente e capaz de resolver todos os problemas que lhe apresentassem. Um dia, o mandarim quis testá-lo. Levou-o à periferia da cidade e, vendo uma moça sair de uma horta, disse:

"— Você vai falar com essa moça e se, em poucas palavras, conseguir convencê-la a beijá-lo na boca, meu sinete oficial lhe pertencerá por três dias. Se, em contrapartida, não conseguir, receberá cinquenta bastonadas. Aceita?

"Após ter refletido por um instante, o homem inteligente dirigiu-se até a moça e lhe disse algumas palavras. A moça estendeu-lhe os lábios e o beijou na boca.

"Ele ganhara: o mandarim confiou-lhe o sinete oficial por três dias.

"Adivinhem o que o homem inteligente disse à moça?

Ding Zuizui olhou para o seu público e, para fazer o suspense durar, engoliu diversas colheres de sopa antes de continuar:

— O homem obstruíra o caminho da moça que saía da horta dizendo: "— Como teve a audácia de roubar minha cebolinha?

"A moça respondeu:

"— Deixe-me passar, não roubei sua cebolinha!

"— Vi muito bem você colocá-la na boca. Como pode me dizer que não a roubou?

"A moça abriu a boca:

"— Olhe na minha boca e verá que não há cebolinha.

"— Claro que ela não está mais na sua boca, uma vez que já está na sua barriga. Como eu poderia vê-la?

"— Claro que não vou abrir a minha barriga para lhe mostrar que ela não está lá.

"— Isso não é necessário, o cheiro da cebolinha é muito forte. Deixe-me cheirar a sua boca e saberei a verdade.

A moça então abriu a boca e ele se aproximou de seus lábios para cheirá-la.

Quando teve o sinete oficial nas mãos, o homem mandou vir de todas as partes seus parentes e amigos que, durante três dias, fizeram uma farra.

Ding Zuizui morava na escola há poucos dias. Quando a doença havia se declarado, ele dissera à sua família que queria terminar seus dias no paraíso. Desde sua chegada, tornou-se o gaiato da escola e provocava risadas de manhã à noite. Quando meu avô anunciara que Li Sanren decidira voltar para sua casa porque não queria mais morar na escola, todo mundo ficara pasmo. Ding Zuizui relaxara a atmosfera desencadeando a hilaridade geral. De boca fechada ou às gargalhadas, todo mundo ria gostosamente. Um doente chegou a cair de seu banquinho de cabeça para baixo esparramando a sopa sobre ele.

6

Dois dias após a morte de Li Sanren, por ocasião do funeral, sua mulher veio falar com meu avô porque seu diabo de marido não fechava nem a boca nem os olhos. Haveria algum problema que o preocupasse? Meu avô foi vê-lo no hangar onde ele repousava e constatou que ela dizia a verdade. Sua boca estava escancarada e seus olhos pareciam mais arregalados do que quando ele era vivo. Estavam cobertos com uma venda de luto branca. Sem nada dizer, meu avô refletiu por um instante e saiu para uma destinação desconhecida. Voltou várias horas mais tarde, segurando na mão um sinete de chefe de aldeia novinho que ele mandara gravar, acompanhado de uma latinha de lacre vermelho. Para aliviar a inquietude de Li Sanren, depositou-os em seu caixão, o sinete em sua mão direita e a latinha de lacre vermelho em sua mão esquerda. Colocou em seguida a mão sobre os olhos de Li Sanren e acariciou-os delicadamente. Seus olhos e sua boca se fecharam. Seu rosto se transformou. Embora descarnado, agora estava sereno. Li Sanren podia partir em paz.

CAPÍTULO 5

1

PRECISO FALAR DO MEU pai e contar o sonho do meu avô.

Meu pai decidira deixar a Aldeia dos Ding, onde a atmosfera tornara-se lúgubre. Os doentes estavam todos reunidos na escola, do lado de fora da aldeia. Os demais ficavam enfurnados em casa. As ruas eram sinistras; não se via ninguém, não se ouvia ninguém. Quando alguém morria numa casa, ninguém mais se dava ao trabalho sequer de prender as faixas fúnebres, e enterravam o cadáver às escondidas, sem importunar amigos e parentes. Um silêncio sepulcral reinava em toda a aldeia. Diversas famílias da rua nova já haviam partido para se estabelecer em Weixian. Uma família fora inclusive para a capital provincial.

Estavam todos de mudança. As casas esvaziavam-se. A vida abandonara a Aldeia dos Ding.

Foi quando meu avô tentou estrangulá-lo que meu pai decidiu partir. Entretanto, fazendo as contas, descobriu que estava longe de ter dinheiro suficiente para se instalar em Weixıan, e menos ainda na capital provincial. O problema não o deixava dormir. Uma manhã, de madrugada, após ter passado a noite se virando e revirando na cama, levantou-se, saiu e dirigiu-se para o leste. Ao chegar na orla da aldeia, parou. Diante dele, ao longe, um fio de fumaça subia para o céu; um cheiro ácido de remédio pinicava-lhe as narinas. Eram os doentes que ferviam sua infusão matinal. Seu coração de repente bateu mais forte.

Aquela fumaça estava carregada de ouro e prata: muitos doentes estavam mortos e muitos iam morrer. As autoridades não podiam permanecer insensíveis. Tinham que fazer alguma coisa pela aldeia.

2

Era para realizar grandes coisas que meu pai viera ao mundo, era por isso que era filho do meu avô e que era meu pai.

Ele administrara o sangue na Aldeia dos Ding e nas outras aldeias num espectro de dezenas de quilômetros. Administrara a vida dos moradores, agora ia administrar sua morte fornecendo-lhes caixões e sepulturas. Nunca pensara ter, ao longo de sua vida, tantas coisas para administrar. Por puro acaso, resolveu recorrer às autoridades e, contrariando todas as expectativas, seu plano foi coroado de sucesso. Bastou-lhe abrir a porta e o sol entrou na casa.

Meu pai foi então até Weixian, a capital do distrito, onde reinava a prosperidade. Foi recebido pelo diretor Gao, ex-responsável pelo escritório da educação, agora promovido ao cargo de assessor do chefe de distrito e responsável pelo comitê dos doentes da febre. Tiveram uma longa conversa.

O diretor Gao espantou-se:

— Várias dezenas de pessoas morreram na Aldeia dos Ding. Por que não veio me visitar antes? Você sabe, e seu pai sabe também, que nutro uma afeição toda especial pela Aldeia dos Ding. Como é possível você não saber que o distrito concede um caixão preto a qualquer um morto pela febre? A circular não chegou até a Aldeia dos Ding? Esqueçamos os que já estão mortos e pensemos nos que ficam. Qualquer um prestes a morrer só tem que se inscrever e preencher um formulário para receber gratuitamente o caixão preto. Volte à sua aldeia e informe à população. Quando voltar para me ver, não se esqueça de me trazer um pouco da gatária que você sabe cultivar tão bem e eu acho deliciosa.

3

Meu avô sabia que estava sonhando. Gostaria de parar nesse ponto, mas uma força o impelia a continuar o sonho.

Achava-se diante do que lhe parecia ser um imenso canteiro de obras.

Era uma fábrica de caixões.

Ele não sabia onde ela se situava. Sabia que estava num sonho, mas não sabia onde se situava o sonho. Caminhara pela planície, atravessara uma extensão deserta e chegara a uma pequena depressão. Era na realidade uma vasta depressão, pois não via seus limites. Em meio às dunas descobrira a fábrica. Era cercada por arame farpado. Ele percebia no interior pilhas de caixões de todos os tamanhos e aspectos diferentes nos quais estava escrito um número a giz: 1, 2, 3, que indicavam sua qualidade. Era meio-dia. O sol dardejava seus raios de ouro sobre a planície e atravessava a cerca de arame farpado enferrujado. Uma luz difusa varria a planície e o antigo leito do rio Amarelo.

Centenas, talvez milhares, de caixões pretos estavam empilhadas numa área cimentada cuja superfície superava a de uma aldeia, e, sobre cada caixão, escritos em tinta dourada, grossos como um braço, os dois caracteres tradicionais do luto cintilavam sob o sol do meio-dia.

Meu avô sabia que era a fábrica onde o governo produzia os caixões para as pessoas que morriam da febre. Duas grandes faixas funerárias estavam presas dos dois lados da entrada. Uma exprimia o amor de seus parentes pelo defunto, enquanto a outra desejava-lhe boa viagem até o paraíso. Meu avô dirigiu-se ao guarda:

— Que fábrica é essa?
— Uma fábrica de caixões.
— Quem é o dono?
— As autoridades.
— Posso dar uma olhada?
— Como poderiam proibir alguém de visitar uma fábrica de caixões?

Meu avô entrou. Diante dele, os caixões formavam um imenso lago negro em cuja superfície os caracteres dourados que cintilavam pareciam ondular como pítons, como cabeças de peixinhos vermelhos.

Ouvindo o crepitar das máquinas, meu avô avançou pela estrada pavimentada que contornava uma duna de areia. Avistou então duas fileiras de enormes oficinas. Carpinteiros, laqueadores, gravadores entravam e saíam. Os carpinteiros reuniam as tábuas de madeira branca para confeccionar os caixões. Os gravadores pegavam os caixões para neles gravar os caracteres tradicionais do luto e os laqueadores os levavam para pintá-los de preto com pincel ou pistola.

Por fim, quando a pintura secava, outros laqueadores pintavam com tinta dourada os caracteres que seus colegas haviam gravado. Os caixões eram então distribuídos em três categorias de acordo com sua qualidade.

Os operários trabalhavam em linha de montagem. Todos suavam abundantemente. Quando meu avô se aproximava, davam uma breve olhada em sua direção e, sem uma palavra, retomavam sem demora o trabalho. Meu avô ia de uma oficina a outra. Perguntou a um homem que escrevia com um pedaço de giz os números nos caixões:
— Há categorias?
— E daí? Quando comemos arroz, não tem o grosso e o fino?
Com essas palavras sábias, o homem se afastou.
Meu avô entrou numa outra oficina. Nesta, fabricavam-se caixões completamente diferentes dos empilhados do lado de fora. Uma dezena de caixões estava terminada. Ele observou que três eram de ripas de kiri de quatro polegadas de espessura e dois em abeto-coreano da mesma espessura. O abeto-coreano é resistente aos vermes e imputrescível. É, na planície central, o que há de melhor em matéria de qualidade. Os operários não apenas gravavam com grande esmero sobre o caixão os caracteres tradicionais, como gravavam também em volta dragões e fênix e, nas laterais, cenas representando almas subindo ao céu e cadeiras com carregadores vindo acolhê-las. Esses desenhos multicoloridos faziam o caixão parecer o jardim de um palácio.

Numa outra oficina ainda, um enorme caixão estava instalado sobre cavaletes. Quatro homens trabalhavam gravando nas laterais almas subindo aos céus, imortais vindo recebê-las e centenas de pássaros voando para o jardim da fênix e o paraíso terrestre. Nesse jardim, os laqueadores acrescentavam ouro e prata para sugerir luxo e riqueza. Enquanto isso, um gravador ilustrava no caixão os descendentes do defunto participando de um banquete no paraíso para celebrar seu retorno triunfante à terra natal. Os velhos, mulheres e crianças eram reproduzidos com tamanha fidelidade que pareciam vivos. Quanto às criadas, eram de uma beleza indescritível, lembrando as adolescentes do palácio da época Tang. Essas obras de arte pareciam destinadas antes a ser expostas num museu do que enterradas.

Meu avô aproximou-se dos gravadores. Todos os caixões nos quais eles trabalhavam eram em madeira de choupo e as tábuas utilizadas eram todas numa única peça. Não ousando falar, ele se plantou diante de um dos caixões. As gravuras mostravam fênix de prata e dragões de ouro, jardins irrigados por regatos, aldeias, campos e cadeias de montanhas. Num outro caixão, figurava um banquete celeste em que os comensais fumavam cigarros de luxo e bebiam vinho de Maotai, enquanto comiam frango e peixe grelhado do rio Amarelo. Jogavam cartas e majongue. O imperador presidia o banquete, cercado por cortesãs que lhe massageavam as costas e criadas que o abanavam. O mais estranho era que os homens que gravavam essas cenas paradisíacas acrescentavam-lhes televisores, geladeiras, máquinas de lavar e outros eletrodomésticos que meu avô nunca vira durante sua vida. Acima da entrada de um prédio coberto de telhas em bisel, estava fixada a tabuleta do Banco da China. Todos os homens trabalhavam com uma minúcia e uma concentração dignas de artistas esculpindo uma estátua do Buda. O suor pingava de suas testas e corria pelos seus olhos, que, de tanto fitar sua obra, pareciam saltar das órbitas. Seus cinzéis, de todas as formas possíveis, faziam brotar outeiros de uma alvura de neve que cobriam o solo com um tapete de grãos de arroz entremeados por flores. O cheiro da madeira trabalhada enchia a oficina e se espalhava para o lado de fora. Meu avô se perguntava a quem eram destinados aqueles caixões e que doente morto pela febre podia ter direito ao caixão imperial que se achava à sua frente. Aproveitando que um gravador interrompera seu trabalho para amolar suas tesouras, dirigiu-se a ele:

— Esse caixão é realmente muito bonito.

O homem levantou a cabeça para responder:

— Claro, é o caixão do dragão.

— E esse caixão em abeto-coreano, é para quem?

— É o caixão do unicórnio.

— E este em kiri que só está gravado na tampa?

— É o do rei dos animais.

— Para quem é o caixão do dragão?

Visivelmente, a reserva de paciência do gravador havia se esgotado. Ele olhou para o meu avô como se este tivesse feito uma pergunta extravagante. Meu avô, depois de mostrar seu pasmo, saiu da oficina.

O sol ultrapassara o cume da colina e agora descia para o oeste. Uma aragem glacial esfriava a amenidade do inverno. As pilhas de caixões pretos das três categorias que se erguiam diante dele não pareciam mais com um lago negro mas antes com um acampamento de paixões entre as quais circulavam homens que os apontavam com o dedo como se estivessem fazendo sua escolha.

Não longe dali estava estacionado um caminhão em cuja caçamba os caixões empilhados erguiam-se como uma montanha escura. Sobre essa montanha, homens arrumavam cuidadosamente os últimos caixões escolhidos para que não se arranhassem e colidissem, enquanto outro, de pé perto do caminhão, indicava-lhes com gestos como instalar lonas e cobertas entre os caixões. Ele vestia um casaco azul curto com gola vermelha. Falava bastante alto e se agitava muito.

A voz pareceu familiar ao meu avô. Com efeito o era, uma vez que o homem não era outro senão meu pai. Ao reconhecê-lo, meu avô dirigiu-se para ele, mas até chegar o carregamento estava terminado e solidamente arrimado com uma grossa corda. O veículo se mexeu, deixando em seu rastro uma nuvem de fumaça escura. Em menos tempo do que levamos para dizê-lo, ele sumira.

De pé no lugar que o caminhão acabava de deixar, meu avô gritou:

— Hui! Hui!

Seus gritos o despertaram.

Meu pai estava ao lado da cama e sorria para ele. Com uma voz suave, contou ao meu avô que fora até a cidade. Encontrara o diretor Gao, ex-diretor do escritório da educação, que agora era vice-administrador do distrito e responsável pelo comitê dos doentes da febre. Ele lhe pedira para transmitir sua amizade a seu pai e também prometera oferecer aos doentes da Aldeia dos Ding três litros de azeite e uma fieira de rojões para que pudessem comemorar dignamente o ano-novo.

Perplexo, meu avô sentou-se na cama e, fitando meu pai, teve a impressão de mergulhar novamente no sonho.

CAPÍTULO 6

1

Foi DEPOIS DO INÍCIO do ano que se produziu o acontecimento. Ao visitar sua família, alguém da aldeia soube que nas outras aldeias as pessoas que morriam de febre tinham direito a um caixão oferecido pelo governo. Uma fábrica havia sido instalada perto da capital do distrito para produzir os caixões necessários. Podia-se então indagar-se por que, em certas aldeias do distrito, recebia-se um caixão que custava centenas de iuanes, enquanto na Aldeia dos Ding haviam recebido míseros 3 litros de azeite e uma fieira de rojões que custavam apenas alguns iuanes. Tinha sido meu pai que os conseguira para eles, então era a ele que convinha pedir satisfações.

Estávamos no décimo sexto dia do primeiro mês do ano lunar. Depois do desjejum, Zhao Xiuqin e Ding Yuejin, à frente de uma delegação, apresentaram-se em nossa casa. Meu pai estava capinando o lugar do quintal precedentemente ocupado pelo galinheiro e o chiqueiro, do qual derrubara as divisórias. O canto de terreno que ele revolvia era particularmente fértil e não podia senão ser propício ao cultivo da gatária. Meu pai se desvencilhara do casaco e trabalhava com ardor quando ouviu-se interpelado por doentes reunidos em frente ao portão. Por que os doentes de outras aldeias haviam recebido um caixão e os da Aldeia dos Ding só tinham tido direito a alguns litros de azeite de colza?

Meu pai largou sua pá e caminhou até o portão. Dirigiu-se à multidão:

— Se eu não tivesse me esfalfado, vocês não teriam sequer esses míseros litros de azeite! Numa outra aldeia onde a população não passava de duzentos habitantes, cem pessoas morreram no espaço de um ano. Reflitam um pouco se vocês podem comparar a sorte de vocês à deles? Ainda numa outra aldeia, em cada quinhentos habitantes, trezentos estão doentes. Como, na nossa Aldeia dos Ding, poderíamos rivalizar com eles?

Todo mundo o escutara em silêncio sem nada encontrar a lhe objetar. Ele voltou para seu cantinho de terra.

Quando a primavera chegasse, iria plantar sementes de gatária. Em seguida, iria regá-las durante dois dias e, uma semana mais tarde, elas teriam germinado. Mais duas semanas e os caules espalhariam seu perfume no ar.

O momento de semear chegara, quando um doente de uns 30 anos morreu. Como ele não tinha caixão, os aldeões foram novamente em delegação procurar meu pai.

— Irmão Hui, você precisa ir falar com as autoridades para reivindicar um caixão.

Meu pai assumiu uma expressão triste.

— Reflitam um pouco: se eu julgasse que era possível obtê-lo, acham que não iria agora mesmo? Não fui eu que consegui o azeite e os rojões para vocês?

Os aldeões se foram como haviam chegado.

* * *

Um mês mais tarde, o cheiro apimentado da gatária impregnava o quintal. Não era todavia do gosto das abelhas e das borboletas, que pousavam e imediatamente esvoaçavam.

A primavera chegara ao nosso quintal.

CAPÍTULO 7

1

O ANO SE FOI. OUTRO ano começou. O período das festas passou. Nada mudara. Fazia calor quando o sol brilhava e frio quando o vento soprava. Os doentes continuavam a ferver sua infusão e quando um deles morria, era enterrado. Os doentes haviam voltado para suas casas para as festas. Agora, entediavam-se e definhavam. No fim das contas, estavam melhor na escola. Lá, tagarelavam e divertiam-se uns com os outros. Esqueciam a doença, ao passo que, sozinhos em seu quintal, sentiam-na agravar-se. Todos queriam voltar para a escola, mas haviam discutido com meu pai a respeito dos caixões e meu avô era de toda forma pai do meu pai, carne de sua carne. Não ousavam, portanto, pedir autorização para voltar à escola.

Nessa manhã, após ter almoçado no centro da aldeia, Zhao Dequan, Ding Yuejin, Jia Genzhu, Ding Zhuxi e Zhao Xiuqin curtiam o suave calor do sol que subia para o céu. Um pouco afastado do grupo, meu tio e Lingling, entregues a seu amor adúltero, olhavam-se nos olhos. Uma voz trouxe-os de volta à realidade:

— Quem vai dizer ao professor Ding que todo mundo quer voltar para a escola?

Meu tio voltou-se para o grupo e disse, sorrindo:

— Estou disposto a ir.

Todo mundo aprovou:

— Está bem, é você mesmo que deve ir.

Meu tio perguntou:

— Quem quer vir comigo?

E sem esperar resposta, voltou-se para Lingling.

— Lingling, você vem comigo. Pode ser?

Como Lingling hesitava, Zhao Xiuqin gritou:

— Sim, Lingling, vá com ele! Você não está muito doente e ainda tem força nas pernas.

Foram então ambos na direção da escola.

A alguns passos da aldeia, de ambos os lados do caminho, o jovem trigo saía da terra, exalando um cheiro fresco e vegetal. A atmosfera estava transparente. Avistava-se ao longe a Aldeia dos Salgueiros, a Aldeia das Águas Amarelas e a Aldeia de Segundo Li, deitadas como sombras na planície. Aproveitando-se de que ninguém podia vê-los, meu tio pegou a mão de Lingling. Surpresa, ela se voltou e olhou na direção da aldeia. Meu tio tranquilizou-a:

— Não há ninguém.

Lingling perguntou-lhe, sorrindo:

— Sentiu saudade?

— E você, sentiu de mim?

— Não, nem um pouquinho.

— Não acredito em você.

— Só pensei na minha doença e na morte que se aproxima.

Meu tio olhou para o seu rosto. Percebeu que ressecara muito. Sua pele parecia um pano que tivessem encharcado na água suja. Em sua testa, as pústulas eram mais numerosas. Ele olhou para o dorso de sua mão e o seu pulso. Ainda refletiam o brilho da juventude, o brilho de uma noiva de 20 anos. Ele disse:

— Está tudo bem. Não tenha medo.

Lingling perguntou:

— Sabe do que está falando?

— Sim, estou doente há um ano e virei médico. Mostre-me sua cintura para que eu veja o estado das suas pústulas.

Lingling fitava-o. Meu tio acrescentou:

— Não consigo mais ficar sem você.

Tentou arrastá-la para um canto não cultivado da plantação. O capim, na altura do joelho, secara durante o inverno. Do terreno úmido saía um cheiro de mofo. Lingling resistia com todas as suas forças. Meu tio perguntou:

— É verdade que não sentiu a minha falta?

— Não, senti a sua falta.

Meu tio puxou mais forte. Lingling disse:

— Para quê? A vida não tem mais interesse.

— O interesse de um dia de vida a mais é o interesse de um dia de vida.

Arrastou-a e obrigou-a a se sentar.

Deitaram-se no capim seco e fizeram amor.

Fizeram amor freneticamente, como loucos, esquecendo-se de sua doença e redescobrindo toda a sua energia.

O sol brilhava em suas peles nuas. Os abscessos que sangravam no corpo de Lingling faiscavam como rubis. No ápice do prazer, seu rosto iluminou-se e meu tio descobriu então não apenas que ela era jovem, como também bonita, com seus grandes olhos, suas pupilas pretas e seu nariz aquilino. Deitada no capim, ao abrigo do vento, seu corpo ressequido reencontrara seu frescor e sua alvura. Ela recebia a ferocidade do meu tio como os tenros brotos da planície recebiam a doçura do sol primaveril.

Quando se acalmaram, estavam suando em bicas. Deitados lado a lado, choraram, os olhos dirigidos para o céu que os ofuscava.

— Seria ótimo se você fosse minha mulher — disse meu tio.

— Mas não viverei até o ano que vem — respondeu Lingling.

— Ainda que você vivesse apenas uma semana, se me quiser, caso com você.

— E Tingting?

— Não se preocupe com ela.

Lingling sentou-se e, após ter refletido por um instante, respondeu:

— Aceito. De toda forma, nós dois iremos morrer daqui a pouco.

Meu tio sentou-se por sua vez. Ela tinha razão. Levantaram-se, olharam rindo para o capim que haviam esmagado e se puseram de volta no caminho da escola.

Meu avô estava arrumando as salas de aula que os doentes haviam ocupado. Com um pano, apagava os desenhos de porcos, cães e tartarugas sobre os quais estava inscrito um nome. Vendo meu tio sorrir, de pé na entrada, perguntou:

— Foi você que fez isso?

Em vez de responder, meu tio disse:

— Todo mundo quer voltar.

— As crianças precisam vir à escola.

— Os adultos morrerão em breve, de que adianta as crianças irem à escola?

— Quando os adultos morrerem, as crianças continuarão a viver.

— Quando os adultos morrerem, quem cuidará das crianças?

A pergunta partira de Lingling. Ela fitava o rosto do meu avô, descobrindo de repente o calor do sogro que ela não conhecera, cuja foto apenas vira na mesa quando viera morar na Aldeia dos Ding. Seu rosto emaciado mostrava que ele deixara o mundo a contragosto. Meu avô podia substituir esse sogro. Acrescentou prontamente:

— Reflita: um dia de vida a mais para os adultos é um dia de orfandade a menos para as crianças, logo um dia de sofrimento a menos.

Meu avô prendeu seu pano no prego preso no suporte do quadro-negro, bateu as mãos para espanar o pó do giz e disse:

— Então, tudo bem, eles podem voltar.

Meu tio e Lingling partiram para anunciar a boa notícia aos doentes. Assim que saíram da escola, voltaram a dar-se as mãos. Ao chegarem perto do canto de capim, testemunha de seus arroubos, entreolharam-se e, sem uma palavra, sentaram-se, deitaram-se...

O sol do meio-dia brilhava sobre seus corpos nus.

2

Para voltar à escola, segundo o regulamento que havia sido adotado, cada um devia fornecer sua contribuição em comida: um saco de farinha, um saco de arroz, um saco de feijão. Yuejin era o contador. Pesava o saco, mandava retirar o que havia em excesso ou acrescentar o que faltava, e cada um esvaziava seu saco no saco coletivo.

Zhao Xiuqin, como cozinheira, era dispensada de sua contribuição. Quando a coleta foi encerrada, enquanto ela amarrava os sacos, percebeu que quatro tijolos haviam sido insinuados na farinha. Cada tijolo pesava mais de dois quilos. Quatro tijolos pesavam então cerca de dez quilos. Enfiando o braço num outro saco de farinha, não foram tijolos que descobriu, mas uma grande pedra. Prosseguindo suas investigações, num saco de arroz, foram telhas pesando vários quilos que ela encontrou. Atirou tijolos, telhas e pedras no meio da estrada, onde formaram um belo entulho todo branco. As pedras redondas, os tijolos e telhas polvilhados de farinha pareciam crânios carecas, pãezinhos e bolinhos de arroz. O conjunto devia pesar uns cinquenta quilos, ou seja, o valor de um saco cheio.

Estupefatos, os doentes formavam um círculo em torno do entulho, cada um emitindo sua observação ferina:

— Meu Deus, como doentes podem ser tão desonestos?

— Merda, como pessoas que morrerão daqui a pouco podem fazer uma coisa dessas?

Agitando um tijolo coberto de farinha, Zhao Xiuqin gritou:

— Se estão com alguma coisa na barriga, denunciem-se! Cada um deve fornecer 25 quilos de farinha. Quem entregou quatro tijolos deve então dez quilos à coletividade! Que desonesto! Colocam dez quilos de farinha a menos e depois virão se queixar de que não faço comida suficiente e que fui eu, Zhao Xiuqin, que roubou a comida!

Esgoelando-se sem largar o tijolo, continuou:

— Gente da Aldeia dos Ding, todos vocês são testemunhas! Vocês me chamaram de ladra porque colhi à beira do caminho um punhado de alho-poró ou de nabo para dar uma graça ao trivial do meu marido e dos meus filhos ou um pepino para me desalterar! Mas todos vocês são ladrões por ousarem colocar quatro tijolos e vários pedregulhos na farinha e no arroz que deveriam fornecer.

Ela atirou o tijolo perto dos sacos de farinha e quis apanhar uma pedra do tamanho de uma cuia. Teve que recobrar o fôlego por duas vezes. Antes de ficar doente, era capaz de levantar várias ao mesmo tempo e até mesmo de carregar dois cestos cheios na palanca, mas agora estava muito fraquinha. Apertando a pedra contra seu peito, avançou para a multidão dos doentes sem parar de gritar:

— Vejam! Quanto pesa esta pedra? Não consigo nem carregá-la. Eu gostaria de saber qual foi o filho da puta que a colocou dentro do saco e eu lhe devolverei a pedra para que ele possa cozinhá-la na casa dele.

Deixou a pedra cair e colocou o pé em cima. Finalmente, com as mãos nas cadeiras, gritou como um homem:

— Todos os dias vocês cozinham pedras nas suas casas, não é? Comem vento e cagam barro, não é? E para mostrar sua devoção filial, servem aos velhos um prato de tijolos, não é?

Circulou um tempo pela multidão proferindo injúrias. Quando cansou, desmoronou sobre um saco. Passava da hora do almoço. Imóvel no zênite, o sol aquecia a aldeia. O inverno não terminara. Os doentes ainda usavam seus casacos acolchoados ou suas mantas, e os mais velhos, suas peles de carneiro. Os brotos de um verde tenro apareciam entretanto sobre as sóforas, faiscando como gotas de água sob os raios de sol. Todos os aldeões haviam saído de casa, pois um escândalo daqueles nunca se produzira desde que a doença se declarara na aldeia. Jovens ou velhos, todos rodeavam o monte de pedras, tijolos e telhas, amaldiçoando quem pudesse ser a tal ponto desprovido de senso moral.

Jia Genzhu, que pegara a doença recentemente, queria instalar-se na escola para que sua mulher não tivesse mais que cuidar dele, chorando às escondidas e temendo que ele transmitisse a doença a ela e a seus filhos. Ele fornecera seu arroz mais branco e sua farinha mais fina. Vendo que os demais não haviam feito a mesma coisa, já se estimava lesado, mas acrescentar pedras, tijolos e telhas passava dos limites da desonestidade. Gritou:

— Merda! Merda! Devolvam meu arroz e minha farinha; vou voltar para casa!

Meu tio disse:

— Então vamos pegar cinco quilos de farinha seus.

Jia Genzhu esbugalhou os olhos.

— E por quê?

— Precisamos compensar a perda resultante da fraude.

— Então prefiro me instalar na escola!

A situação eternizava-se. Agora era a luz vermelha do sol poente que brilhava sobre o monte de pedras, tijolos e telhas. A aragem do fim de inverno soprava na planície. Todos os que haviam trazido sua contribuição observavam o entulho batendo os pés no chão e esfregando as mãos para se aquecer. Meu avô, preocupado por não ver ninguém, chegou então. Quando foi informado do ocorrido, perguntou:

— Se não descobrirem quem foi o salafrário que fez isso, vocês não virão para a escola?

Todos responderam em coro:

— Claro que sim! Quem gostaria de ficar aqui esperando a morte?

— Então, a caminho!

Ninguém se mexeu. Ninguém desgrudava os olhos do monte, como se tivessem sofrido um prejuízo irreparável. Em todo caso, ainda que não fosse um prejuízo irreparável, o problema não era tão fácil de resolver.

Imóveis, os doentes olhavam e se recusavam a arredar pé.

Meu avô disse:

— Se não querem voltar para a escola, voltem para suas casas.

Nenhuma reação.

— Se querem vir para a escola, seria melhor pegar um jinriquixá para transportar os sacos.

Com as mãos nas mangas ou nos bolsos, os doentes, silenciosos, continuavam sem se mexer. Para eles, o caso não podia terminar daquele jeito.

O sol, como uma bola de fogo, lançava seus últimos raios antes de desaparecer. Ainda dava para sentir um pouco do seu calor.

Meu avô dirigiu-se a Ding Yuejin:

— Quanto pesam as pedras, os tijolos e as telhas?

Ding Yuejin respondeu:

— Vamos pesá-los.

Ajudado por Zhao Xiuqin, encheu alguns cestos com o entulho e pesou um por um. Subtraindo o peso dos cestos, chegou ao total de 48 quilos.

Meu avô perguntou quantas pessoas pretendiam instalar-se na escola e propôs dividir esses 48 quilos pelo número de pessoas, mas, antes que tivesse terminado de falar, Jin Genzhu interpelou-o:

— Professor Ding, mesmo ameaçado de morte, recuso-me a doar o que quer que seja. Eu trouxe arroz e farinha de primeira qualidade. Os grãos do meu arroz são grandes e brancos como os dentes de leite de um bebê e minha farinha tão doce como a espuma de um rio.

De cócoras perto dos sacos de farinha, Zhao Dequan interveio por sua vez:

— Eu... eu... também não darei nada.

Todo mundo fez coro.

Meu avô permaneceu por um instante imóvel refletindo e, sem uma palavra, partiu na direção do leste, da rua nova.

Os doentes ficaram por ali, esperando sua volta assim como a terra seca espera a chegada do aguaceiro. Ele reapareceu instantes mais tarde, precedido pelo meu pai, que empurrava sua bicicleta carregada com dois sacos de farinha. No silêncio, ouvia-se o tilintar da corrente da bicicleta. Os aldeões, estupefatos, contemplavam os dois se aproximando. De longe, reconheceram os sacos da refinaria pública. Pois na nossa casa comia-se a mesma farinha que nas casas da cidade. Ao chegar perto do grupo, meu pai substituiu sua cara desdenhosa por um largo sorriso para fazer face a Ding Yuejin, Jia Genzhu, Zhao Xiuqin e os outros que tinham ido pedir-lhe o caixão, e, sem se desfazer do seu sorriso, perguntou:

— Será que vale a pena criar tanto caso por cinquenta quilos de farinha?

Ao mesmo tempo que olhava para o monte de pedras, tijolos e telhas, colocou dois sacos de farinha ao lado dos outros e disse, espanando sua bicicleta.

— Aqui estão cinquenta quilos da melhor farinha, a que comem as pessoas da cidade, aceitem-nos como testemunho de minha boa vontade.

Virou sua bicicleta para partir e, endurecendo o tom, continuou:

— Lembre-se disto: eu, Ding Hui, nunca lhes fiz mal algum, enquanto vocês me fizeram muito mal.

Deu alguns passos, montou na bicicleta e desapareceu.

O problema estava resolvido. Os aldeões tomaram consciência do mal que haviam feito à nossa família e, durante muito tempo, esqueceram a birra com o meu pai.

Na escola, cada um reencontrou seu lugar. No quarto do meu avô, após ter apagado a luz, meu tio disse de repente:

— Merda, deu tudo errado.

— Como assim?

— Coloquei somente uma pedra no arroz e meu irmão deu dois sacos de farinha.

Meu avô sentou-se na cama e olhou na direção do meu tio sem falar nada.

Meu tio continuou:

— Adivinhe quem pôs os tijolos. Suponho que tenha sido Yuejin. Ele ficou sozinho para pesar. Pôde facilmente ter colocado quatro tijolos, isto é, dez quilos, no saco. Quando a mulher dele morreu ano passado, ele comprou tijolos para fechar a entrada do sepulcro.

Nesse instante, ouviu-se alguém dar uma tossidinha do lado de fora, depois um barulho de passos se afastando. A pretexto de uma necessidade urgente, meu tio se vestiu e saiu.

3

Três semanas mais tarde, no meio da noite, meu avô ouviu alguém o chamando. Os doentes estavam aglomerados diante da porta da despensa onde se estocava o arroz. Meu tio e Lingling estavam trancados lá dentro.

O luar iluminava a cena. Um cadeado estava pendurado no lado de fora da porta. Os doentes haviam se vestido para não perder o espetáculo de um homem e uma mulher surpreendidos em flagrante delito de adultério.

Perto da janela, do lado de dentro, meu tio tentava cobrir o burburinho, gritando:

— Vocês todos vão morrer! Vocês não têm nem certeza de ainda estarem vivos amanhã. Então, como podem ser tão malvados comigo e Lingling?

Zhao Xiuqin abriu a porta da cozinha e acendeu a luz. Todo mundo então pôde ver o novo cadeado.

Zhao Xiuqin gritou:

— Irmão Liang, não fui eu que pus esse cadeado! Eu sabia que você se entendia bem com Lingling. Eu tinha visto vocês mas não contei nada a ninguém. Minha boca permaneceu tão trancada quanto esta porta. Quem pôs o cadeado é alguém que queria que vocês fossem surpreendidos juntos.

Meu tio respondeu:

— Fomos surpreendidos juntos, e vão fazer o quê? Agora, nem medo de ser fuzilado eu tenho. Outros morrerão junto comigo. Seja como for, estou no lucro. Então, o que me importa ser surpreendido em flagrante delito de adultério?

Fez-se um silêncio no lado de fora como se aquele que tivesse trancado meu tio e Lingling houvesse cometido um grave erro. Após ouvirem meu tio, a relação parecia legítima. Os doentes entreolhavam-se perguntando-se o que deviam fazer.

Zhao Dequan, que era o mais velho deles, como se pedisse um favor, dirigiu-se ao meu tio:

— Abra a porta, por favor.

Jia Genzhu olhou para ele:

— Você tem a chave?

Zhao Dequan, de cócoras, imóvel, não respondeu.

Ding Yuejin aproximou-se da porta, levantou o cadeado e se voltou:

— Quem pôs esse cadeado? Então temos dias de vida e devemos nos preocupar com um caso de adultério? Por que recusar-lhes conhecer um momento de felicidade? Abra a porta, grande irmão Ding Liang. Você é muito melhor que seu irmão Hui.

Continuou olhando para o cadeado:

— Você precisa abrir a porta. Ding Liang e Lingling não têm mais 20 anos. Ainda que estejam doentes, devem conservar sua dignidade. O principal é não permitir que o boato corra pela aldeia, pois, se as famílias ficarem sabendo, eles serão desonrados.

Todo mundo tinha os olhos grudados no cadeado, perguntando-se quem o colocara e detinha a chave. De repente, ouviu-se Lingling chorar. De cócoras, num canto do cômodo, ela soluçava ruidosamente. Todos se apiedavam agora do destino daquela jovem que se casara com um homem da aldeia e não conhecera um único dia de felicidade. Será que ela sabia que estava doente antes de se casar ou descobrira a doença ao chegar à aldeia? Ninguém sabia nada. Em todo caso, ela trouxera desgraça e destruíra para sempre a vida do marido. Logo, era normal que a família a tivesse rejeitado.

Além disso, ela seduzira o marido de outra mulher. Se Ding Diaoming viesse a saber, as consequências seriam imprevisíveis, pois esse marido era seu próprio primo Ding Liang, o que era um crime imperdoável. Os soluços de Lingling tornavam-se cada vez mais dilacerantes, enquanto meu tio empurrava a porta com toda sua força para fazer o cadeado ceder.

Meu avô agora compreendia por que o meu tio saía no meio da noite. Não era para ficar de conversa fiada nem para jogar xadrez. Era para encontrar-se com Lingling e entregar-se àquele ato inqualificável. A fúria apoderou-se dele, e a multidão afastou-se para lhe abrir passagem. O silêncio reinou subitamente, cada um se perguntando qual seria o desfecho da situação.

Meu tio gritou:

— Pai!

— Seu pai deveria ter estrangulado vocês dois há muito tempo, você e seu irmão!

— Abra primeiro a porta e depois falamos disso!

Meu avô não respondeu.

Meu tio repetiu:

— Abra a porta!

Meu avô dirigiu-se à multidão:

— Se não quiserem me dar a chave, vou me ajoelhar perante vocês no lugar de Liang e Lingling!

Meu tio gritou:

— Pai, quebre o cadeado!

Alguém foi pegar uma pedra grande, um martelo e um facão de cozinha para despedaçar o cadeado, mas no momento em que ele ia pôr mãos à obra, a situação mudou.

Ding Xiaoming chegava correndo. Não estava doente, pois nunca vendera seu sangue. Seu pai, que o vendera, já estava morto fazia tempo. Alguém deu o alerta:

— Olhem! Acho que é o marido de Lingling!

Todos se voltaram.

Ding Xiaoming precipitava-se para a multidão. Meu avô estava lívido. Depois da campanha de venda de sangue, meu pai e meu tio haviam mandado construir uma casa com telhado de telhas, enquanto Xiaoming ainda morava numa choupana. As relações haviam esfriado. Um dia, após a morte do marido, a mãe de Xiaoming, sem razão aparente, plantara-se diante da casa do meu tio e, apontando-a com o dedo, gritara:

— Esta casa com telhado de telhas é o depósito de sangue da aldeia!

Em seguida, apontando para os muros brancos da nossa casa, gritara:

— Os ladrilhos que cobrem essas paredes são os ossos das pessoas da aldeia!

Essas invectivas haviam sido repetidas ao meu pai e ao meu tio e as relações entre as duas famílias haviam se deteriorado. As pessoas só se encontravam agora em frente às sepulturas.

Quando a doença começou suas devastações e me envenenaram, a notícia da minha morte espalhou-se pela aldeia. Quando chegou aos ouvidos da mãe de Xiaoming, esta exclamou que era um castigo do céu. Minha mãe foi até a casa dela e seguiu-se uma violenta altercação. A datar desse dia, os laços foram definitivamente rompidos entre as duas famílias.

Pulando como um tigre, Xiaoming fendia a massa, que se afastara para lhe abrir caminho. Não se via a cor do seu rosto, mas sentia-se o vento. O sangue deixara o rosto dos doentes. Meu avô mantinha-se imóvel diante da porta. Um silêncio de morte reinava. Os olhos dirigiam-se sucessivamente para ele e para Xiaoming. A estupefação foi geral quando percebeu-se que ele tinha na mão a chave do cadeado. Parou em frente à porta e abriu.

A impressão foi a mesma de quando, num calor tórrido de verão, uma rajada de vento frio faz subitamente crepitar o granizo antes que o tempo volte a ficar como estava.

Lingling mantinha-se atrás da porta como se esperasse que Xiaoming lhe agarrasse o punho. Ele não era grande, mas era atarracado. Sem uma palavra, como um tigre carregando o cordeiro na boca, ele a arrastou. Desgrenhada, lívida, ela não oferecia mais nenhuma resistência.

Quando Xiaoming passou à sua frente, meu avô gritou:

— Xiaoming!

Xiaoming parou e se voltou.

Meu avô disse:

— Lingling está doente, você tem que lhe perdoar.

Xiaoming lançou num tom desdenhoso:

— Por que não cuida do seu filho?

As testemunhas da cena ficaram por muito tempo estáticas, descontentes com o desfecho. Um caso de adultério envolvia dois personagens. A mulher se fora, o homem ainda estava ali. Os olhos agora estavam grudados no meu tio. Ele saiu, as roupas imaculadas, a gola impecavelmente abotoada. Sentou-se no gradil em frente à porta, de cabeça baixa, as duas mãos nos joelhos.

Os espectadores aguardavam a sequência.

Foi meu avô que resolveu o impasse desferindo-lhe um violento pontapé e gritando:

— Corra para casa! Você já desavergonhou o suficiente a sua família!

Meu tio se levantou. Esforçando-se para sorrir, dirigiu-se à multidão:

— Podem rir, mas lhes suplico: não digam nada à minha mulher. Vou morrer daqui a pouco mas tenho medo de que minha mulher saiba.

Antes de sumir do mapa, ainda virou-se uma vez para gritar:

— Eu lhes suplico! Por favor, não digam nada à minha mulher!

CAPÍTULO 8

1

Ding Yuejin e Jia Genzhu vieram fazer uma proposta inesperada ao meu avô. Como todos os dias, o sol subia o céu e aquecia o ar frio desse fim de inverno. No quintal, os choupos e os kiris verdejavam. A primavera prendia suas pérolas de orvalho nos galhos das árvores. As inflorescências pretas e vermelhas eclodiram na noite. Um cheiro fresco de mato perfumava o pátio. Nos interstícios dos ladrilhos que cobriam as paredes, tenros brotos, verdes, amarelos ou transparentes, saíam para a luz. Sorrateiramente, a primavera chegava no dia seguinte ao incidente para expulsar com uma lufada de ar puro os miasmas do inverno. A noite fora aflitiva. Na aldeia, os chiqueiros e galinheiros eram abertos, mas na escola estavam todos ainda mergulhados em seus sonhos e os roncos ecoavam nos dormitórios. Os que falavam durante o sono não tinham tido tempo de dizer senão algumas frases quando Ding Yuejin e Jia Genzhu se levantaram. Jia Genzhu, que dormia perto da janela, fora acordado pelos primeiros raios do sol. Pulou imediatamente da cama e acordou Ding Yuejin, sacudindo-o sem dizer uma palavra a fim de não fazer barulho. Ding Yuejin sentou-se em sua cama e, no fim de um instante, lembrou-se de que haviam planejado alguma coisa. Levantou-se por sua vez. Os dois homens desceram e dirigiram-se ao cômodo onde meu avô dormia. Após terem olhado pela janela, bateram à porta.

Ouviram uma voz atrás de si. Era meu avô.

Do lado de dentro, meu tio dormia com os punhos fechados. Os acontecimentos da noite o haviam deixado esgotado. Dormira assim que se deitara e meu avô foi obrigado a acordá-lo.

— Liang, nunca pensei que você pudesse se comportar tão mal e se desonrar tanto.

Silêncio.

— Depois do que você fez, você não morrerá de morte natural. Você não terá uma boa morte. Sabia?

— Isso não quer dizer nada. Vou morrer da febre, seja como for.

— Como se atreveu a fazer mal a Tingting?

— Antes do nosso casamento, Tingting tinha conhecido outro homem, nunca pediu desculpas por isso.

— E você pensou no seu filho Xiaojun?

— Pai, durma; estou com sono.

— Ainda consegue dormir?

— Para ter forças, é preciso dormir.

— Se a mãe de Tingting ficar sabendo, o que irá acontecer?

— Como ela poderá saber?

Voltou a dormir e a roncar imediatamente.

Meu avô, em contrapartida, não dormia. Odiava meu tio e sentia uma tristeza profunda. Ao ouvir os roncos espasmódicos do filho, deu-lhe vontade de estrangulá-lo, mas não sentia forças para isso. Ficou sentado na cama com a colcha nos ombros.

Nem havia tirado a roupa. Tudo colidia na sua cabeça. Aos primeiros raios do alvorecer, levantou-se. Passando perto da cama do meu tio, quis abaixar-se para estrangulá-lo mas se contentou em recolher a colcha que caíra para colocá-la sobre seus ombros descobertos. Saiu e deu alguns passos pelos campos de plantação que confinavam com a escola. Ao voltar de seu passeio, viu Ding Yuejin e Jia Genzhu baterem à sua porta. Com uma voz sofrida, perguntou:

— Yuejin, Genzhu, o que está acontecendo?

A sequência iria revelar-se tão surpreendente quanto se o sol tivesse subitamente nascido no oeste, como se uma alta montanha tivesse subitamente aparecido no meio da planície, como se o antigo leito do rio Amarelo, árido há cem anos, tivesse subitamente se enchido de água, ou como se o trigo tivesse amadurecido no fim do inverno. O punho de Ding Yuejin permaneceu suspenso no ar e os dois homens se voltaram ao mesmo tempo. Meu avô estava três passos atrás deles. Lia-se cansaço em seu rosto sulcado pelas rugas. Entreolharam-se, estupefatos.

Yuejin conseguiu esboçar um débil sorriso para perguntar:

— Não dormiu à noite, tio?

Meu avô sorriu tristemente para responder:

— Nem um minuto.

Os dois homens entreolharam-se novamente antes de se dirigir ao meu avô:

— Queremos conversar com você.

Genzhu perguntou:

— Aonde podemos ir?

— Tanto faz.

— Cuidado para não acordar Ding Liang.

Dirigiram-se para o portão.
Genzhu dirigiu-se a Yuejin:
— Fale você.
— Não, você é quem tem que falar.
Com os olhos apontados para o meu avô, Genzhu abriu ligeiramente a boca e passou a língua no beiço.
— Professor Ding, depois de refletir muito, concluímos que há coisas referentes à aldeia que não podemos mais lhe esconder.
Meu avô olhava para eles.
Yuejin disse, rindo:
— Fomos nós que trancamos Ding Liang e Lingling.
Meu avô mudou de cor. Lia-se incompreensão em seu rosto. Encarou Ding Yuejin, esperando vê-lo abaixar a cabeça com um ar culpado, mas este manteve a cabeça altiva e sorria o mesmo sorriso que Jia Genzhu, o mesmo sorriso que meu tio. Fitava meu avô sem dizer uma palavra, a boca fechada, como se procurasse descobrir alguma coisa no seu rosto.
Meu avô não compreendia aonde eles queriam chegar.
Genzhu rompeu o silêncio:
— Fomos nós que pusemos o cadeado na porta e mandamos alguém entregar a chave para o marido de Lingling.
Yuejin emendou:
— Genzhu também queria dar uma chave para Tingting, mas eu não deixei.
Genzhu retrucou olhando para Yuejin com o rabo do olho:
— Se não fiz isso, foi por respeito pelo professor Ding e não por Ding Liang, que não vale grandes coisas.
Yuejin disse:
— Temos que discutir um problema que diz respeito à vida da aldeia.

Falando alternadamente, continuaram:

— Professor Ding, sabemos que o que você mais teme é que Tingting venha a saber.

— É por isso que queremos conversar com você.

— Não é uma coisa muito importante.

— Não vai lhe causar problemas, basta aceitar o que sugerimos.

— Assim que aceitar, poderá viver tranquilo.

Meu avô demonstrou impaciência:

— Então me digam o que têm a dizer.

— Genzhu, cabe a você falar.

— Não, é melhor você falar.

— Bom, vou falar.

Genzhu virou-se para o meu avô:

— Professor Ding, não precisa se zangar. Temos medo de que você fique com raiva mas sabemos que pode compreender. Por isso viemos conversar. Se Li Sanren ainda fosse o chefe da aldeia, não teríamos tantos melindres com ele.

Meu avô não pôde mais se conter:

— Afinal vocês vão me dizer aonde pretendem chegar?

Foi Genzhu quem respondeu:

— Não precisa mais se preocupar nem com a escola nem com os doentes. Eu e Yuejin nos encarregaremos de tudo.

Yuejin continuou:

— Tio, sejamos claros. Nós dirigiremos a escola e cuidaremos dos doentes. Ocuparemos também os postos de secretário do Partido e de chefe da aldeia. Se você nos obedecer, ninguém ousará nos desobedecer.

Meu avô caiu na risada e disse calmamente:

— Então era isso que queriam me dizer?

Impassível, Genzhu retrucou:

— Você precisa reunir os doentes e anunciar-lhes que estamos assumindo a direção dos assuntos da escola e das subvenções do governo. Parece que Ding Hui está de posse de um sinete de secretário da aldeia. Você terá que passá-lo para nossas mãos. Um de nós dois será secretário do Partido e o outro, chefe da aldeia.

Meu avô olhava para os dois homens sem dizer nada.

Yuejin repetiu:

— Você precisa fazer esse anúncio, e tudo estará terminado.

Genzhu esclareceu:

— Caso se recuse, contaremos a Song Tingting sobre o relacionamento de Ding Liang com Lingling e a vida da família ficará manchada para sempre.

Os dois homens entendiam-se às mil maravilhas.

— Tio, se assumirmos os assuntos da escola e da aldeia, isso não trará nenhum inconveniente para você.

— Administraremos os negócios melhor que você. Sabemos que seu primogênito vende os caixões fornecidos de graça pelo governo. Corre o boato de que, quando tiver acumulado dinheiro suficiente, ele irá se mudar e se instalar na capital provincial ou numa outra cidade. Quanto a seu caçula, Ding Liang não apenas tem uma relação adúltera, como sua parceira ainda é mulher do primo dele. Nessas condições, você acha que ainda é qualificado para dirigir os assuntos da escola e da aldeia?

— Tio, se o impedimos de continuar, é para o seu bem.

— Se não estiver de acordo, executaremos nossa ameaça e você não ignora as consequências disso para a família.

Os dois homens pareciam executar um número ensaiado à exaustão. Meu avô só podia fitá-los e escutá-los. O sol que brilhava em seu rosto ressaltava sua palidez e fazia cintilar as gotas de suor que começavam a aflorar em sua testa, da qual o sangue havia desertado. Parecia ter subitamente envelhecido. Sua cabeça parecia uma bexiga branca que teria voado se não estivesse presa no pescoço. Não reconhecia os dois homens que lhe faziam frente. Olhava-os como o professor, diante de sua classe, olha no livro que tem nas mãos dois problemas de matemática que não sabe resolver. Escutara-os, a boca entreaberta, sem mexer os lábios nem piscar.

Os três homens entreolhavam-se. O silêncio que se eternizava só era perturbado pelo pio dos pardais no kiri. Foi Jia Genzhu o primeiro a perder a paciência. Pigarreou como se a garganta estivesse coçando e perguntou:

— Professor Ding, você ouviu o que acabamos de dizer?

2

Meu avô fez o anúncio durante o almoço. Declarou simplesmente que estava velho e que seus dois filhos, por seu comportamento inqualificável, o haviam desonrado. Portanto, não se sentia mais digno de administrar os assuntos da escola e da aldeia e julgava preferível deixar essas tarefas a cargo de Genzhu e Yuejin, que eram jovens, entusiastas e apenas ligeiramente doentes.

Os doentes que o escutavam comendo, acocorados em frente à porta da cozinha, ainda tinham presente no espírito a cena da noite da véspera. Para eles, as coisas estavam claras: uma vez que meu avô era incapaz de cuidar dos seus próprios problemas, não podia cuidar dos problemas dos outros. Voltaram-se todos para o meu tio, que comia, de cócoras, na outra ponta do prédio. Olhava para eles sem se desfazer de seu sorriso, como se o que acontecera à noite, a demissão do meu avô e a tomada do poder por Jia Genzhu e Ding Yuejin, não fosse senão bagatelas que não mereciam atenção, como se o fato de ser surpreendido em flagrante delito de adultério nada tivesse de particularmente horrível. Os doentes não sabiam como interpretar aquele sorriso. Alguém gritou para ele:

— Ding Liang, não acha que escapou de uma boa?
— Um dia de adultério, pelo menos isso!

Jia Genzhu e Ding Yuejin não repararam no sorriso do meu tio. Haviam colocado sua tigela no chão e, após terem escutado o anúncio do meu avô, foram pegar uma faixa de papel deixada no parapeito de uma janela. Utilizando a água de lavagem do carvão que cozinhara o arroz, sem dizer uma palavra, haviam-na afixado ao kiri em frente à porta da cozinha.

Os doentes aproximaram-se e leram:

1) Cada doente deverá fornecer todos os meses à coletividade uma contribuição em cereais de boa qualidade. Quem trapacear com a quantidade amaldiçoa sua bisavó e que toda sua família morra da febre.

2) Cada doente não deverá consumir mais do que sua ração de comida, óleo e medicamentos fornecida pelo governo. Quem consumir mais do que a sua cota amaldiçoa oito gerações de seus ancestrais e que 16 gerações de seus descendentes morram da febre.

3) Os caixões fornecidos pelo governo serão administrados por Jia Genzhu e Ding Yuejin. Quem não se curvar às suas instruções não apenas não terá caixão, como verá oito gerações de seus ancestrais e 16 gerações de seus descendentes morrerem da febre.

4) Ninguém deverá se apropriar dos bens da escola sem a concordância prévia de Jia Genzhu e Ding Yuejin. Quem roubar alguma coisa não terá uma boa morte e verá seu caixão aberto e seu túmulo saqueado.

5) Ninguém poderá utilizar um bem, seja qual for sua relevância, pertencente à coletividade sem haver previamente obtido autorização por escrito de Jia Genzhu e Ding Yuejin, a qual deverá ser revestida do sinete oficial, sem o que não terá validade. Quem não houver pedido essa autorização morrerá, seus pais terão uma morte prematura e seus filhos serão vítimas de um acidente de carro.

6) Todo residente na escola que for flagrado roubando, tendo relações ilícitas ou achincalhando a moralidade pública desfilará na aldeia vestindo um chapelão e com um cartaz apontando seu crime pendurado no pescoço, e toda a sua família terá o rosto e o corpo aspergidos com o sangue de um doente da febre.

7) Qualquer um que não aceite as cláusulas acima verá a ponte desmoronar sob seus pés ao atravessar o rio. Assistirá a si mesmo morrendo em sonho e transmitirá a febre à sua família, a seus próximos e a seus amigos. Deverá, ademais, voltar imediatamente para sua casa para morrer. Qualquer um que retardar sua partida verá sua doença agravar-se subitamente.

Todos os doentes apreciaram o estilo do novo regulamento. Acharam as sete cláusulas bastante criteriosas e as invectivas que as acompanhavam do melhor quilate. Voltaram-se para Yuejin e Genzhu. Estes estavam de cócoras e comiam, a expressão grave, tão taciturnos quanto uma nuvem negra.

Os problemas estavam resolvidos. Muitas coisas estranhas iam acontecer. Nada mais seria como antes na Aldeia dos Ding.

3

Produziu-se um fato na família de Jia Genzhu que, numa época normal, teria passado desapercebido. Seu irmão de 22 anos, embora acometido pela doença, decidiu se casar. Seus vizinhos e todos os aldeões asseguraram às pessoas das outras aldeias que Jia Genbao, o irmão de Jia Genzhu, não podia estar doente, uma vez que a todas as refeições comia quatro pães, dois pratos de legumes e duas tigelas de sopa, de modo que terminou por convencer uma moça saudável da aldeia vizinha a se casar com ele. O casamento foi concluído num piscar de olhos. Só faltava organizar o banquete de dez mesas. Em geral, por ocasião de um casamento, cada família emprestava uma mesa. Agora era impossível, pois todas as mesas haviam sido transformadas em caixões. Para resolver o problema, Jia Genzhu autorizou seu irmão a emprestar as carteiras da escola. Ora, no momento em que ele as carregava em seu jinriquixá, meu avô obstruiu-lhe o caminho. Ninguém além das crianças tinha o direito de utilizar aquelas carteiras. Ordenou a Genbao que descarregasse as seis carteiras novas pintadas de amarelo. Começou a discussão. Todos os doentes acorreram.

Por fim, Genzhu e Yuejin acorreram por sua vez.

Fazia três dias que detinham o poder, e, durante esses três dias, não haviam engolido uma colher de sopa ou de remédio a mais que os outros. Tinham ido duas vezes à aldeia para reivindicar uma ajuda do governo e obtido, para cada família que incluísse um membro doente, cinco quilos de massa, cinco libras de feijão e uma redução de um terço do imposto na cobrança. Portanto, os doentes tinham todos os motivos para estar satisfeitos com seus novos dirigentes.

Meu avô era formal:

— Ninguém tem o direito de tocar nas carteiras da escola!

Jin Genbao tentava dobrá-lo:

— Professor Ding, eu estou doente. Sabia que vou morrer em breve?

— Está doente e tem a audácia de querer se casar?

— Quer que eu fique solteiro até o fim dos meus dias?

Vendo que meu avô continuava inflexível, os espectadores intervieram:

— Por que não lhe emprestar as carteiras? Ele vai devolvê-las.

— Se ele quiser ter descendentes, tem que se casar.

— Professor Ding, você quer se vingar porque eles lhe tiraram da direção da escola.

Meu avô permaneceu plantado diante do portão sem responder. O sol aquecia o pátio. Os doentes haviam tirado seu casaco acolchoado. Alguns vestiam um velho pulôver, outros um casaco de veludo novo ou uma camisa de algodão. Meu avô usava um casaco de veludo amarelo cuja cor parecia ter se transferido para o seu rosto, que ia se cobrindo de suor como a terra ocre é coberta pelo sereno da manhã.

Solidamente ancorado sobre suas pernas, segurando com firmeza os dois batentes do portão, encarava a multidão.

— Se alguém me garantir que, depois da sua morte, seu filho não virá estudar na escola, deixo Genbao passar.

Silêncio.

Meu avô repetiu:

— Quem pode me garantir isso?

O silêncio se prolongava. O ar começava a esfriar. Congelados no lugar, os doentes esperavam estupidamente a sequência. De repente, Genzhu fendeu calmamente a multidão. Via-se em seu rosto que represava sua cólera. Plantou-se diante do meu avô e disse friamente:

— Professor Ding, está se esquecendo da nossa conversa do outro dia.

Meu avô olhou para Genzhu e, sem alterar a voz, respondeu:

— Sou o vigia da escola. Portanto, não posso permitir que levem as carteiras.

— É verdade que você vigia a escola, mas a escola pertence à Aldeia dos Ding.

Meu avô não podia negar a evidência:

— Sim, a escola pertence à Aldeia dos Ding.

Genzhu sacou do bolso uma folha de papel e o sinete de secretário da aldeia. Pôs-se de cócoras, colocou a folha no joelho, assoprou o sinete para umedecê-lo e o apertou contra a folha, a qual estendeu ao meu avô.

— E agora, vai dar passagem?

Meu avô não se mexeu.

Genzhu agachou-se de novo e, com um lápis, escreveu: "Após ter examinado a questão, autorizamos Genbao a utilizar as 12 carteiras da escola."

Assinou pomposamente sobre o sinete e pôs a folha debaixo do nariz do meu avô.

— Tem alguma coisa a acrescentar?

Dessa vez meu avô lançou para ele um olhar marcado pelo desprezo e a piedade.

As testemunhas da cena achavam que meu avô estava errado em teimar. Uma vez que a autorização de saída estava revestida do sinete oficial, ele devia deixar Genbao passar. Pegar uma dúzia de carteiras escolares emprestadas não era um procedimento extraordinário. Como ele podia, com sua atitude intransigente, impedir a celebração do casamento?

Meu tio saiu da massa para interceder em favor da família Jia.

— Pai, as carteiras não nos pertencem. Por que criar tanta dificuldade?

Meu avô retrucou acidamente:

— Você, nem um pio! Tudo que está acontecendo é culpa sua!

Meu tio recuou, sorrindo:

— Tudo bem, tudo bem, isso não me diz respeito.

Zhao Xiuqin interveio por sua vez:

— Professor Ding, você não pode ser tão rigoroso. Essas carteiras não pertencem à sua família.

A resposta foi áspera:

— Zhao Xiuqin, você não sabe sequer escrever o próprio nome. O que pode compreender?

Zhao Xiuqin não achou o que responder.

Yuejin, que até então mantivera-se atrás do grupo, avançou.

— Tio, autorizamos Genbao a pegar emprestadas as carteiras. Então abra o portão e deixe-o passar.

— Só porque você o autoriza, acha que ele tem o direito de levá-las?

Meu avô encarava Yuejin como se quisesse sorver suas órbitas. Em absoluto impressionado, Yuejin sustentava seu olhar. Elevou a voz:

— Após havermos discutido, Genzhu e eu concordamos em autorizar Genbao a pegar emprestadas as carteiras.

Meu avô esticou o pescoço, passou o olhar pela multidão e, com os olhos voltados para o céu, declarou:

— Se quiser levar as carteiras, terá que passar sobre o meu corpo com o carro.

Apertou nos braços os dois batentes do portão como que para soldar-se neles a fim de que ninguém pudesse arrancá-lo dali.

Chegara-se a um impasse. O ar parecia ter-se tornado glacial. Todos olhavam para Genzhu, Yuejin e meu avô, esperando o desenlace, pouco a pouco tomando consciência de que o conflito não tinha mais nada a ver com o empréstimo das mesas, nem com o adultério. Tratava-se agora de saber quem era o responsável pela escola e suas carteiras.

O silêncio eternizava-se. Os doentes sentiam arrepios sob o sol desse início de primavera.

O papel revestido com o sinete oficial tremia na mão de Genzhu. Com os lábios vincados, fitava o velho búfalo ainda capaz de morder e que se recusava a morrer.

Yuejin mantinha-se ao lado dele. Lia-se impotência em seu rosto como se tivesse sido posto de lado, pois, no fim das contas, meu avô era do mesmo clã que ele. Além disso, ensinara-o a ler. Ele não podia erguer a mão para o meu avô. Olhava para Genzhu, esperando descobrir um jeito de fazer meu avô desistir para permitir a Genbao levar as carteiras. Aliás, era seu irmão que pretendia usá-las, cabendo-lhe então resolver a crise. Todo mundo sabia que Genbao estava doente, mas ninguém sabia como ele contraíra a doença, uma vez que não vendera seu sangue. Todo mundo guardara o segredo para que ele pudesse encontrar uma moça de outra aldeia que aceitasse desposá-lo.

A moça tinha 20 anos. Frequentara o liceu e fizera o exame para a universidade. Faltaram-lhe apenas poucos pontos para passar. Se tivesse passado, não se veria reduzida a desposar Genbao. Tentara opor-se ao casamento:

— Há doentes em todas as famílias da Aldeia dos Ding — ela objetara à sua mãe.

Sua mãe retorquira:

— Uma vez que todo mundo afirma que Genbao não está doente, você tem medo de quê? Mandei você para a escola durante anos e você não foi sequer capaz de entrar na universidade, acha que vou alimentá-la de graça até o fim dos seus dias?

Não lhe restou senão chorar. Aceitara casar com um rapaz da Aldeia dos Ding. Genbao esperava ter um filho o mais rápido possível para garantir sua descendência, pouco lhe importava transmitir sua doença à mulher.

Tinha então pressa em se casar e eis que, no momento em que tudo se arranjava, meu avô atravessava o seu caminho.

Ia fazer seu casamento fracassar.

Genbao era baixinho, franzino e estava muito debilitado pela doença. Além disso, não podia atacar um homem bem mais velho do que ele. Olhava para o seu irmão mais velho com uma cara deplorável. Este lhe afirmara que agora era o responsável pela escola. Devia então, logicamente, usar de sua posição para organizar o futuro da família, planejar os funerais de seus pais e utilizar o dinheiro da venda do sangue para construir a casa de vários cômodos e telhado de telhas que ele não julgara propício construir ao mesmo tempo que os demais. Fitava seu irmão, não compreendendo por que ele não agia.

De repente, ouviu seu irmão ordenar-lhe:

— Leve as carteiras de volta para o lugar!

Após ter hesitado um instante, partiu de volta com o jinriquixá.

Os espectadores viram-no afastar-se. Lia-se decepção em seus rostos. Não compreendiam. Aquele desfecho não era aceitável. O sol agora estava em cima das cabeças. O cheiro dos rebentos que acabavam de brotar nas árvores impregnava o pátio. Tinha-se a impressão de se estar na beira do rio e de se sentir o cheiro da água.

Meu avô estava tão surpreso quanto os demais. Não esperava aquela reação da parte de Genzhu. Sentiu-se subitamente culpado por ter atrapalhado o casamento de Genbao. Ao avistar do outro lado do pátio o infeliz rapaz depauperado descarregar as carteiras, dirigiu-se a Genzhu:

— Tudo bem, autorizo Genbao a levar as carteiras.

Genzhu zombou:

— Não vale a pena.

Os músculos de seu pescoço estavam retesados como finos galhos de salgueiro. Sob o olhar dos doentes, roçou no meu avô e partiu com passos lentos na direção da aldeia. Parecia uma árvore sem galhos que teríamos transplantado para a planície no início da primavera. As árvores rebentavam. As coisas iam rebentar também.

4

Os acontecimentos se precipitaram.

Não fazia muito tempo que Jia Genzhu partira quando minha tia Song Tingting chegou de surpresa. Parecia um redemoinho aproximando-se da escola. Seu rosto estava crispado e os músculos de suas faces agitados por tiques. Arrastava atrás dela seu filho Xiaojun, cujos pés quicavam desesperadamente no chão para acompanhá-la. O trigo no capinzal ondulava na luz e até mesmo os lugares onde não havia nada semeado tingiam-se de verde. Em toda a planície, os brotos ávidos de sol levantavam a terra. Pessoas da Aldeia das Águas Amarelas ou da Aldeia de Segundo Li que não estavam doentes regavam ou capinavam suas plantações. Eram vistas ao longe, como feixes de feno erguidos sobre a planície.

Íamos reviver a cena da noite em que meu tio e Lingling haviam sido surpreendidos.

Era hora da refeição, mas os aldeões pareciam ter esquecido. As mulheres haviam apagado o fogo e acrescentado água fria em seus caldeirões. Ninguém sabia o que estava acontecendo. Sabia-se apenas que alguma coisa estava acontecendo. Assim, todos os aldeões, homens e mulheres, crianças e adultos, haviam alcançado Song Tingting. Chegavam atrás dela como uma manada de cavalos disparados no galope numa nuvem de poeira.

Um homem segurara sua mulher:

— Nunca viu nada na vida? Volte para casa para cuidar de mim.

Um velho detivera seus netos, murmurando:

— Como se não bastasse tanta gente morrendo da febre! Agora ainda querem obrigar os outros a se enforcar.

Em contrapartida, mulheres haviam retirado a tigela das mãos dos filhos, dizendo:

— Rápido! Corram para ver o espetáculo!

Era então uma multidão enorme que se dirigia para a escola.

Desde que a doença se declarara, não se vira nada igual. O espetáculo ia ser mais grandioso que o concerto de Ma Xianglin. Seria um espetáculo vivo e não uma ópera tradicional.

* * *

A calma reinava na escola. Zhao Xiuqin e as duas mulheres que ela escolhera estavam na cozinha. Os outros doentes estavam em seus dormitórios. O portão rangeu quando minha tia entrou no pátio, acompanhada pelo martelar dos passos de seu séquito.

Meu avô e meu tio discutiam em seu quarto acerca dos acontecimentos que acabavam de viver, com meu tio admoestando meu avô pela sua atitude diante de Genbao.

— Afinal de contas, ele está doente...

— Pior ainda, como ele pode esconder a verdade à moça para que ela aceite se casar com ele?

— Não é uma moça da Aldeia dos Ding, então isso não é da sua conta.

— O que sei, em todo caso, é que você é um traste.

Foram eles os primeiros a ouvir o estrépito. Abrindo a porta, meu avô viu-se cara a cara com a minha tia.

Ela estava do lado de fora, ele estava do lado de dentro e meu tio mantinha-se de pé atrás dele. Seus olhares colidiram e eles se imobilizaram como dois carros batendo de frente.

Por um instante, reinou o silêncio.

Meu avô, vendo que o cor-de-rosa do rosto de Tingting dera lugar ao verde dos ramos viçosos da primavera, compreendeu tudo. Meu tio compreendeu também. Encolheu-se todo e foi refugiar-se no quarto. Meu avô voltou-se para gritar para ele:

— Liang, saia daí e venha se ajoelhar perante sua mulher!

Meu tio não se mexeu.

Fora de si, meu avô gritou novamente:

— Seu vagabundo sem-vergonha, saia e ajoelhe-se perante Tingting!

Meu tio fechara a porta e mantinha-se calado.

Meu avô começou a chutar a porta e se apoderou de um banquinho, mas quando ia utilizá-lo para arrombar a porta, um acontecimento imprevisto confundiu tudo.

Minha tia deu um passo no corredor e permaneceu em silêncio, o tempo de o verde do seu rosto clarear e seus traços relaxarem. Então, magnânima como poucas mulheres poderiam sê-lo, disse com uma voz calma:

— Pai, inútil chamá-lo. De toda forma, não é um homem, não irá aceitar.

O banquinho permaneceu suspenso no ar.

Minha tia continuou:

— Chega. Em toda a minha vida, nunca fiz mal à sua família. Posso me divorciar e voltar para minha casa com Xiaojun a fim de não corrermos mais o risco de pegar a doença.

Meu avô abaixou o braço sem largar o banquinho, como se este estivesse preso entre suas pernas por uma corda.

Tingting calou-se e passou a língua nos lábios. Seu rosto readquiriu sua tez rósea.

— Pai, levo Xiaojun comigo. Se quiser rever seu neto, poderá me visitar; mas, se Ding Liang ousar aparecer, ordenarei a meus irmãos que lhe quebrem as pernas.

E, sem dar tempo para uma resposta, deu-lhe as costas e foi embora.

5

Nesse instante, Jia Genzhu voltou da aldeia. Yuejin juntou-se a ele diante da porta do meu avô. Tingting partira, mas os basbaques não haviam se dispersado. Genzhu dirigiu-se a eles:

— Voltem todos para casa! Já não tiveram seu espetáculo?

Ele falava como um verdadeiro chefe de aldeia. As pessoas olhavam para ele sem compreender.

Yuejin encarregou-se de lhes explicar:

— Compreenderam? Agora somos Genzhu e eu que dirigimos a escola!

Os dois homens entraram na casa do meu avô. Yuejin anunciou, rindo:

— Tio, temos uma coisa a lhe dizer.

Genzhu, que não ria, estendeu a meu avô uma folha do mesmo papel com linhas vermelhas que fora utilizado para a autorização de saída das carteiras escolares. Tinha o sinete oficial do secretário da aldeia. Acima do sinete, podiam-se ler duas frases que causaram em meu avô o efeito de um terremoto. "Depois de muito ponderar, exoneramos Ding Shuiyang de suas funções de vigia da escola e de professor. A datar deste dia, Ding Shuiyang não faz mais parte da equipe da escola. Logo, não tem mais o direito de intervir na administração do patrimônio escolar."

O sinete trazia as assinaturas de Jia Genzhu e Ding Yuejin, uma sob a outra, seguidas pela data.

Meu avô leu e, não acreditando em seus olhos, ergueu a cabeça para fitar os dois homens que lhe faziam face. Abaixou novamente a cabeça e, à medida que relia, seu rosto empalidecia e tremia com tiques. Ele se preparava para fazer uma bola com o papel e atirá-la na cara dos dois homens, mas se conteve ao perceber atrás deles um grupo dos doentes mais jovens: Jia Hongli, Jia Sanren, Ding Sanzi, Ding Xiaoyue... Todos com aproximadamente 30 anos, todos amigos de Jia Genzhu e Ding Yuejin, todos doentes recentes. Olhavam para meu avô com frieza, em silêncio, de braços cruzados, como se viessem exigir vingança. Alguns deles, apoiados na moldura da porta, sorriam, com ar trocista:

Meu avô perguntou:

— Querem me devorar?

Genzhu respondeu:

— Ding Shuiyang, você não é mais qualificado para administrar a escola. Seu filho mais velho sangrou a população da aldeia e vendeu os caixões destinados à nossa aldeia em outras aldeias. Seu caçula não fez nada tão grave, mas não vale mais que o primogênito. Ele é doente e casado e foi surpreendido em flagrante delito de adultério, incestuoso além do mais, uma vez que foi com a mulher do seu primo. Você que é professor sabe que isso se chama incesto. Então, fale, você é digno de continuar a dirigir a escola?

E Genzhu concluiu, proclamando:

— A datar de hoje, você não é mais professor e não está mais habilitado a ocupar qualquer cargo que envolva a escola.

Meu avô permaneceu mudo. De pé no meio do cômodo, esvaziara-se de sua energia como se lhe houvessem arrancado os músculos, mas ao preço de um esforço sobre-humano conseguiu continuar ereto sobre suas pernas e não desmoronar.

Agora era noite fechada. Nos dormitórios, a luz ainda estava acesa, mas a da entrada estava apagada. Em seu quarto, meu avô e meu tio pareciam abrigados na anfractuosidade de uma pedra escura. O tempo estava para chuva. O ar estava úmido. Meu avô estava sentado, o rosto e as mãos pingando de suor. Deitado em sua cama, meu tio contemplava a noite, sentindo a escuridão pesar sobre seu rosto e sobre seu peito. Sufocava. Meu avô disse:

— Liang, você precisa dar uma chegada em casa.
— Para fazer o quê?
— Para visitar Tingting e impedi-la de voltar para a casa dela.

Após ter refletido um instante, meu tio achou que ele tinha razão e saiu.

Jia Genzhu e seu irmão, ajudados por Jia Hongli, Jia Sangen e até mesmo por Zhao Xiuqin, carregavam as carteiras no jinriquixá. Riam bem alto. Não se ouvia o que diziam, mas deviam estar falando do casamento.

Em frente ao portão, meu tio ficou a escutá-los por um instante, riu, deu uma tossidinha e partiu em direção à aldeia.

Ao chegar em casa, a visão do cadeado no portão do quintal deu-lhe um frio na espinha. Enfiando a mão no espaço entre a porta e o portal, puxou dali duas chaves. Abriu o cadeado e atravessou rapidamente o quintal. Tendo aberto a porta da casa, acendeu a luz e olhou à sua volta. À primeira vista, nada mudara. Havia apenas uma camada de poeira na foto de sua mãe e no altar dos ancestrais. No cômodo principal, suas roupas, que não haviam sido lavadas, estavam num banquinho. Penetrou no quarto e abriu o armário: as roupas de Tingting e de Xiaojun não estavam mais ali. Tomado de pânico, tateou no canto onde normalmente ficavam o dinheiro e o talão de cheques: haviam desaparecido. Tingting fora embora e levara tudo. Seus olhos encheram-se de lágrimas.

CAPÍTULO 9

1

O VATICÍNIO DE JIA GENZHU havia se concretizado: nossa família estava definitivamente fragmentada.

A planície estava verde. Por toda parte nos campos, utilizando a energia acumulada durante o inverno, o trigo saía da terra. A relva estava entremeada por flores brancas, vermelhas, amarelas ou violeta cujas cores misturavam-se como num tecido mal estampado, e as árvores, que não queriam ficar atrás, faziam cantar o viço de suas folhas.

O mundo inteiro estava verde.

Os doentes pareciam subitamente ter recobrado suas forças ao transportar o material escolar: carteiras, cadeiras, quadros-negros, baús, camas, cômodas e até mesmo algumas vigas.

Meu tio agora morava em sua casa. Minha tia lhe mandara dizer que não queria revê-lo enquanto vivesse. Quando ele tivesse morrido, ela voltaria à aldeia para vender a casa e os móveis. Portanto, ele não tinha mais nada a esperar da vida.

Exonerado de suas funções, meu avô estava só e aturdido. Nada o afetava mais. Ninguém o respeitava mais. Ele ficava sempre perto da entrada, mas os doentes que passavam contentavam-se em responder ao seu cumprimento. Se, por acaso, alguém o cumprimentasse primeiro, ele se apressava em responder, e isso era tudo. Ele podia inclusive julgar-se feliz por ser autorizado a permanecer no cômodo que ocupava.

Um dia, perguntou a um rapaz de uns 20 anos:
— O casamento do irmão de Genzhu correu bem? Ele devolveu as carteiras?
A resposta deixou-o mudo de estupor:
— Genzhu? Você quer dizer o diretor Jia?
O rapaz cujo rosto estava coberto de pústulas parou e repetiu:
— Como? Você não sabe que meu tio Genzhu e meu tio Yuejin são nossos diretores?
Foi embora como se meu avô não fosse mais deste mundo.

Na véspera, enquanto o sol se punha, Zhao Xiuqin voltara com um cesto contendo repolho, aletria, cenouras, carne, dois peixes e uma garrafa de cerveja. A carne era de porco, fresquinha, e a cerveja, a melhor de toda a região. Meu avô aproximara-se e lhe perguntara, rindo:
— Ah, vamos fazer a festa?
Zhao Xiuqin respondera:
— É para a refeição do diretor Jia e do diretor Ding.
— Como assim? Não é para todo mundo?
— O diretor Jia e o diretor Ding obtiveram uma ajuda financeira do governo para nós. Todo mundo concorda em recompensá-los.
Meu avô compreendeu que Genzhu não se chamava mais Genzhu e que Yuejin não se chamava mais Yuejin. Eram am-

bos responsáveis pelo comitê dos doentes. O mundo estava virado de cabeça para baixo. Uma nova ordem reinava na escola. Em toda parte, os dirigentes haviam mudado. Nada mais era como antes.

Meu avô sentia uma profunda amargura, mas consolava-se pensando que, se os doentes viviam dias felizes, ninguém podia reclamar. Nesse dia, não tendo nada de melhor para fazer, saiu, ficou por um instante de pé em frente ao portão, depois contornou a escola, contemplando a planície como se contemplasse seu domínio. De volta para a frente da entrada, percebeu que doentes, suando em bicas, carregavam nas costas, um duas carteiras, o outro um quadro-negro. Viu inclusive dois homens carregando uma viga enorme enquanto outros colocavam num jinriquixá o que havia sido as camas dos professores. Os rostos de todos os doentes pareciam radiantes de felicidade. Vendo-os levarem seu butim na direção da aldeia, meu avô julgou reviver o sonho no qual os vira levando para casa o ouro colhido nos campos em meio às flores. Trocavam algumas palavras enquanto avançavam:

— A madeira da sua mesa é melhor do que a da minha. É olmo. Se você a vendesse, ela valeria mais que a minha, que é de kiri.

Ou ainda:

— A carteira que lhe deram é de castanheira, a minha é de cedro.

Transpunham o portão num fluxo ininterrupto, como água de um reservatório cujas comportas tivéssemos aberto. Perguntando-se o que estava acontecendo, meu avô precipitou-se para obstruir o caminho de Jia Hongli, sobrinho de Jia Genzhu.

— O que estão fazendo?

Jin Genzhu tirou a cabeça de debaixo do seu fardo:

— O que estamos fazendo? É melhor perguntar ao seu primogênito!

E foi embora furioso, carregando nas costas três carteiras escolares como uma cabra equilibrando uma montanha de capim.

Estarrecido, meu avô viu chegar um quadro-negro. Havia um parafuso na quina. Era o parafuso no qual ele prendia seu pano quando substituía um professor. Era então sua lousa preferida que se ia e que um homem carregava nas costas como um caracol sua concha.

Meu avô aproximou-se e levantou o quadro-negro para ver quem estava embaixo: era Zhao Dequan. Ao ver meu avô, ele sorriu tristemente para se desculpar e disse numa voz hesitante:

— Professor Ding...

— Ah, é você? — exclamou meu avô. — Para quem pretende dar aula?

Como se tivesse medo, Zhao Dequan olhou à sua volta antes de responder:

— Fui obrigado a pegá-lo. O diretor Jia e o diretor Ding distribuíram todo o material. Todo mundo queria alguma coisa. Eu não podia decepcioná-los recusando.

Depois de verificar se não havia ninguém atrás dele, continuou:

— Professor Ding, percebo que está desconsolado vendo sua lousa ir embora. Se quiser, esconda-a no seu quarto, mas por favor não diga a ninguém que fui eu que lhe dei.

Meu avô acariciou o quadro-negro:

— O que vai fazer com ele?

— Um caixão.

Acrescentou, sorrindo:

— Todo mundo diz que seu primogênito vendeu os caixões do governo nas outras aldeias. Então, o diretor Jia e o diretor Ding querem que todos os doentes possam ter um caixão quando morrerem.

Petrificado, meu avô percebeu a cor da morte no sorriso de Zhao Dequan. Não tinha mais muito tempo de vida e tinha que preparar o seu caixão. Ocorreu subitamente ao meu avô que ele não via meu pai fazia dois meses e se lembrou de tê-lo visto em sonho na Fábrica da Felicidade, carregando caixões num caminhão para ir vendê-los nas aldeias das cercanias.

2

A lua estava tão brilhante quanto o sol. O sol estava tão suave quanto a lua.

A primavera finalmente chegara. Todos os homens e mulheres em condições de trabalhar esfalfavam-se nas plantações. Meu pai ia de aldeia em aldeia para vender seus caixões pretos. Instalava uma mesa na entrada da cidade e nela colocava uma dúzia de formulários revestidos com o sinete oficial da administração do distrito. Por fim, informava à população que, para as famílias com um membro doente da febre, bastava preencher um formulário declarando nome, idade e sintomas da doença, lacrá-lo com o sinete do secretário da aldeia, assinar, tirar a impressão digital do polegar, garantir que o beneficiário estava de fato doente e suscetível de morrer num futuro próximo, para ter o direito de comprar um caixão a preço de custo. Esse caixão valia, a preço de mercado, entre quatrocentos e quinhentos iuanes, mas, preenchendo o formulário, ficava por apenas duzentos iuanes.

Todo mundo podia desfrutar da generosidade do governo.

Por toda parte, meu pai era recebido de braços abertos, e as pessoas faziam fila para se inscrever. Um dia, ele cuidava dos doentes da Aldeia do Velho Rio, no dia seguinte, estava na Aldeia de Ming Wang na margem leste do antigo leito do rio Amarelo, a poucas dezenas de quilômetros da Aldeia dos Ding. A doença atingira seu paroxismo e caixões eram requisitados como arroz em tempo de escassez. De madrugada, no dia seguinte, partia para a capital do distrito a fim de pegar os caixões daqueles que haviam preenchido o formulário e, ao meio-dia, chegava à Aldeia de Ming Wang com dois caminhões, cada um deles trazendo quarenta caixões pretos. Dali a pouco, os aldeões que trabalhavam nas plantações acorriam.

Construídas graças ao dinheiro da venda do sangue, as casas com telhados de telhas e com muros cobertos por ladrilhos de cerâmica faiscavam sob o sol do meio-dia. Os dois caminhões estacionados na entrada da aldeia assemelhavam-se a duas cordilheiras negras. Carregado pelo vento, o cheiro acre da pintura, misturado ao da madeira recém-lixada, da cola e dos pregos, prevalecia sobre os aromas primaveris que vinham dos campos e invadia as entranhas da aldeia.

Meu pai não trabalhava mais sozinho. Contratara assistentes. Alguns ajudavam no descarregamento dos caminhões enquanto outros preenchiam formulários. Meu pai, sentado a uma outra mesa diante de um copo d'água, recolhia os formulários e o dinheiro, que contava minuciosamente antes de guardar numa pasta de couro preto colocada a seu lado. Dava em troca um recibo com o qual o homem ou a mulher podia retirar seu caixão.

A Aldeia de Ming Wang era muito mais rica que a Aldeia dos Ding. Havia sido uma aldeia-modelo, como a que eles haviam visitado por ocasião da campanha de venda de sangue. A população, bem como a proporção de doentes, era superior à da Aldeia dos Ding. Não era raro que uma única família tivesse vários doentes. Além disso, como muitas famílias haviam feito fortuna vendendo sangue, estava fora de questão contentar-se em enterrar um defunto enrolando-o numa esteira, cavando um buraco na periferia da aldeia e enfeitando a sepultura com uma coroa de capim. Era absolutamente necessário um caixão preto. Ora, considerando o número de mortos, todas as árvores da aldeia haviam sido abatidas. Não restava no horizonte uma única que fosse. Meu pai dispunha então de um mercado ideal para vender seus caixões. Como diz à perfeição o provérbio: é quando neva que devemos vender o carvão.

Uma fila de 200 metros espichava-se diante da mesa do meu pai. A fim de evitar que uma família com apenas um doente comprasse dois caixões e assim por diante, meu pai ia ter com o chefe da aldeia.

— Desculpe-me incomodá-lo, mas preciso de sua ajuda para vigiar.

O chefe da aldeia refletia por um instante.

— Mas se eu não cuidar do meu trigo, ele morre.

— Não tem doente na sua família?

— Não, não vendemos nosso sangue.

— Tem velhos na família?

— Tenho meu pai, de 84 anos.

— Então posso lhe vender um caixão.

Após um instante de silêncio, o chefe da aldeia perguntava:

— Você me faz um descontinho?

Meu pai fingia refletir:

— Para você, faço por cinquenta iuanes a menos que para os outros.

— Mas tem que ser um bom.
— Deixo-o escolher um de primeira categoria.
Assim, o chefe da aldeia aceitava vir montar guarda.

Com o sinete do secretário da aldeia na mão, ele examinava um por um os aldeões e retirava da fila aqueles que não tinham doente em casa. Em seguida, sentado ao lado do meu pai, eliminava aqueles que haviam trapaceado acerca da gravidade da doença, e a venda podia começar.

À tarde, eles carregavam os caixões desmanchando-se em elogios ao governo e ao comitê dos doentes, tão generosos para com a Aldeia de Ming Wang. Ao chegarem diante de suas casas, alguns não tinham mais forças para carregar o caixão até o quintal, sendo obrigados a deixá-lo no portão. Outros conseguiam carregá-lo até o quintal, mas não tinham forças para transportá-lo para casa. Oitenta caixões haviam sido distribuídos. A aldeia tornara-se uma aldeia de caixões. A generosidade do governo fazia esquecer a doença. Os rostos dos doentes e de seus parentes irradiavam felicidade. Alguns não conseguiam sequer conter as lágrimas de alegria. Quanto àqueles que, por meios escusos, haviam conseguido obter um caixão ao qual não tinham direito, eram obrigados a dissimular sua euforia e trancá-lo em casa, antes de saírem novamente para comentar a suavidade da primavera com quem encontrassem.

No dia seguinte, meu pai partia para a Aldeia do Velho Rio.

Mandou seus três caminhões pararem num lugar deserto a poucos quilômetros da aldeia. A primeira coisa que fez foi ir até lá para examinar as ruas e as casas. Constatou que as ruas eram pavimentadas e que as casas cobertas com telhas haviam sido construídas entre cinco e oito anos antes, o que indicava que os habitantes haviam enriquecido com a venda de sangue.

A doença devia campear em todas as famílias, mas elas ainda deviam ter dinheiro suficiente para comprar caixões.

Meu pai foi procurar o secretário da aldeia e lhe mostrou o documento oficial que o declarava vice-presidente do comitê dos doentes do distrito. O jovem secretário correu para fazê-lo sentar e lhe trazer água. Após dar um gole, meu pai lhe perguntou em que pé estava a doença e qual era a taxa de mortalidade. Por fim, insinuou a pergunta:

— Você tem doentes na sua família?

O jovem secretário abaixou a cabeça e lágrimas inundaram seu rosto.

Meu pai, num tom caloroso, perguntou:

— Quantos?

— Meu irmão mais velho está morto e meu irmão caçula está acamado com a febre há vários dias.

Sem uma palavra, meu pai ofereceu-lhe seu lenço para ele enxugar os olhos. Como o secretário não dizia mais nada, meu pai retomou a palavra:

— Vou trazer os caixões para os doentes da Aldeia do Velho Rio, mas as pessoas que não estão doentes não têm direito ao desconto, já que depois não sobra o suficiente para os demais. Portanto, preciso de sua ajuda, pois a demanda é superior à oferta. Cada família tem direito a apenas um único caixão com desconto. Você sabe, a preço de mercado, um caixão vale, por baixo, quinhentos iuanes, mas faço por apenas duzentos iuanes para as pessoas da Aldeia do Velho Rio.

Refletiu um longo momento antes de acrescentar:

— Para seu irmão que está em fase terminal da doença, faço-lhe um caixão por cem iuanes.

O secretário encarou o meu pai. Lágrimas de gratidão surgiram em seus olhos.

Meu pai emendou:

— O regulamento proíbe vender os caixões fornecidos pelo governo às pessoas que não estão doentes e àqueles que estão doentes há menos de três meses, mas você é o chefe da aldeia, é um quadro da base, posso então abrir uma exceção para você. Quando todos os caixões tiverem sido distribuídos, entrego-lhe um por cem iuanes, mas não pode contar para ninguém.

O secretário estendeu imediatamente para o meu pai duas notas de cinquenta iuanes e foi todo contente tocar o sino para reunir os aldeões.

Ao meio-dia, como na véspera na Aldeia de Ming Wang, o cheiro dos caixões pairava por toda a aldeia. Após conseguirem seu caixão, os que estavam e os que não estavam doentes não tinham mais que se preocupar com o que aconteceria quando morressem. Depois de dois anos de ausência, os sorrisos haviam reaparecido nos rostos.

3

Meu avô queria porque queria falar com meu pai, a quem não via fazia dois meses. Por conseguinte, ele precisava ir até a nossa casa, mas ele se perguntava o que diria à minha mãe se fosse ela a recebê-lo. Refletiu o dia inteiro sem conseguir tomar uma decisão.

O sol ia deitar-se quando ele viu meu tio chegar.

— Pai, meu irmão mais velho convida-o para jantar. Ele quer lhe falar.

Sem um segundo de hesitação, meu avô partiu com meu tio. No clima ameno daquele fim de dia primaveril, os raios do sol poente faziam brilhar os ladrilhos brancos que cobriam os muros de nossa casa. O cercado dos porcos e o galinheiro haviam desaparecido. A metade do quintal agora era ocupada pela relva odorífera que agradava ao diretor Gao. Tinha sido para ele que meu pai a plantara.

Foi o que impressionou meu avô quando ele penetrou no quintal atrás do meu tio.

Minha mãe disse:

— Pai, ao meio-dia, comemos aletria perfumada com nossa gatária.

Ela falava como se não houvesse acontecido nada, como quando chegara à Aldeia dos Ding para se casar. Meu pai também olhava para o meu avô como se nada tivesse acontecido. Ofereceu-lhe uma cadeira forrada com uma almofada e os três homens sentaram-se em triângulo. Meu avô sentia-se constrangido por ser tão calorosamente recebido por aqueles que haviam se tornado estranhos para ele. Examinava tudo à sua volta. Na casa, nada mudara. Em frente ao muro caiado de branco, a mesa de centro em madeira vermelha continuava em seu lugar, assim como o móvel da televisão decorado com peônias amarelas. Mas, no canto de uma parede, uma aranha tecera uma teia que se estendia até a geladeira, como um grande leque. Sua nora nunca teria tolerado aquilo em outros tempos. Percebeu então, atrás da porta, vários baús de madeira. Evidentemente, estavam de mudança.

Meu pai, dando uma tragada no cigarro, julgou o momento oportuno para dar a notícia:

— Vamos partir.

— Partir para onde?

— Primeiro, para a capital do distrito, depois para a capital da província, quando tivermos juntado dinheiro suficiente.

— Você não é vice-presidente dos doentes do distrito?

A fisionomia do meu pai se iluminou:

— Está a par?

Meu avô continuou:

— Dias atrás você não vendeu caixões na Aldeia de Ming Wang e na Aldeia do Velho Rio?

Meu pai, subitamente preocupado, tirou o cigarro da boca:

— Quem lhe contou?

— Não interessa quem me contou. Nega que seja verdade?

Estupefato, meu pai não respondia. Meu avô continuou:

— Você não foi à Aldeia de Ming Wang com dois caminhões para vender oitenta caixões e à Aldeia do Velho Rio com três caminhões para vender 110 caixões?

O rosto do meu pai estava paralisado de estupor. Os três homens ouviam o barulho do rolo com o qual minha mãe preparava a aletria na cozinha. Ele ressoava como se uma mãozorra batesse na parede atrás deles. Meu pai jogou fora o cigarro e o esmagou conscienciosamente com o pé. Olhou primeiro para o meu tio, depois para o meu avô, e terminou por dizer:

— Pai, você sabe tudo que deve saber. Portanto, nada tenho a acrescentar. Quero dizer-lhe apenas uma coisa. Embora tenha sido mau comigo, você continua sendo meu pai. Não posso mais permanecer com a minha família na Aldeia dos Ding. Conversei com a minha mulher. Quando tivermos mudado, meu irmão terá apenas pouco tempo de vida. Deixarei a casa e os móveis para ele. Estamos levando apenas as nossas roupas. Tenho certeza de que, sabendo que irá herdar a casa e os móveis, Tingting voltará.

Parou um instante e prosseguiu:

— Quanto a você, pode vir conosco para a cidade agora ou ficar aqui para cuidar do meu irmão. Quando ele morrer, você poderá morar em nossa casa até o fim de seus dias.

Meu pai se calou.

Lágrimas escorriam no rosto do meu tio.

4

Meu avô se virava e revirava na cama sem conseguir dormir. Seu filho vendia caixões e ia se mudar. Mais uma vez, um pensamento obcecava-o: era melhor que aquele filho morresse. Uma crença popular da planície voltou de repente ao seu espírito. Quando se odiava alguém, bastava enterrar em frente à sua porta, amaldiçoando-o, uma estaca de bambu ou de salgueiro após tê-la afiado e gravado nela o nome daquele de quem se desejava a morte. Se ele não morresse de imediato, morreria de toda forma prematuramente ou perderia uma perna, um braço ou um dedo num acidente.

Meu avô levantou, acendeu a luz e procurou no quarto um cajado de salgueiro, que esculpiu para torná-lo pontiagudo. Em seguida, escreveu numa folha de papel: "Meu filho Ding Hui não deve ter uma boa morte" e foi, em plena noite, enfiar a estaca em frente à nossa casa.

Realizada sua tarefa, entrou, despiu-se, deitou e dormiu prontamente.

Mas meu pai ainda vivia quando Zhao Dequan morreu.

Em geral, os doentes que haviam conseguido sobreviver aos rigores do inverno recuperavam as forças para atravessar o outono e o inverno. Ganhavam uma sobrevida até o ano seguinte.

Zhao Dequan, entretanto, não conseguiu sobreviver até o fim da primavera. O dia em que ele deixou a escola levando em suas costas o quadro-negro favorito do meu avô, conseguiu, depois de parar inúmeras vezes para descansar, alcançar a aldeia. Perguntaram-lhe:

— Zhao Dequan, para quem vai dar aula com esse quadro-negro?

— Quem poderia imaginar que um dia carregaríamos os quadros para nossas casas? Será que seus filhos não irão à escola quando você morrer?

Não achando o que responder, ele atravessou toda a aldeia num estirão só. Ao chegar ao seu quintal, recostou o quadro-negro no muro e caiu. Ficou deitado no solo, ofegante, incapaz de se reerguer.

Antigamente, carregava com facilidade cem quilos nas costas. A lousa pesava apenas uns vinte quilos, mas ele suara em bicas ao atravessar a aldeia e, agora, não se mexia mais.

Sua mulher lhe perguntou:

— Por que trouxe esse quadro-negro?

— Ganhei para fazer o meu caixão.

Foi a única frase que conseguiu pronunciar. Seu rosto estava lívido. Não teve forças para falar mais. Não conseguia cuspir o muco que obstruía sua garganta. As bolhas do seu rosto intumesciam-se de sangue pisado como se fossem explodir.

Não voltou mais para a escola.

Sua mulher foi procurar Genzhu e Yuejin:

— Diretor Zhao, diretor Ding, quando meu marido chegou à escola, ele conseguia andar. Hoje, está deitado e mal consegue respirar. Vai morrer daqui a pouco. Os outros receberam carteiras e cadeiras, ele ganhou um mísero quadro-negro. Fui sua mulher nesta aldeia a vida inteira. Os outros homens espancam e insultam suas mulheres, mas ele nunca me bateu nem me insultou. Agora que ele vai morrer, devo-lhe um caixão. Quando ele vendia seu sangue, mandou construir uma bela casa para mim e meus filhos. Preciso dar-lhe um caixão de qualquer maneira.

Jia Genzhu e Ding Yuejin disseram:

— Se você encontrar na escola alguma coisa que lhe sirva para fazer um caixão, pode pegar.

Com alguns doentes, deram uma volta pela escola. Visitaram todas as salas. Estavam vazias. As carteiras, cadeiras, bancos, lousas, camas dos professores e baús onde eles guardavam suas roupas... tudo desaparecera. O assoalho estava atulhado de cadernos de alunos, meias velhas, papéis e tocos de giz. Afora as camas dos doentes, não sobrara nada. Até a cozinha fora saqueada. Tudo fora distribuído ou roubado.

No pátio, o poste que sustentava a tabela de basquete ainda estava lá, mas a tabela fora levada. Uma roupa secava no aro da cesta. Quando saíram, o sol descia no horizonte. Estavam aturdidos.

Yuejin disse:

— Se quiser minha cadeira, pode levar.

Genzhu interveio:

— Não vale a pena. Em vez disso, vamos falar com esse cachorro do Ding Hui; talvez ele possa lhe arranjar um caixão.

Puseram-se a caminho. Vários doentes os alcançaram.

Ao chegarem diante da nossa casa, chamaram pelo meu pai com veemência. Numa balbúrdia indescritível, fizeram-no saber que tinham ouvido dizer que ele vendera em outras aldeias os caixões que deveriam ser fornecidos de graça. Meu pai deixou-os esgoelarem-se até a espuma vir-lhes aos lábios, antes de se dirigir a Genzhu:

— Por que estão fazendo esse barulho todo ?

Fez-se silêncio. Zhao Genzhu e Ding Yuejin destacaram-se do bando:

— Somos os representantes da Aldeia dos Ding e estamos aqui por causa dos caixões. Atreve-se a dizer que não vendeu os caixões?

— Claro que vendi caixões.

— Vendeu-os a quem?

— A todos que me pediram. Se tivessem pedido, eu os teria vendido para vocês também.

Meu pai entrou de novo em casa e voltou com um grande envelope na mão. Dali tirou sua carteira de trabalho que comprovava que ele era vice-presidente do comitê dos doentes do distrito e todo tipo de documentos trazendo o sinete vermelho de diferentes autoridades. Apresentou também duas circulares revestidas com o grande sinete vermelho do comitê dos doentes da província. Uma intitulava-se: "Comunicação urgente sobre a prevenção da transmissão da Aids nas aldeias." O outro: "Instrução referente à compra pelos doentes da febre dos caixões a preços reduzidos fornecidos pelo governo." Meu pai estendeu os documentos a Genzhu e Yuejin. Quando eles terminaram de examiná-los, ele lhes perguntou:

— Vocês são os presidentes do comitê dos doentes da Aldeia dos Ding?

Os dois homens entreolharam-se balançando a cabeça.

Meu pai disse, rindo:

— E eu sou o vice-presidente do comitê dos doentes do distrito, especialmente encarregado da venda dos caixões e da distribuição das subvenções. Quando vocês arranjaram para os doentes cinco quilos de arroz e cinco quilos de massa, vocês não viram que o bônus de distribuição trazia minha assinatura? As instruções que recebi me proíbem de vender os caixões fornecidos pelo governo por menos de duzentos iuanes, mas, considerando que sou um dos seus, posso assumir a responsabilidade de vendê-los por apenas 180 iuanes àqueles que me pedirem um. Se os encomendarem imediatamente, comprometo-me a providenciar a entrega para amanhã.

O sol se punha. O perfume da primavera que emanava das plantações flutuava nas ruas da aldeia. Meu pai dirigia-se a Genzhu e Yuejin, enquanto observava a multidão que os seguira. Plantado no degrau, na entrada do quintal, parecia realmente presidir uma reunião. Sem desgrudar os olhos dos doentes, ergueu a voz:

— Na realidade, esses caixões não são baratos. Sairiam pelo mesmo preço se vocês mesmos os fabricassem. Se fossem mais baratos, acham que eu não lhes teria oferecido? Se meu irmão quisesse comprar um, eu me negaria a vender-lhe, pois a madeira não está seca e, no fim de poucos dias, ela vai empenar e espaços enormes vão surgir entre as tábuas. Vale mais a pena vocês comprarem a madeira e escolherem o modelo de caixão que lhes convém. Somos da mesma aldeia, então para que serem agressivos comigo? Quem deve obedecer a quem? Se querem briga, basta eu avisar as autoridades para que elas mandem a polícia. Mas se eu fizesse isso, seria eu um homem da Aldeia dos Ding? Seria até mesmo um simples homem?

Calou-se.

Ninguém encontrou nada para replicar.

Os doentes dispersaram-se na direção da escola.

O sol poente incandescia a planície. O fogo parecia crepitar numa floresta de ciprestes.

CAPÍTULO 10

1

À NOITE, NA ESCOLA, TODO mundo dormia. Não se ouvia o menor barulho. Os dias eram cristalinos. O olhar podia atravessar o azul do céu e vislumbrar o infinito. Em contrapartida, à noite, o céu era negro, um negro profundo, o negro tumular, e, na escola, o silêncio tinha a profundidade do poço. Era possível ouvir as nuvens boiando no céu.

Todo mundo dormia.

Meu avô dormia.

Bateram na vidraça. O portão não estava trancado. Genzhu e Yuejin tinham pego a chave. Qualquer um podia entrar e sair sem ter que pedir para abrirem. Portanto, podia-se entrar e ir dar uma batidinha na janela do meu avô:

Meu avô perguntou:

— Quem é?

Um homem arfante respondeu:

— Sou eu, professor Ding. Abra!

Meu avô abriu a porta e deu de cara com Zhao Dequan, a quem não via há vários dias. Estava irreconhecível. Era pele e osso. Seu rosto estava descarnado. Tinha apenas seu esqueleto para sustentar uma pele coberta por bolhas ressecadas. Suas órbitas eram dois buracos. Meu avô percebeu todos os indícios de uma morte próxima. Não era mais apenas seu rosto que perdera o brilho, agora era o interior de seus olhos. Como um esqueleto que tivéssemos vestido, mantinha-se diante do meu avô. Sua sombra projetada na parede balançava como uma mortalha ao vento. Um sorriso sinistro e lívido desenhou-se em sua face.

— Professor Ding, após ter refletido, decidi aproveitar o pouco de forças que me resta para lhe devolver o quadro-negro. Eu não podia utilizá-lo. Um quadro-negro é um quadro-negro. Quando a doença tiver terminado, as crianças voltarão para a escola e os professores precisarão de um quadro-negro para escrever. Prefiro ser enterrado sem caixão a privar as crianças do quadro-negro.

Mostrando o jinriquixá no qual o trouxera, acrescentou:

— Professor Ding, não consigo carregá-lo. Venha me ajudar.

Meu avô saiu e os dois homens fizeram a lousa entrar no quarto.

— Não tenha medo — disse Zhao Dequan. — Se Genzhu e Yuejin virem o quadro, diga-lhes que fui eu que devolvi.

Ele sussurrava mas seu rosto sorria. Meu avô achou que ele ia embora, mas ele sentou-se na cama e não se mexeu mais. Olhava para o meu avô sorrindo, como se ainda tivesse alguma coisa a lhe dizer. Meu avô trouxe-lhe um copo d'água. Ele esfregava as mãos uma na outra. Meu avô trouxe-lhe então uma bacia com água, mas ele não queria lavar as mãos. Disse:

— Professor Ding, quero descansar um pouco na sua casa.

Meu avô sentou-se diante dele:

— Se quer me dizer alguma coisa, diga.
Sempre sorrindo, Zhao Dequan respondeu:
— Não tenho nada a dizer.

Os dois homens permaneceram assim cara a cara no silêncio da noite que assomava a planície, perturbado apenas de vez em quando pelo cricrilar de um inseto.

Por fim, meu avô disse:
— Você deveria voltar e se instalar na escola.
— Não me ouviu? Não tenho senão alguns dias de vida.

Meu avô quis tranquilizá-lo:
— Quando um doente atravessou o inverno e atingiu a primavera, ele ainda tem um ano de expectativa de vida.

Zhao Dequan sorriu tristemente. Moveu-se um pouco na cama. Na parede sua sombra também se moveu. Parecia um fantasma esvoaçando em volta dele.

Meu avô perguntou:
— Você encomendou seu caixão?

Acrescentou imediatamente:
— Se não for um bom, será um ruim; de toda forma, você precisa de um.

Zhao Dequan olhava para ele meio sem graça:
— Minha mulher foi procurar Genzhu e Yuejin. Eles assinaram a autorização para derrubar um kiri.

Tendo pronunciado esta frase, levantou-se como se quisesse ir embora, mas emendou:
— Professor Ding, vim para confabular. Se minha família cortar um kiri, é porque Genzhu e Yuejin assinaram uma autorização, mas, neste momento, todas as famílias estão derrubando e serrando as árvores. Ainda que não seja para fazer caixões, estão derrubando as árvores. Toda a aldeia está derrubando as árvores. Receio que, ao alvorecer, não sobre uma

de pé. Professor Ding, você precisa fazer alguma coisa. Sem as árvores, a aldeia não será mais a Aldeia dos Ding. Posso ficar sem caixão, mas, antes de morrer, eu gostaria de presentear minha mulher com o casaco acolchoado de seda vermelha que lhe prometi antes do nosso casamento. Diga-me, de que serve o caixão quando já estamos mortos? Qual a necessidade de derrubar todas as árvores da aldeia?

2

Meu avô saiu da escola. Após um instante de hesitação, dirigiu-se para a aldeia. Era uma noite sem lua e sem estrelas. Sombras indistintas oscilavam na escuridão. Não se enxergava onde se pisava e corria-se o tempo todo o risco de estar num campo de trigo no acostamento do caminho. Felizmente para o meu avô, uma luz que brilhava ao longe apontava-lhe a direção a seguir. Quando chegava à orla da aldeia, um cheiro fresco de serragem chegou até ele. Foi primeiro uma brisa emanando do lugar onde uma lanterna balançava. À medida que avançava, o cheiro tornava-se mais forte. Vinha do oeste, do norte, do sul e do leste. As vozes dos homens ressoavam, misturando-se ao barulho das serras e dos machados. Parecia um retorno à época em que se extraíam minérios e empreendiam-se vastas obras de irrigação.

Meu avô apertou o passo. Encaminhou-se primeiro para a lanterna. No campo de trigo que margeava a estrada a oeste da aldeia, Ding Sanzi e seu pai haviam cavado um buraco do tamanho da metade de uma casa para despir as raízes do maior choupo, e, com o machado, atacavam as duas últimas raízes tão grossas quanto braços. O pai estava de torso nu, apenas de cueca. O suor pingava do seu rosto, que, como seu pescoço, ombros e o corpo inteiro, estava coberto de terra e de bolhas. Uma corda grossa estava presa na forquilha da árvore, e Sanzi, a certa distância, no campo de trigo, segurava a ponta da corda. Puxou com todas as forças. Ouviu-se um estalo. A árvore pareceu na iminência de cair, mas permaneceu de pé. Sanzi gritou:

— Pai, venha puxar comigo!

O pai respondeu:

— Espere um minuto, vou dar mais uma machadada nas raízes!

Meu avô foi postar-se à sua frente:

— Diga-me, quem o autorizou a derrubar esta árvore?

O pai largou o machado e chamou o filho. Este acorreu e, vendo meu avô, fungou com uma expressão desdenhosa e foi pegar no bolso de seu casaco largado num montinho uma folha de papel dobrada que apresentou ao meu avô.

Era o papel oficial do secretário da Aldeia dos Ding. A folha trazia apenas uma única frase: "Autorizamos a família de Ding Sanzi a derrubar o grande choupo a oeste da aldeia." Sob essa frase, estampavam-se o sinete do secretário da aldeia e as assinaturas de Ding Yuejin e Jia Genzhu.

À luz da lanterna, meu avô leu e compreendeu. Com a folha de papel na mão, fitou Sanzi e seu pai sem encontrar nada para lhes dizer. Devia impedi-los de derrubar aquela árvore ou deixá-los prosseguir o trabalho? Enquanto hesitava, Sanzi, que estava doente mas não inválido, arrancou-lhe a folha das mãos, dobrou-a cuidadosamente e voltou a guardá-la no bolso. Foi até o meu avô e disse:

— O grande irmão Ding Hui vendeu todos os caixões a nós destinados. Como pode nos impedir de derrubar uma árvore para fazer um caixão?

Afastou-se e pegou novamente a corda. Subitamente consciente de sua impotência, meu avô quedou-se por um instante imóvel antes de se dirigir para as outras lanternas que via brilhar ao longe. Mal dera as costas, ouviu um estalo enorme que dilacerou seu coração e sentiu novamente vontade de estrangular seu filho. Sentiu suas duas velhas mãos cobrirem-se de suor.

Ao chegar diante de um salgueiro, viu, afixada no tronco, a mesma folha de papel com as mesmas palavras, o mesmo sinete e as mesmas assinaturas. Apenas o nome era diferente: "Autorizamos a família de Jia Hongli a derrubar o velho salgueiro do beco do oeste." A folha tinha o valor de uma circular oficial colada num muro. O abate da árvore era legal. Ele não podia opor-se. Ficou estático diante da árvore. Ao levantar os olhos, viu, empoleirado dentro dela, Jia Hongli, que cortava os galhos. A plenos pulmões, gritou-lhe:

— Hongli, você vai se matar!

Hongli parou e respondeu:

— E daí? O que vale a minha vida? Quantos dias de vida ainda tenho?

Meu avô dirigiu-se ao pai dele, que esperava sob a árvore:

— Jia Jun, vale a pena arriscar a vida do seu filho por esta árvore?

Jia Jun sorriu e apontou com o dedo a folha afixada no tronco.

— Naturalmente. Veja a autorização dada à minha família.

Meu avô foi adiante.

Nos olmos, nas sóforas, nos kiris, nos cedros... em todas as árvores com o diâmetro de um balde estava afixada a autorização de abate próxima a uma lanterna, uma vela ou um lampião. Quando a distância permitia, a árvore era ligada a uma casa por uma extensão elétrica e iluminada por uma lâmpada gradeada. A autorização afixada em cada árvore representava sua condenação à morte. Por toda parte, ressoavam os golpes dos machados e o rangido das serras. Por toda parte, o cheiro de madeira recém-cortada agredia as narinas. A aldeia revivia. Uns com um machado, outros com uma serra, estavam todos do lado de fora. Bastava pedir autorização para derrubar uma árvore para obtê-la. Às famílias que tinham um de seus membros enfermos eram atribuídas árvores cuja madeira era adequada à fabricação de caixões. As outras árvores cuja madeira apodrecia com facilidade ou eram rapidamente roídas pelos vermes ou atribuídas às famílias que tinham um membro que ia se casar a fim de que ele pudesse utilizar a madeira para fabricar seus móveis.

Todas as famílias da aldeia, exceto a nossa, tinham direito a uma árvore. Eis por que, por essa noite de primavera, ninguém dormia na aldeia. Todo mundo derrubava e transportava árvores. De onde saíam todos aqueles machados e todas aquelas serras? Era uma coisa a ser indagada. As pessoas pareciam ter-se preparado e planejado uma distribuição. A música dos estrépitos metálicos e o estalar dos galhos invadiam a aldeia que fervilhava de leste a oeste. O martelar dos passos misturava-se ao ranger das rodas dos jinriquixás que transportavam as árvores. Zhang comentava com Li que sua árvore daria excelentes tábuas. O outro retorquia-lhe que não precisava invejá-lo, pois a sua era de melhor qualidade. Nesse turbilhão, a tez dos doentes ganhava cor. Os que não estavam doentes empenhavam-se febrilmente como na época do plantio e das colheitas. Naquela noite todos agitavam-se num universo de estrépitos e cheiros. Algumas palavras eram trocadas na passagem:

— Quer dizer que lhe deram um olmo.
— É, eu precisava de uma viga.

— Você cortou bem rente. O que pretende fazer?

— Não vê? Vou fazer umas prateleiras para o meu armário.

Ou ainda:

— Sabia que o grande cedro do oeste foi destinado à família de Li Hang?

— À família de Li Hang? Não é possível!

— Não acredita? A filha de Li Hang vai se casar com um primo de Ding Yuejin.

A frase era pronunciada num tom misterioso. Os que a ouviam assimilavam a notícia, paravam um instante e iam repeti-la adiante num tom igualmente misterioso.

Meu avô, desesperado, ia de uma árvore a outra, como se quisesse numa noite ver todas as destinadas ao abate. Lembrou-se do seu sonho, em que os aldeões desenterravam ouro de sob as flores. Avançava, pasmo. Ao chegar ao centro da aldeia, viu que uma autorização de abate estava afixada na velha sófora cujo tronco não podia ser abraçado por três homens. Zhao Xiuqin, ajudada pelo marido e por dois rapagões, seus irmãos vindos de outra aldeia, desceu o grande sino da árvore e o prendeu a outra menor. Em seguida, seus dois irmãos subiram na árvore e começaram a serrar os galhos enquanto, com seu marido, ela cavava para desvencilhar as raízes.

A árvore continuava de pé. Logo seria derrubada e serrada. Meu avô aproximou-se. Uma extensão elétrica conectada numa casa vizinha estava estendida acima de sua cabeça e uma lâmpada de pelo menos duzentos watts iluminava como um dia o que havia sido o local de reunião dos aldeões.

— Xiuqin, foi você que ganhou esta árvore?

Xiuqin ergueu a cabeça. Seu rosto estava vermelho, parecia constrangida de fazer jus à árvore mais velha e maior da aldeia. Respondeu, rindo:

— Nunca pensei que o diretor Zhao e o diretor Ding pudessem ser tão generosos. Na escola, sempre preparei para eles seus pratos preferidos e sempre servi o que eles gostavam de beber. Quando lhes disse que sobrara apenas a velha sófora, que não fora dada a ninguém, decidiram imediatamente dá-la para mim.

3

Ao amanhecer, não restava mais uma única árvore.

No início, haviam decidido derrubar apenas as árvores com o diâmetro de um balde, mas quando a aldeia acordou, não restava uma única árvore com o diâmetro sequer de uma tigela. Assim como as folhas secas que o vento teria feito cair das árvores, as autorizações de abate jaziam no chão. O sol primaveril que brilhava na aldeia estaria tépido numa situação normal. Estava fervendo.

Apenas subsistiam alguns arbustos da espessura de um braço.

Quando se levantaram, os aldeões ficaram de pé diante de suas portas, perplexos, a tez lívida, contemplando os estragos:

— Céus! Ficou horrível!
— Merda! Ficou horrível!
— Puta merda! Ficou realmente horrível!

4

Zhao Dequan morreu.

Morreu ao meio-dia, no dia seguinte à derrubada das árvores. Na véspera de sua morte, meu avô pediu a meu tio para ir pegar o casaco acolchoado de Lingling. A aldeia de Lingling ficava a uns 10 quilômetros. Meu tio podia ir e voltar durante a noite. Todavia, passou a noite na casa de Lingling e só voltou na manhã seguinte. Quando chegou, Zhao Dequan não estava morto. Vendo o casaco acolchoado que prometera à mulher, seu rosto iluminou-se. Morreu sorrindo.

Quando foi enterrado, o sorriso não abandonara seu rosto.

CAPÍTULO 11

1

NINGUÉM ESPERAVA ASSISTIR AO que aconteceu: desafiando a reprovação da Aldeia dos Ding, meu tio e Lingling decidiram viver em concubinato.

Eles eram como a água e a areia quando a água é absorvida pela areia por onde corre. Atraíam-se, colidiam e grudavam um no outro como o polo positivo e o polo negativo de dois ímãs. Eram como sementes que voam quando o vento sopra e caem quando ele se acalma para germinar e enraizar-se na terra amarela.

Lingling recebera imediatamente uma correção por parte do marido. Em seguida, o marido e a sogra levaram-na de volta para a casa de seus pais. A família do marido começou logo a procurar outra mulher, uma vez que Lingling estava com Aids, iria morrer em breve e, como se não bastasse, mantinha uma relação incestuosa com o primo do marido. Era então perfeitamente normal para todo mundo que ela tivesse recebido uma correção e sido devolvida à casa dos pais. Também era normal querer que a nova mulher de Xiaoming não tivesse mais de 20 anos e não estivesse doente. Embora precisasse apenas esperar que Lingling morresse para se casar de novo, também podia se divorciar. Os pais de Lingling, que eram pessoas razoáveis, após terem amaldiçoado a filha, haviam declarado:

— Não criamos uma filha virtuosa. Logo, não podemos impedir Xiaoming de se divorciar. Como a família de sua futura mulher provavelmente irá pedir uma grande soma em dinheiro, nós restituiremos o dote que ele nos deu para se casar com Lingling.

Assim, a família de Xiaoming tinha perfeitamente o direito de pôr-se à cata de uma mulher.

A primavera dera lugar ao verão. Os agasalhos acolchoados e as roupas de inverno eram agora muito quentes. Lingling voltou à aldeia para pegar suas roupas de verão. Vendo-a ir embora com sua trouxa, sua sogra certificou-se de que ela não estava levando outros pertences que não os seus e disse, acompanhando-a até a porta:

— Xiaoming não vai demorar a encontrar mulher. Você terá que voltar para as formalidades do divórcio.

Lingling não respondeu. Uma vez na rua, ficou por um instante imóvel, os olhos voltados para a casa, depois partiu pela estrada pavimentada. Os choupos há tanto tempo plantados haviam sido decepados pelos aldeões. O sol que reverberava na estrada transformava-a numa língua de fogo. Com a cabeça baixa, Lingling caminhava em linha reta. Sentia comichões nas pústulas do seu rosto, mas não ousava coçá-las, contentando-se em acariciá-las suavemente. Ouviu uma voz que parecia cair do céu:

— Lingling!

Estacou. Era meu tio.

— O que faz por aqui? — ela perguntou.

Ele estava sentado no acostamento da estrada alguns passos à sua frente. Não mudara. A cor esverdeada do seu rosto pressagiava sua morte próxima. Ela deu uma olhada para trás. Meu tio disse:

— Não tem ninguém e, mesmo que tivesse, não me incomodaria em nada.

Ela repetiu:

— O que faz por aqui?

— Ouvi dizer que você tinha ido até a aldeia, então vim esperá-la.

— Para quê?

— Sente-se.

Ela hesitou. Meu tio continuou:

— Tingting voltou para a casa dela.

Lingling sentou-se ao seu lado.

Permaneceram em silêncio por um longo momento. Finalmente, meu tio perguntou:

— Foi pegar suas roupas de verão?

— Fui.

Mostrou sua trouxa. Meu tio perguntou então:

— Como está a doença?

— A mesma coisa.

— Comigo também, a mesma coisa. Mas se atravessamos o inverno e a primavera, atravessaremos o verão.

Pegou a mão de Lingling.

Isso se dava pouco depois da morte de Zhao Dequan. Haviam-se encontrado na casa de Lingling, mas olhavam-se como se não se vissem há anos. Meu tio segurava a mão de Lingling na sua. Acariciou delicadamente as pústulas secas do dorso de sua mão e do seu punho.

Sentindo as lágrimas encherem seus olhos, ela retirou a mão. Meu tio disse:

— Não vá embora. Song Tingting quer se divorciar. Ding Xiaoming quer se divorciar também. Podemos então morar juntos.

Lingling não dizia nada. Dessa vez, foi meu tio que sentiu seus olhos molhados.

— Temos pouco tempo de vida. Tudo indica que a doença será devastadora no próximo inverno. Não vamos sobreviver, provavelmente. Vamos morar juntos e, quando morrermos, seremos enterrados juntos. Permaneceremos unidos na morte.

Lingling levantou a cabeça e olhou para o meu tio. Grossas lágrimas brilhavam em seus olhos. Meu tio disse, enxugando-as:

— Por que chora? Vamos morrer logo de qualquer jeito. O que interessa o que as pessoas vão pensar?

Contendo as lágrimas, acrescentou:

— É preciso que Xiaoming, Tingting e toda a aldeia nos vejam morando juntos.

Sorria através das lágrimas.

— Eles querem se divorciar, não precisamos de nada deles. Você voltou para a casa dos seus pais. Eles terão pena de você. Seu irmão tem pena de você. Mas sua cunhada, sabendo que você está doente, deve desprezá-la. Se quiser, pode morar na minha casa. Se lhe repugna utilizar os objetos que Tingting usava, podemos ir morar na cabana na área de socagem do trigo. Levaremos para lá todos os utensílios necessários e tudo correrá bem.

Desafiando os preconceitos, decidiriam então viver como marido e mulher. Instalaram-se na área de socagem do trigo. Meu tio transportou para lá todos os utensílios de cozinha e mobília de quarto.

Quando a cabana em adobe construída após a Libertação desmoronara, haviam-na substituído por uma casinhola de taipa de dois cômodos. A área de socagem tinha sido em seguida utilizada pela brigada de produção da comuna popular, e, desde a divisão das terras, ainda o era por uma dezena de famílias na época das colheitas, e os aldeões podiam tirar uma soneca na casinhola quando estavam cansados. Fora do período de atividade, guardavam ali suas ferramentas.

Agora era este o novo domicílio do meu tio e de Lingling. No primeiro cômodo, haviam instalado uma cozinha onde tudo tinha seu lugar, pendurado em pregos ou alinhado em prateleiras. Estavam em casa.

No início meu tio tentara transportar as coisas às escondidas, mas, no fim de alguns dias, vendo que era impossível não ser notado, ganhou confiança e continuou nas barbas de toda a aldeia. Se alguém se aventurava a lhe fazer uma pergunta, ele não hesitava em pô-lo acerbamente em seu lugar.

— Ding Liang, para onde está levando essas coisas?

— Que eu saiba, essas coisas não lhe pertencem.

Atônito, o interlocutor permaneceu mudo por um instante, antes de acrescentar:

— Por que está falando comigo desse jeito? Só quero o seu bem.

— Se quer o meu bem, então pegue a minha doença e me dê o seu corpo saudável.

— Você é um sujeito engraçado.

— Como assim?

— Vamos, dê o fora.

— Não estou na sua casa, como se atreve a me expulsar?

Meu tio não se mexeu. Foi o outro que partiu, mas, em vez de voltar para casa, foi direto à casa de Xiaoming para contar o que vira. Este não reagiu. Sua mãe, em compensação, como uma fúria, os cabelos desgrenhados, armada com um porrete de 2 metros de comprimento e grosso como um braço, partiu na direção oeste, seguida por uma boa dúzia de mulheres e crianças.

Ao chegar à área de socagem, parou e berrou:

— Xia Lingling! Sua vadia! Um ônibus passaria entre as suas coxas! Saia da cabana!

Foi meu tio que se apresentou. Parou alguns passos à sua frente, as mãos nos bolsos, a cabeça atirada para trás, um sorriso trocista nos lábios, e disse com uma voz melíflua:

— Tia, se quer insultar alguém, é a mim que deve insultar, e, se quer bater em alguém, é em mim que deve bater, pois Lingling queria voltar para casa e fui eu que a trouxe para cá.

A mãe de Xiaoming encarou-o com uma expressão feroz:

— Diga a Lingling para sair!

Meu tio respondeu:

— Agora Lingling é minha mulher. É a mim que você deve se dirigir.

— Sua mulher? Ela ainda não se divorciou. Ela é mulher de Xiaoming e faz parte da nossa família. Quanto a você, Ding Liang, você é um depravado. Seu irmão tem dignidade e seu pai foi professor a vida inteira. Como eles podem ter um irmão e um filho sem nenhum senso de honra?

Sempre sorrindo, meu tio retrucou:

— Tia, você sabe que não tenho nenhum senso de honra. Então me xingue e me bata. Pode me matar, mas Lingling é minha.

O semblante da mãe de Xiaoming atravessou todas as cores do arco-íris. Sentia-se humilhada como se meu tio lhe houvesse cuspido na cara. Seus lábios e suas mãos tremiam. Não conseguia mais parar agora. Precisava xingá-lo e dar-lhe uma sova. Levantou seu porrete. Meu tio tirou as mãos dos bolsos, cruzou os braços e se agachou diante dela.

— Bata, tia. Mate-me.

O braço da mãe de Xiaoming imobilizou-se. Não sentia mais vontade de bater. Os insultos lhe haviam bastado para amenizar sua raiva e salvar as aparências. Se não tivesse proferido aqueles insultos, como poderia continuar a viver de cabeça erguida na Aldeia dos Ding? Meu tio estava agachado à sua frente; chamava-a de "tia" e pedia-lhe para surrá-lo e até mesmo matá-lo. Ela não conseguia bater.

O sol brilhava no trigo circundante. Ouvia-se um carneiro balindo.

Agachado na área de socagem, de braços cruzados, meu tio continuava a esperar que ela batesse. Ela abaixou o porrete e dirigiu-se ao grupo:

— Todos vocês são testemunhas! Viram que tipo de homem é esse Ding Liang. Pelos belos olhos dessa sedutora vagabunda, agachou-se à minha frente para levar uma sova.

Voltou-se e, a plenos pulmões, berrou:

— Vocês viram! Vocês viram! Então, corram até a escola para chamar as pessoas da aldeia para verem, para verem o tipo de homem que é o filho de Ding Shuiyang, que foi professor a vida inteira, um filho que se desonrou pelos belos olhos de uma sedutora!

Retornou à aldeia como se fosse amotinar pessoalmente a população, seguida pelo bando que viera assistir ao espetáculo. Todos viraram para olhar para o meu tio.

Este se levantou, e, dardejando olhos furibundos na direção de sua tia, vociferou:

— Tia, hoje você me insultou com todo o seu arsenal e me fez ficar de cara no chão. Lingling e eu estamos unidos para a vida e para a morte. Não se atreva a recomeçar, pois a próxima vez não será igual a hoje.

Meu tio e Lingling viviam como marido e mulher. Não temiam mais nada. Davam-se até a liberdade de cantarolar quando iam à aldeia.

Um velho que vira muitas coisas durante a sua vida interpelou o meu tio:

— Liang, se precisar de alguma coisa, pode ir pegar lá em casa.

Meu tio parou. Estava emocionado até as lágrimas. Respondeu delicadamente:

— Não preciso de nada, está falando isso para zombar de mim?

— Como assim, zombar de você? Curta ou longa, uma vida é uma vida. Para que se intrometer na vida alheia?

Meu tio não conteve as lágrimas.

Vendo-o suar em bicas carregando no ombro um saco de arroz, um rapaz lhe disse:

— Se tiver alguma coisa para carregar, é só me chamar. Como consegue carregar um saco tão pesado?

Meu tio respondeu rindo:

— Está tudo bem. Acha que sou feito de açúcar?

O rapaz insistiu em tirar o saco dele, e, enquanto andava ao seu lado, perguntou:

— Liang, conte-me a verdade: a doença não o impede, você e Lingling, de...

— De forma alguma! Fazemos isso duas vezes todas as noites.

O rapaz se espantou:

— Sério?

— Acha que se não o fizéssemos duas vezes todas as noites, Lingling sacrificaria sua honra para morar comigo?

Convencido, mas sem entender muito bem, o rapaz acompanhou-o até a área de socagem.

Quando chegaram, Lingling estendia roupa dando-lhes as costas. Fascinado, o rapaz olhava para ela. Estava esplêndida, com sua cintura de vespa, suas nádegas bem torneadas e seus cabelos de um negro de azeviche que caíam em cachoeira sobre seus ombros largos. Vendo que o rapaz não conseguia desgrudar os olhos de seus cabelos, meu tio disse:

— Fui eu que a penteei.

— Você não se entedia!

Ouvindo a risada do meu tio, Lingling volveu o rosto. Estava bonita. Nada tinha a invejar de Song Tingting. Seu rosto redondo talvez não fosse tão sedutor quanto o rosto oval de Tingting, mas ela ainda não tinha 20 anos. Possuía uma coisa que Tingting não possuía mais: o frescor da juventude.

Hipnotizado, o rapaz a contemplava.

Meu tio deu-lhe um pontapé na bunda. O rapaz ruborizou. Lingling ruborizou também. O rapaz entrou na cabana para deixar o saco que carregava no ombro. Lingling seguiu-o para lhe dar um pouco d'água, mas o rapaz, envergonhado de lhe haver dirigido um olhar concupiscente, não ousou sentar-se e, a pretexto de um trabalho urgente, olhou para ela pela última vez antes de bater em retirada. Lingling acompanhou-o até a porta e meu tio até o limite da área de socagem. O rapaz disse:

— Grande irmão Liang, você é feliz. Para viver com uma mulher como Lingling, eu aceitaria pegar duas vezes a doença.

Meu tio retorquiu, rindo:

— Quem vai morrer daqui a pouco precisa aproveitar a vida.

O rapaz acrescentou, com grande seriedade:

— Casem-se. Quando estiverem casados, poderão voltar para a aldeia e morar lá sem se esconderem.

Meu tio parou de rir. Mergulhado em seus pensamentos, ficou a olhar o rapaz, que se afastava.

2

Um dia, meu tio foi procurar meu avô para lhe falar do seu casamento e do seu divórcio. De supetão, anunciou, sorrindo:

— Pai, vou me casar com Lingling.

Por um instante pasmo, meu avô respondeu:

— Você não morreu e tem a audácia de vir me assombrar!

Fazia 15 dias que ele se mudara com Lingling e era a primeira vez que visitava o pai. Pronunciara sua frase num tom solene. A reação do meu avô não expulsara o sorriso maroto do seu rosto. Apoiando-se na mesa, repetiu:

— Quero me casar com Lingling.

Meu avô olhou para ele atravessado.

— Você é exatamente como seu irmão. O melhor seria os dois morrerem.

Sem sorrir dessa vez, meu tio insistiu:

— Pai, Lingling e eu queremos nos casar de verdade.

Estupefato, olhos esbugalhados, meu avô silvou entre dentes:

— Está maluco! Pensou no pouco tempo de vida que você tem e no pouco tempo de vida que ela tem?

— Maluco por quê? O que tem a ver nosso casamento com o pouco tempo de vida que temos?

— Acha que irá sobreviver ao próximo inverno?
— Vou pedir o divórcio para Song Tingting.

Sorriu novamente, todo orgulhoso, como se estivesse se saindo bem da situação e conquistando uma vitória. Emendou:

— Dessa vez, não sou eu que estou com medo do divórcio; sou eu que quero me divorciar. Lingling não se atreve a ir à casa da sogra. É você que tem de ir conversar com Xiaoming e a mãe dele.

Depois do silêncio que pareceu durar uma eternidade, meu avô, sem descerrar os dentes, declarou:

— Não irei. Eu ficaria realmente envergonhado.

Antes de sair, meu tio sorriu mais uma vez para dizer:

— Se não for, mandarei Lingling prosternar-se à sua frente.

3

Lingling foi prosternar-se.

— Tio, considere que sou eu que lhe suplico. Acho que Liang não passa do inverno. Há tumores purulentos entre as pernas que toda noite tenho que limpar com uma toalha quente. Tampouco eu aguentarei até o ano que vem e Xiaoming não me quer mais em casa. Também não posso voltar para minha casa, pois meus pais, meu irmão e minha cunhada me detestam, mas tenho que continuar a viver. Diga-me, devo continuar a viver? Tingting quer o divórcio e Xiaoming quer o divórcio também. Quando estivermos divorciados, poderemos nos casar. Restem-nos seis meses, três meses ou apenas um mês de vida, poderemos viver juntos legalmente e ser enterrados juntos. Tio, permita-me, antes de morrer, chamá-lo de "pai", e, quando morrermos, você nos sepultará juntos. Ele me ama e eu a ele. Sepultados juntos, seremos companheiros na morte.

Teremos uma família, e, quando você morrer com 100 anos, eu lhe servirei sob a terra, fielmente, a você e minha mãe, como sua filha. Tio, vá até a casa da minha sogra. Sou eu, Lingling, quem lhe suplico. Aceita? Prosterno-me à sua frente.

Prosternou-se várias vezes.

CAPÍTULO 12

1

Os moradores da Aldeia dos Ding e de todas as aldeias da planície em volta não podiam estragar a doçura daquela noite de verão ficando enfurnados em casa. Doentes ou saudáveis, estavam todos sentados na soleira de suas portas. Falava-se de tudo e de nada, do passado, do presente, dos homens e das mulheres e de uma infinidade de coisas. O que importava, acima de tudo, era aproveitar a doçura da noite.

Meu tio e Lingling tomavam ar na área de socagem, a igual distância da aldeia e da escola, cujas luzes, brilhando debilmente dos dois lados, faziam ressaltar o luar e a luz das estrelas. Fora da estação das colheitas, a área de socagem era um porto seguro no meio da planície, que a lua em seu zênite transformava num imenso lago tremeluzente em cuja superfície os latidos distantes dos cães lembravam peixes-voadores. Ouvia-se o trigo crescer num frêmito que a noite absorvia como para se saciar.

Meu tio e Lingling saboreavam a suavidade da brisa.

— Aproxime sua cadeira — disse meu tio.

Estavam cara a cara, a menos de um metro um do outro. Com a luz do luar, um podia ver claramente a sombra do nariz no rosto do outro e sentir em seu rosto o bafejo do outro.

— Você gosta da minha aletria? — perguntou Lingling.

— Gosto, é cem vezes melhor que a de Tingting.

Tirou o sapato e colocou o pé sobre a coxa de Lingling. Estava bom. O pé aventurou-se mais acima. Com os dedos, beliscava a pele de Lingling. Inebriado de felicidade, os olhos voltados para o céu, disse:

— Seria bom se estivéssemos casados!

— O que seria bom?

— Tudo!

Examinava o rosto de Lingling como teria sondado a escuridão de um poço. Lingling deixava. Seus traços estavam relaxados. Suas mãos massageavam delicadamente a panturrilha do meu tio. Corava ligeiramente como se estivesse nua em pelo na frente dele. Disse:

— Temos sorte de estar doentes.

— Como assim?

— Se não estivéssemos doentes, eu seria a mulher de Xiaoming e você seria o marido de Tingting. Nunca teríamos podido viver juntos.

Meu tio refletiu por um instante:

— Tem razão.

Agora eram gratos à doença por havê-los reunido. Meu tio aproximou-se mais para que Lingling pudesse massagear sua coxa.

Por fim, descansou a perna do meu tio e calçou-lhe os sapatos. Tirou os seus e, bem comportadamente, colocou suas duas pernas sobre as coxas do meu tio. Este começou a lhe massagear as panturrilhas subindo a partir do tornozelo. Ao perceber que massageava com um certo excesso de energia, perguntou:

— Está muito forte?

— Está.

— E assim?

— Assim está melhor.

Descobriu como fazer, onde massagear com força e onde massagear de leve. Arregaçou as pernas da calça comprida de Lingling. Suas panturrilhas brancas e sedosas brilhavam ao luar como duas colunas de jade. Aspirou o leve perfume que delas emanava.

— Está gostoso?

Lingling respondeu, rindo:

— Sim, muito.

Com uma voz calma, meu tio perguntou:

— Lingling, quero lhe fazer uma pergunta séria.

— Continue.

— Precisa dizer a verdade.

— Faça a pergunta.

— Acha que eu passo do verão?

Surpresa, ela respondeu:

— Por que me faz essa pergunta?

— Estou perguntando.

— Vocês todos nesta aldeia não dizem que se sobrevivemos ao inverno podemos viver mais um ano?

Sem parar de massagear sua perna, meu tio respondeu:

— De uns tempos para cá sonho que minha mãe está me chamando.

Perplexa, Lingling retirou as pernas e calçou os sapatos. Fitando o rosto do meu tio para nele descobrir o sentido de suas palavras, perguntou:

— E que diz sua mãe?

— Quando faz calor, ela diz que faz frio na cama dela. Diz que meu pai não vai morrer tão cedo e que preciso dormir com ela para esquentar seus pés.

Lingling escutava-o sem dizer nada. Meu tio se calou. Ficaram por um tempo silenciosos, tentando compreender o sentido do sonho.

Por fim, observando o semblante do meu tio, Lingling indagou:

— Há quanto tempo sua mãe morreu?

— Morreu no ano em que começamos a vender nosso sangue.

— Meu pai morreu nesse ano também.

— Morreu de quê?

— De hepatite.

— Não terá sido porque vendeu sangue?

— Não sei muito bem.

O silêncio reinou novamente como se não houvesse mais ninguém neste mundo, como se eles mesmos tivessem morrido, soterrados no túmulo, como se não restassem mais sobre a Terra naquela noite de verão senão os campos, o vento, o luar e o cricrilar dos insetos parecendo sair do túmulo como um vento glacial que deveria ter-lhes provocado arrepios, mas nem meu tio nem Lingling sentiam arrepios. Haviam falado o suficiente da morte para ainda temê-la.

— Está tarde.

— Está na hora de ir para a cama.

Entraram na cabana e fecharam a porta. Sentiram novamente o cheiro da vida, um cheiro de roupa limpa que flutuava no ar havia vários dias, um cheiro de leito nupcial.

Após haverem saboreado, como todos, a doçura daquela noite de verão, jogando conversa fora na área de socagem, fizeram amor à pálida claridade da chama vacilante de uma vela.

De repente, Lingling disse:

— Quero que pense em mim.

— Penso em você.

— Não está pensando em mim.

— Eu tinha que ser um cachorro para não pensar em você.

— Sei como fazê-lo pensar em mim em vez de pensar na sua mãe.

— Como?

— Você finge que eu sou a sua mãe me chamando de mãe em vez de me chamar de Lingling. Assim, não sonhará mais com a sua mãe e não pensará mais na morte.

Meu tio imobilizou-se sobre o corpo de Lingling. Ela desvencilhou-se, sentou-se e disse, fitando-o:

— Perdi meu pai há dez anos. Você perdeu sua mãe há dez anos. Você será meu pai e eu serei sua mãe.

Seu rosto ficou roxo, não de ter feito amor, mas pelo que acabava de dizer. Meu tio sabia: ela se mostrava geralmente tímida e abaixava os olhos para falar com as pessoas, mas, quando estavam apenas os dois, sua verdadeira natureza prevalecia e sua timidez desaparecia. Ocorria-lhe exaltar-se a ponto de meu tio ter dificuldade em acompanhá-la.

Afinal de contas, acabava de completar 20 anos. Era jovem.

Afinal de contas, ia morrer em breve e um dia de felicidade era o mesmo que vencer a morte.

Afastou a colcha. Estavam ambos nus. Olhando para o corpo do meu tio como uma criança que quer brincar, ela disse.

— Então, Liang, de agora em diante, você me chamará de mãe e eu farei tudo que me ordenar. Irei amá-lo como uma mãe e despejarei água para lavar seus pés. Irei chamá-lo de pai e você me amará como meu pai. Fará tudo que eu lhe pedir como se meu pai ainda fosse deste mundo.

Como uma criança mimada, foi aconchegar-se no meu tio, esboçando um sorriso como que lhe implorando que a chamasse de mãe imediatamente, como se estivesse pronta para chamá-lo de pai. Com a ponta dos dedos, acariciava seu peito e, com a ponta da língua, roçava as pústulas na sua superfície. Meu tio, tomado por uma vontade de rir, não podendo suportar as cócegas por mais tempo, deitou-se sobre ela.

— Você é uma sedutora.

— Você é um sedutor.

— Você é uma raposa.

— Você é uma raposa.

— Mãe, quero fazer amor.

Lingling não esperava que ele efetivamente a chamasse de mãe. Estupefata e assustada ao mesmo tempo, ergueu os olhos para o seu rosto como que para nele descobrir se ele falava sério ou se troçava. Ele continuava estampando o mesmo sorriso maroto e inocente, mas era possível detectar ali um ar de seriedade. Isto continuava não sendo suficiente para Lingling. No momento em que ele ia entrar em ação, ela afastou delicadamente sua mão. Era mais que o meu tio podia suportar. Parou de sorrir e disse, com uma voz que revelava grande sinceridade, fitando-a:

— Mãe...

Lingling segurou as lágrimas que enchiam seus olhos. Ele o chamara de mãe. Ela devia recompensá-lo. Pegou a mão que acabava de afastar e a colocou em seus seios.

Dali a pouco, o silêncio da noite só veio a ser perturbado pelos seus gemidos de prazer e pelo ranger da cama. Sem piedade pelos pés da cama que ameaçavam quebrar, fizeram amor freneticamente. A colcha caíra, suas roupas jaziam no chão, a cama estava para desmoronar. Não conseguiam mais parar.

2

O sol já ia alto no céu quando Lingling acordou. Poderiam ter morrido de cansaço, mas ainda estavam vivos.

Ouvindo meu tio roncar ruidosamente a seu lado, Lingling lembrou-se do acesso de loucura da véspera. Ele a chamara de mãe e ela o chamara de pai. Rememorando a noite de amor, ruborizou um pouco. Levantou-se sem fazer barulho e, na ponta dos pés, foi abrir a porta. Ofuscada, vacilou e teve que se segurar no portal para não cair. Era quase meio-dia. Ao seu redor, o trigo cintilava na luz dourada do sol. A aldeia, diante dela, estava calma como de costume.

Um grupo de aldeões surgiu por trás da cabana, dirigindo-se à aldeia. Alguns, em trajes de luto, não falavam; nem tristes, nem alegres, rostos impassíveis. Outros carregavam no ombro uma pá, uma corda ou uma vara; falavam e riam. Um anunciava que a colheita de trigo não seria boa. Por quê?, perguntava outro. Porque, de acordo com o calendário tradicional, o sexto mês era muito seco nos anos bissextos. Quando chegaram perto da área de socagem, Lingling reconheceu seu vizinho da época em que morava com Xiaoming. Interpelou-o:

— Quem morreu?
— Zhao Xiuqin.
Lingling espantou-se:
— Mas há pouco tempo eu a vi voltando da escola com um saco de arroz nas costas.
— Ela ainda não estava muito mal. Resistiu mais de um ano depois de declarada a doença, mas foi justamente quando

carregou esse saco de arroz que as coisas degringolaram. Ela colocou o saco no quintal, perto da entrada, e, num piscar de olhos, os porcos comeram o arroz. Com raiva, ela avançou para um dos porcos e o espancou até a espinha deste sangrar, mas esgotou todas as suas forças e vomitou sangue. Morreu anteontem à noite.

O rosto de Lingling ficou cor de terra. Parecia-lhe sentir na boca o gosto do sangue. Em pânico, apoiou-se na parede. O vizinho perguntou:

— Ainda não preparou a comida?

Ela respondeu:

— Não, mas é para já.

O homem afastou-se com os outros. Ela estava prestes a entrar na casinhola quando Ding Xiaoming, que, sem razão aparente, seguia o cortejo fúnebre, topou com ela. Era tarde para se esconder. Ela o encarou:

— Está dando uma mãozinha?

Xiaoming respondeu:

— Zhao Xiuqin está morta, ela que tinha marido e família. E você, que não passa de um fantasma sem família, como pode continuar a viver? Você deveria estar morta há muito tempo!

Falou bem alto. Suas palavras a golpearam como um tiro de arma de fogo. Sem lhe dar tempo de reagir, ele acelerou o passo para juntar-se ao cortejo.

Por um instante petrificada, ela o seguiu com os olhos e depois entrou na cabana. Meu tio estava se vestindo, sentado na cama. Com os olhos cheios de lágrimas, ela disse:

— Pai, devemos nos casar imediatamente para podermos voltar para a aldeia e viver na legalidade os poucos dias que nos restam.

CAPÍTULO 13

1

Meu tio foi até a casa da minha tia Song Tingting, cuja aldeia ficava a muitos quilômetros da Aldeia dos Ding. Lingling acompanhava-o. Ele comprara um saco de caramelos para Xiaojun. Lingling esperou-o à sombra de uma árvore na entrada da cidade.

Meu tio disse:

— Precisamos ter uma conversa séria. Quero me casar com Lingling antes de morrer para desfrutar plenamente meus últimos dias de vida.

Minha tia permaneceu calada por um instante, antes de responder:

— Concordo com o divórcio se você me arranjar dois bons caixões. Têm que ser de excelente qualidade e todos decorados.

— É para quem?

— Não é da sua conta.

Meu tio sorriu seu sorriso trocista:

— Sei para quem prepara o caixão. Ele está doente também?

Minha tia não respondeu. Virou a cabeça. Chorava.
Meu tio sentiu um prazer indescritível.

2

Meu avô foi até a casa de Ding Xiaoming. Não tinha ninguém em casa. Dirigiu-se então para a sua plantação, onde ele devia estar trabalhando.
Na entrada da aldeia, encontrou a mãe de Xiaoming. Perguntou-lhe, como se perguntasse o caminho a uma estranha:
— Está regando sua plantação?
Ela estava pegando fertilizante para dissolvê-lo na água. Ao ouvir a voz do meu avô, olhou para a direita e a esquerda para se certificar de que a pergunta dirigia-se de fato a ela. À sua volta, não havia senão capim do tamanho de um homem. Logo, a pergunta só podia dirigir-se a ela. Sem pensar mais, respondeu:
— Sim, estou regando.
Encarando-a, impassível, meu avô disse:
— Eu queria que Liang morresse amanhã.
A mãe de Xiaoming zombou:
— Por outro lado, você quer que Xiaoming se divorcie para que eles possam chegar a seus fins.
Meu avô ficou vermelho:
— Um vale tanto quanto o outro.
A mãe de Xiaoming subiu num montinho de terra para se quedar à sombra de uma árvore. Fitou longamente meu avô como se ele não fosse digno de ser olhado e fungou para denotar seu desprezo. Após um instante de silêncio, acrescentou com uma voz mais amável:
— Então, está bem, já que sou sua cunhada, falemos a sério. Concordo quanto ao divórcio de Xiaoming. Aliás, ele já

encontrou uma mulher, uma moça ainda virgem. Desafortunadamente, seus pais exigem 5 mil iuanes a título de dote e esta não é uma soma fácil de arranjar em nossa aldeia.

Deu uma olhada em volta para se certificar de que estavam sozinhos antes de continuar:

— Ding Liang quer gozar seus últimos dias para viver legalmente com Lingling, não é mesmo? Então, para o bem deles, eles têm que arranjar esses 5 mil iuanes, e, quando Xiaoming se casar, eles poderão, na mais perfeita legalidade, viver e ser enterrados juntos.

Pasmo, meu avô permaneceu de pé no meio do caminho em meio ao aroma da artemísia trazido pelo vento.

Ela continuou:

— Xiaoming e sua futura mulher não estão doentes. Eles têm um certificado do hospital atestando isso. Em contrapartida, Liang e sua sedutora têm pouquíssimos dias de vida. Assim que tivermos os 5 mil iuanes, Xiaoming se divorciará e Liang poderá se casar com sua sedutora. Todo mundo terá o seu quinhão.

Meu avô permaneceu impassível.

A mãe de Xiaoming saiu rebolando em direção à sua casa.

Meu avô seguiu-a com os olhos e gritou:

— Os livros desaconselham dissolver o fertilizante na água: isso faz com que ele perca metade de suas propriedades. É o capim que usufrui da outra metade.

A mãe de Xiaoming caminhou ainda por um momento antes de se voltar e vociferar:

— Shuiyang, você foi professor e tem o topete de bancar o intermediário para aqueles dois inúteis!

Ainda impassível, meu avô permaneceu fincado no meio do antigo leito do rio Amarelo como uma estaca seca no meio do verde.

Antes de o sol se pôr, meu avô foi procurar Xiaoming em sua plantação. Ele terminara de regar e sua mãe voltara para casa a fim de preparar o jantar. Ele descansava, fumando um cigarro, sentado num montinho sob uma sófora. O sol poente arroxeava a planície.

Meu avô, consciente de vir importuná-lo, postou-se diante dele:

— Xiaoming, antigamente você não fumava. Por que começou a fumar?

Xiaoming relanceou-o e desviou a cabeça.

Meu avô agachou-se.

— Acha que fumar pode lhe fazer bem?

Xiaoming tragou furiosamente seu cigarro, como para provar que queria fumar, embora soubesse que aquilo não podia ser bom para ele, antes de retorquir:

— Não tenho a sorte de ser como Ding Hui, secretário do comitê dos doentes do distrito. Ele ganha mais cigarros de luxo do que pode fumar e aguardente de primeira qualidade que não consegue nem beber. Então, eu, não podendo fumar cigarros de luxo, tenho pelo menos o direito de fumar mata-ratos.

Meu avô não pôde deixar de rir; disse, sentando-se:

— Ding Hui e Ding Liang são dois inúteis. O ideal seria que fossem esmagados por um automóvel, mas, uma vez que isso não acontece, não posso de toda forma estrangulá-los com minhas próprias mãos. Estou muito velho, não tenho mais forças para isso.

Um sorriso trocista pairava no rosto de Xiaoming.

— Então você permite que eles continuem a viver felizes. O que não está doente vive como que no paraíso e o que está doente também vive como que no paraíso.

Meu avô fitava seu sobrinho. Sentia vergonha. Seu rosto estava vermelho como se tivesse sido esbofeteado. Abaixou a cabeça, depois levantou-a:

— Xiaoming, se está com raiva no coração, esbofeteie seu tio, esbofeteie duas vezes seu velho professor!

Xiaoming zombou:

— Professor Ding, você é um homem eminentemente respeitável, como eu poderia me atrever a esbofeteá-lo? Aliás, se eu lhe tocasse com um único dedo que fosse, Liang seria capaz de vir à nossa casa jogar o seu sangue contaminado nos nossos utensílios de cozinha.

— Se Ding Hui se atrevesse a tocá-lo com um dedo que fosse, eu o estrangularia na sua frente, e se Ding Liang ousasse levantar a voz para você, eu o decapitaria com uma cutelada.

Dessa vez, Xiaoming parou de sorrir. Seu rosto se congelou e ele disse baixinho:

— Tio, você foi professor a vida inteira. Sabe falar e é um homem ponderado. Mas Ding Liang roubou minha mulher e você deixou o barco correr. Você nem o insultou nem surrou, e permite que eles vivam juntos na ilegalidade.

— Xiaoming, diga a verdade a seu tio. Você ainda quer essa Lingling? Pretende viver novamente com ela?

— Eu, Xiaoming, não me rebaixaria para recolher um resto de lixo.

— Então se divorcie para que eles façam o que lhes aprouver.

— Uma vez que insiste para que eu lhe diga a verdade, ouça-a: encontrei uma mulher para substituí-la. Ela é mais jovem, mais bonita, mais alta, tem a pele mais branca e tanta instrução quanto Lingling. Não pediu dinheiro. Quis apenas certificar-se de que eu não vendi meu sangue e de que não estava doente. Fomos então ambos ao hospital para fazer o teste. O único presente que nos demos foi o certificado atestando que não estamos doentes. Tínhamos a intenção de nos casar este mês, mas agora Ding Liang e Lingling estão morando juntos, sem se preocupar com a opinião da aldeia. Portanto, não quero mais me casar. Não vou me divorciar.

A cólera e a arrogância de Xiaoming eram intransponíveis. Meu avô compreendeu que não havia nenhuma esperança de convencê-lo. Tomou de volta o caminho da escola. A planície estava vermelha. Alternadamente crescendo e decrescendo, a estridulação das cigarras ressoava atrás dele como um sino rachado. Após alguns passos, voltou-se. Os olhares dos dois homens se cruzaram. Meu avô parou. Esperou. Xiaoming parecia querer dizer-lhe alguma coisa. Ouviu-o gritar:

— Ding Liang e Lingling só precisam esperar a morte, quando eles morrerem eu me caso.

Meu avô se voltou e foi adiante pela trilha em meio às artemísias. Gafanhotos pulavam sobre seus sapatos e subiam pelas suas pernas antes de irem embora sem fazerem barulho. Quando se aproximava da escola, ouviu passos atrás dele. Voltou-se. Era Xiaoming. Suava em bicas. Ao correr, fizera a terra voar e seu rosto estava revestido com uma mistura de lama e suor. Quando meu avô se voltou, ele parou a dez passos e gritou:

— Ohê, tio!

— Xiaoming?

— Refleti. Posso me divorciar e deixar Lingling se casar com Ding Liang, mas você e Ding Liang têm que me prometer uma coisa.

— O quê?

— Promete?

— Diga o que tem a dizer.

— Pensei bem. Posso me divorciar. Eles querem viver juntos legalmente. Concordo, mas Ding Liang precisar fazer um testamento preto no branco em meu benefício. Quando ele morrer, ele me legará sua casa, seu quintal e todos os seus bens. De toda forma, Ding Hui vai se mudar e não voltará para a aldeia. Ele tem uma bela casa, a qual irá deixar para você terminar seus dias. Ele não precisa da casa de Ding Liang, então, pode legá-la para mim.

Meu avô olhava para ele piscando os olhos, sem responder. Ele continuou:

— Tio, diga-me se concorda. Em caso afirmativo, amanhã entro com as formalidades do divórcio e eles poderão ter sua certidão de casamento depois de amanhã.

Meu avô continuava sem dizer nada.

— Me ouviu, professor Ding? Sou seu sobrinho. Ninguém aplica seu fertilizante na plantação de estranhos. Quando Ding Liang morrer, em vez de ser um estranho ou o Estado a herdar seus bens, é melhor que seja eu.

Meu avô não vacilava.

— Pense bem. Você só precisa dizer uma palavrinha a Ding Liang. Não tocarei nos bens dele enquanto ele viver. Aguardarei que ambos estejam mortos. Se eles não concordarem, não me divorciarei e eles não poderão se casar. Nunca poderão morar juntos legalmente, e, quando morrerem, não poderão ser plenamente felizes no mesmo túmulo.

Meu avô sentiu a cabeça rodar. Via estrelas dançando diante dos olhos. O capim, as árvores, Xiaoming, tudo rodopiava ao seu redor. Ouviu Xiaoming gritar:

— Vou embora! Fale com Ding Liang e diga-lhe para pensar bem. É bom conhecer alguns dias de felicidade na vida. Não trazemos nada ao nascer e não levamos nada para o túmulo. Se podemos ser felizes um dia, convém aproveitar.

Fez meia-volta e se afastou na luz vermelha do poente.

3

De pé no meio de um campo de trigo, um homem chamou pelo meu avô:

— Tio, está ocupado amanhã?

— Não, estou livre. Por quê?

— Meu pai morreu. Posso vir amanhã para organizar a cerimônia?

— Morreu quando?

— Umas 12 horas atrás.

— Você tem um caixão?

— Os grandes irmãos Yuejin e Ghenzu deram um salgueiro à nossa família.

— E os trajes fúnebres?

— Minha mulher já preparou.

— Então, está tudo certo. Irei amanhã de manhã cedinho.

O silêncio voltou à planície como a um lago tranquilo num dia sem vento.

4

Concordo em deixar para Xiaoming, após a minha morte e a de Lingling, minha casa, meu quintal, meus móveis e todos os meus bens, assim como minha gleba de 3,5 mu, situada ao norte dos campos da família Wang e da família Zhang. Meus bens compreendem: uma casa de tijolos de três cômodos com dependências (uma cozinha e uma despensa). Superfície do quintal: mais de três fen com três kiris e dois choupos. (Comprometemo-nos, Xia Lingling e eu, a não cortar e não vender as árvores enquanto vivermos.) A mobília compreende um armário, uma mesa, dois baús, um suporte de pia, quatro cadeiras com encosto pintadas de vermelho, cinco banquinhos, um banco, uma cama grande, uma cama pequena. Além disso, há duas ânforas grandes e seis caixotes de farinha. Comprometemo-nos, eu e Lingling, a não transferir os móveis e a conservá-los em bom estado até nossa morte.

Não sendo suficiente a promessa verbal, coloco preto no branco. Isto pode ser considerado meu testamento. Meu irmão Ding Xiaoming conservará este documento para fazer uso dele após a minha morte e a de Lingling. Meu pai Ding Shuiyang não poderá contestar a legalidade do testamento.

O testador: Ding Liang
O...

5

Meu tio ia levar o testamento à casa de Xiaoming. Ao chegar à sua porta, chamou por ele. Quando Xiaoming chegou, atirou-lhe o testamento na cara.

— Tome, pegue!

Ding Xiaoming recolheu o testamento e disse, como se meu tio estivesse sendo injusto a seu respeito:

— Você roubou a minha mulher, como pode me tratar dessa maneira?

CAPÍTULO 14

1

Meu tio e Lingling se casaram. Foram morar na casa do meu tio.

Tiveram que fazer duas viagens com um jinriquixá para levar o material da cabana. Lingling estava encharcada de suor. Ela descarregou a mobília do quarto, os utensílios de cozinha, as cadeiras e os baús, arrumou-os conscienciosamente no lugar. Quando terminou, o suor começou a transpirar mais. Despiu-se para se refrescar, mas seu corpo inteiro estava em brasa. Achando que tinha pegado um resfriado, tomou um remédio com chá de gengibre. Em vão. O calor não diminuiu.

Duas semanas mais tarde, compreendeu que era a doença que entrava em sua fase terminal. Ia morrer.

Suas forças haviam-na abandonado. Não conseguia mais sequer levantar sua tigela. Um dia em que seu marido lhe estendia uma tigela de chá de gengibre destinada a baixar sua febre, ela descobriu novas pústulas na testa dele. Deixou escapar um grito de pavor:

— Você está com novas pústulas!

— Não é grave.

— Tire a roupa.

Meu tio repetiu, sorrindo:

— Não é grave.

— Grave ou não, tire a roupa para eu ver.

Ele obedeceu. Lingling examinou sua cintura. Um círculo de abscessos intumescidos a cingia. Não podendo mais suportar o roçar do cinto, meu tio o substituíra por uma faixa de tecido cujas pontas pendiam à sua frente e que ele dissimulava sob uma camisa de algodão. A mesma faixa de tecido que seus ancestrais utilizavam para segurar a calça quando trabalhavam nos campos.

Ao ver aquele círculo vermelho, Lingling quase chorou, mas sorriu através das lágrimas:

— A doença agravou-se para nós dois ao mesmo tempo. Nesses últimos dias, eu achava que seria a única a morrer e tinha medo que você voltasse para Song Tingting.

Meu tio sorriu por sua vez:

— Há alguns dias, quando me dei conta, mudei de cinto. Não ousei lhe contar, mas pedi aos céus para não deixá-la viver um dia a mais que eu.

Lingling beliscou-o.

Meu tio descansou a tigela de chá com gengibre na cabeceira da cama.

— Faz 15 dias que não toco em você. Não percebeu que devia haver uma razão para isso?

Lingling balançou a cabeça. Meu tio disse:

— Que sorte nosso estado ter piorado agora que acabamos de nos mudar. Poderemos morrer juntos.

— Seria melhor eu morrer primeiro, pois você poderia me enterrar e comprar umas belas roupas. Não quero trajes fúnebres. Você precisa comprar dois vestidos para mim, um branco e um vermelho, é o meu sonho desde pequena. Assim, poderá trocá-los em mim.

— Comprarei também sapatos vermelhos de salto alto como os que as garotas da cidade usam.

Lingling refletiu por um momento. De repente, seu semblante ficou mais sério.

— Talvez fosse melhor você morrer antes de mim, pois, enquanto você viver, não irei ficar sossegada.

Meu tio pensou por sua vez:

— Se você morrer primeiro, poderei cuidar para que seja bem sepultada. Em seguida, quando eu morrer, meu pai e meu irmão irão ocupar-se do meu enterro. Se você morrer depois de mim, não tenho certeza se eles irão enterrá-la corretamente.

— Talvez você tenha razão, o que não significa que, enquanto você viver, eu vá deixar de me preocupar com você.

— Por quê?

— Por nada.

Após um instante de silêncio, descontente, Lingling declarou:

— Seria melhor morrermos juntos.

— Discordo. Se você sobreviver a mim um dia, será um dia conquistado. Se eu sobreviver a você um dia, será um dia conquistado.

— Você acha principalmente que será um dia conquistado para você.

Meu tio disse que não, ela disse que sim. Continuaram nisso por um longo tempo, metade a sério, metade de brincadeira. Ao se voltar, meu tio fez a xícara cair e ela se espatifou no chão.

Pararam de discutir.

Quebrar uma tigela de remédio era de mau agouro. Isso significava que o remédio parara de fazer efeito. Iam morrer nos próximos dias. Entreolharam-se em silêncio. Seus corpos gotejavam de suor. Tinham a impressão de estar numa estufa. Os opulentos seios de Lingling que tanto agradavam meu tio definharam, deixando apenas dois pedacinhos de carne amarela. Seu rosto tão fresco e róseo esverdeara e teria sido possível enfiar um ovo em cada uma de suas órbitas. Suas maçãs do rosto salientes apontavam como duas achas de lenha. Ela não tinha mais forma humana. Não se penteava fazia vários dias. No travesseiro, sua cabeça lembrava um buquê de artemísia seco. Meu tio continuava a comer como antes, mas a comida não tinha mais nenhuma utilidade. Seu rosto agora parecia uma lâmina de faca e seus olhos quase inteiramente brancos haviam perdido o brilho. Fitando os cacos da tigela, ele disse:

— Lingling, se não acredita que é por você que quero que morra primeiro, vou morrer imediatamente na sua presença.

— Como vai fazer?

— Vou me enforcar.

— Então, enforque-se.

Lingling sentou-se na cama e passou os dedos nos cabelos para se pentear. Seu rosto estava sereno. Acrescentou:

— Há uma corda de cânhamo debaixo da cama. Pegue-a. Assim que você passar o laço em volta do pescoço, passarei também em volta do meu e daremos um pontapé no banco ao mesmo tempo. Uma vez que não podemos continuar a viver juntos, podemos pelo menos morrer juntos.

Meu tio fitou-a, estupefato. Lingling repetiu:

— Pegue a corda.

Meu tio não se mexeu. Lingling insistiu:

— Pegue a corda que está debaixo da cama.

Meu tio estava acuado. Fechou os olhos e se abaixou para pegar a corda debaixo da cama. Subiu no banco, passou a corda por cima da viga e fez um laço corrediço em cada ponta. Passou um em volta do pescoço e olhou para Lingling sorrindo com um ar maroto para avaliar sua determinação. Nunca teria passado pela sua cabeça que sua mulher, tão meiga e ardorosa ao fazer amor, pudesse não ter medo da morte. Quando ela viu que ele rematara o nó corrediço, levantou-se calmamente, lavou o rosto e pegou um pente para se pentear de verdade. Em seguida, saiu para fechar o portão do quintal, voltou, subiu no banco e disse, olhando para o meu tio:

— Se morrermos juntos, saberei que durante esta vida não dividi a cama com você inutilmente.

Não era meio-dia. O sol ainda no leste brilhava sobre a cama. Lingling puxara a colcha. Estava tudo limpo e na mais perfeita ordem. Não era mais a casa de Song Tingting. Lingling mudara toda a mobília de cama que Song Tingting utilizara com meu tio. Lavara até mesmo os baús com jatos de água para suprimir o cheiro de Song Tingting. Quando às tigelas nas quais Song Tingting comera, destinara-as aos galinheiros. No quintal, as ferramentas estavam todas penduradas no lugar. Na casa, estava tudo arrumado, como dentro das quatro paredes de um sepulcro. Lingling, imperturbável, passou um lenço úmido no rosto, subiu no banco, pegou o laço e olhou para o meu tio. O ponto de não retorno fora alcançado. Seguravam cada um seu laço. Lingling esperava que meu tio o pusesse em torno do seu pescoço para fazer o mesmo. Mas meu tio recuperara seu sorriso maroto. Disse:

— Se quer morrer, morra. Quanto a mim, quero continuar a viver.

Desceu do banco e foi sentar-se na cama. Observando Lingling, que não largara a corda, disse:

— Mãe, desça e cuidarei de você como um filho.

Levantou-se, pegou-a nos braços e a carregou para a cama. Despiu-a lentamente. Seu corpo, antigamente tão branco e sedoso, agora ressequido, ganhara a cor do capim no inverno. Lágrimas corriam nos cantos de seus olhos e seu rosto exprimia uma infinita tristeza. Perguntou:

— Vamos realmente nos enforcar?

— Ainda não — respondeu meu tio. — Temos uma casa e temos comida. Se sentirmos fome, podemos fazer panquecas. Se sentirmos sede, podemos beber uma tigela de água com açúcar. Se nos entediarmos, podemos sair para conversar com alguém na rua. Quando penso em você, posso acariciar seu rosto e beijar sua boca. Se me der vontade, também posso fazer amor com você.

E, enquanto continuava a falar, reuniu todas as suas forças para fazer amor com ela. Meu tio ficara realmente exaltado com aquilo.

Quando terminaram, Lingling perguntou:

— Se não pudermos ir cumprir as formalidades, você acha que seu irmão conseguirá nossa certidão de casamento?

Muito orgulhoso de si, ele a tranquilizou:

— Parece que meu irmão vai ser promovido a diretor do comitê dos doentes. Não lhe custará nada conseguir a certidão.

2

Com efeito, nem Xiaoming, nem Song Tingting, nem meu tio, nem Xia Lingling precisaram se apresentar para as formalidades. Meu pai conseguiu para eles uma bela certidão de divórcio em papel vermelho, na qual estampava-se a menção "Autorizado a divorciar" com o sinete da administração da aldeia.

Quando meu pai foi levar a certidão de casamento para o meu tio e Lingling, os aldeões faziam a sesta. O calor era sufocante. Apenas as cigarras perturbavam o silêncio. O portão do quintal não estava fechado a chave. Meu pai só teve que empurrá-lo para entrar. Teve que bater várias vezes na porta da casa para ouvir meu tio gritar:

— Quem é?

Meu pai disse:

— Liang, saia um instante.

Vestindo apenas uma cueca de algodão branco, meu tio, ainda sonado, foi abrir:

— Ah, grande irmão, é você?

Meu pai anunciou friamente:

— Dei a Song Tingting os dois caixões de primeira que ela pedia. São magnificamente decorados. Mandei gravar prédios, casas de tijolos e aparelhos elétricos. Tenho certeza de que durante as dez últimas gerações, sua família nunca teve caixões tão bonitos.

Meu tio olhou para o meu pai sem nada dizer. Ainda continuava meio sonado.

Meu pai continuou:

— Ouvi dizer que você assinou um papel deixando o quintal e a casa para Xiaoming.

Meu tio olhava alternadamente para seu irmão e para o quintal.

Meu pai então sacou as duas certidões de casamento em papel cuchê vermelho e as atirou na direção do meu tio. Elas deslizaram pelo seu corpo e caíram rodopiando como folhas mortas.

— Seu verme! Vai morrer daqui a pouco e faz todo esse escândalo por uma mulher, abandonando o patrimônio de uma vida inteira!

Após haver pronunciado estas palavras num tom furioso, girou nos calcanhares e se afastou. Depois de alguns passos, voltou-se e, com uma voz perfeitamente natural dessa vez, gritou:

— Quatro certidões de divórcio, duas certidões de casamento! Foram seis folhas de papel que me custaram um caixão de primeira!

Quase todas as grandes árvores haviam sido derrubadas. Só restavam as pequenas.

Meu tio seguiu meu pai com os olhos até que ele tivesse virado numa ruela e foi só nesse instante que tomou consciência do que acabava de acontecer. Abaixou-se para recolher as certidões de casamento e descobriu a sua. Era exatamente igual à de quando ele se casara com Song Tingting vários anos antes. Só haviam mudado os nomes e a data. Então, em vez de se rejubilar, experimentou um sentimento de decepção, de frustração. Permaneceu imóvel perto da porta. Quando se voltou, viu que Lingling estava de pé atrás dele. Estava pálida. Ouvira meu pai e o vira atirar as certidões de casamento. Foi como se tivesse recebido uma bofetada.

Meu tio disse:

— Se eu soubesse, nunca teria pedido essa certidão de casamento.

E, como Lingling não dizia nada, continuou:

— Que ele vá para os diabos! Não precisávamos dessa certidão para vivermos juntos. Ninguém teria ousado cortar a nossa cabeça. E, quando tivéssemos sido enterrados juntos, ninguém teria ousado nos exumar.

— Mas — retorquiu Lingling —, sem essa certidão, você acha que seu pai e seu irmão nos teriam enterrado juntos?

Tendo feito essa pergunta, pegou as certidões das mãos do meu tio, examinou-as, a princípio rapidamente, depois com mais atenção, e espanou a poeira como se estivesse lavando o rosto.

3

Um fenômeno curioso: assim que meu pai levou a certidão de casamento, a febre de Lingling foi embora e suas forças voltaram. Ela parou de tomar os remédios. Continuava magra, mas seu rosto recuperara o brilho e o frescor de antes. Quando meu pai se afastou, eles entraram para fazer a sesta no quarto. Meu tio dormiu logo. Ao acordar, constatou que Lingling não dormira. Arrumara, varrera, lavara. Em seguida, saíra para ir até a vendinha comprar maços de cigarro e quilos de balas de frutas multicoloridas. Ao voltar, sentara-se ao lado da cama para contemplá-lo dormindo e esperar que despertasse.

Vendo-a sorrir, ele perguntou?

— O que está acontecendo?

— Estou bem melhor. A febre passou.

Pegou a mão do meu tio e tocou-a na sua testa.

— Quero que toda a aldeia saiba que nos casamos.

Colocou as balas ao lado dele, dizendo:

— Liang, pai, não estou mais doente. Temos que ir de casa em casa para oferecer balas e anunciar que nos casamos. Embora seja meu segundo casamento, tenho apenas 24 anos. É como se fosse a primeira vez. Vamos lá, pai. Vamos a todas as casas. Quando voltarmos, chamarei você de pai pelo menos cem vezes. Vamos lá! Não quer que eu lhe chame de pai esta noite?

Como uma mãe, foi molhar uma toalha e a passou no rosto do meu tio, nos cantos dos olhos, nas laterais do nariz e finalmente nas mãos. Trouxe seu casaco e sua calça e o vestiu como uma mãe, certificando-se de que todos os botões estavam bem abotoados. Quando ele ficou pronto, ela o pegou pela mão como a uma criança e saíram levando os presentes.

Estavam de posse de sua certidão de casamento. Podiam então ir de casa em casa anunciar a boa-nova e oferecer as balas da felicidade.

Na primeira casa, foi uma velha de 60 anos que abriu a porta. Lingling disse, estendendo-lhe um punhado de balas.

— Vovó, chupe essas balas. Eu me casei com Ding Liang. Temos nossa certidão de casamento. Por causa da doença, não podemos convidar ninguém, mas viemos trazer-lhe balas.

Repetiu a mesma coisa nas casas seguintes.

Na quinta casa, foi uma moça recém-casada e de visita à família que abriu a porta. Lingling lhe disse:

— Xiaozu, veja minha certidão de casamento. É igual à sua? Tenho a impressão de que o vermelho não é vermelho de verdade.

Xiaozu perguntou:

— Você não recebeu uma igual quando se casou com Xiaoming?

Lingling respondeu, corando:

— Examinei-a bem, mas acho que o vermelho desta brilha mais que o da primeira.

Xiaozu pegou a certidão de casamento e a examinou atentamente no sol como se quisesse se certificar da autenticidade de uma cédula de dinheiro. Por fim, declarou:

— É exatamente igual à minha. É do mesmo tamanho, o vermelho é igual e traz os mesmos caracteres e o mesmo sinete.

— Então posso ficar sossegada — disse Lingling.

Encaminhava-se para a casa seguinte quando percebeu que se esquecera de dar balas para Xiaozu. Fez prontamente meia-volta para lhe dar um punhado delas.

Quando ia bater na porta de uma casa num beco, ocorreu-lhe subitamente que era sempre ela que batia, que sorria para anunciar a boa-nova e que dava os cigarros ou as balas. Meu tio limitava-se a ficar atrás dela, com seu sorriso de costume nos lábios, a boca cheia de balas. Ela dirigiu-se a ele:

— Agora é a sua vez. Há muitos homens na casa. Será provavelmente um homem que virá abrir. Então cabe a você bater.

Meu tio recuou. Lingling puxou-o pela mão. Ele protestou:

— Você disse que essa noite irá me chamar de pai cem vezes.

Lingling corou e concordou com um aceno de cabeça.

— Então, me chame de pai agora.

— Pai.

— Mais alto!

Meu tio foi bater, sorrindo:

Uma voz perguntou:

— Quem é?

— Sou eu, vim pagar uma dívida.

O homem abriu a porta. Sem se desfazer do seu sorriso trocista, meu tio estendeu-lhe um cigarro e o acendeu. O homem perguntou:

— O que foi que eu lhe emprestei?

— Você não me emprestou nada, mas Lingling e eu nos casamos e temos nossa certidão de casamento. Lingling fez absoluta questão de lhe oferecer um cigarro e umas balas.

O homem compreendeu. Seu rosto se iluminou:

— Parabéns! Parabéns!

A casa seguinte era a de Xiaoming. Reunindo toda a sua coragem, meu tio preparava-se para bater, mas Lingling segurou sua mão.

Quando terminaram sua ronda, não havia mais nem balas nem cigarros. Voltaram para casa a fim de comprar mais para o meu avô e para os doentes da escola. Infelizmente, um pequeno incidente pôs fim a esse plano.

Meu tio, ao sair, tropeçou na soleira da porta e caiu. Como fazia muito calor, ele usava uma roupa leve. O sangue apareceu em seus cotovelos e nos joelhos. À primeira vista, não era grave, mas meu tio suava em bicas e sentia uma dor atroz na coluna. Conseguiu sentar-se e disse, esfregando os lugares que sangravam com as mãos.

— Lingling, dói tudo.

Lingling amparou-o para levá-lo até a cama. Limpou o suor e o sangue. Encolhido na cama como um camarão, tiritava e seus lábios estavam verdes. Enfiando as unhas nos pulsos de Lingling, disse:

— Acho que desta vez terminou.

Lingling tentou reconfortá-lo:

— Muita gente da aldeia que ficou doente ao mesmo tempo que você já morreu, mas você sobreviveu muito bem.

Meu tio perdera seu sorriso habitual. Seus olhos estavam cheios d'água.

— Mãe, desta vez terminou. Está doendo até a medula dos ossos.

Lingling deu-lhe um calmante e trouxe-lhe meia tigela de sopa. Esperando a dor melhorar um pouco, sentou-se ao lado dele para conversar.

— Pai, acha realmente que não vai se recuperar?
— Acho realmente.
— Quer realmente que eu cuide de você quando você morrer?
— Certifique-se de que meu pai e meu irmão irão cavar para nós uma sepultura grande e profunda, tão espaçosa quanto a nossa casa e o nosso quintal.
— E o caixão?
— Ele prometeu nos fornecer um belo caixão para nós dois, no mínimo em madeira de kiri, tudo com tábuas de três polegadas de espessura.
— E se ele não der?
— É meu irmão mais velho. Nascemos da mesma mãe. Como ele poderia se negar?
— Não viu como ele jogou a certidão de casamento e o acusou de ter provocado um escândalo por minha causa? Ele não o perdoa por ter legado sua casa e seu quintal para Xiaoming para poder casar comigo. Ele não mandará cavar a sepultura que você quer. Neste instante, nada é caro, mas os caixões são exorbitantes. Um caixão custa entre quatrocentos e oitocentos iuanes. Dois caixões representam por volta de 1.500 iuanes. Ele vai espernear para nos dar. O que faço se ele não concordar? Absolutamente nada. Se tivermos que morrer, é melhor que seja eu a morrer primeiro. Assim, você poderá cuidar para que o túmulo seja tão espaçoso quanto o quintal e o caixão tão sólido quanto uma casa de tijolos.

Ao escutá-la, meu tio esquecia a dor. Ela prometera chamá-lo de pai cem vezes durante a noite. Ele teria ficado feliz. Agora, era ela que não sentia mais dor e ele que estava mal e não podia mais fazer amor. A doença fincara nele as raízes da morte. Assim que ela parava de falar, a dor voltava. Ao cair, ele tivera apenas alguns arranhões, mas perdera toda a sua capacidade de resistência e a menor dor repercutia até a medula de seus ossos. Tinha a impressão de que haviam escavado suas articulações para introduzir vergalhões de ferro e varas de madeira que abriam caminho para a dor e de que tentavam injetar uma agulha enferrujada enfiada numa corda grossa. A dor subia ao longo de sua medula espinhal enquanto ele rangia os dentes e o suor brotava de sua testa.

A noite estava profunda. O luar espalhava sobre a planície sua luz branca e leitosa. O cricrilar dos grilos penetrava no quarto. Em geral fresco, estava superabafado nessa noite. Meu tio sentiu um fogo de forja queimar em seu peito.

— Ling, não aguento mais! Mãe, me dê um calmante.

Gritava apertando contra si o lençol enrolado. Lingling não parava de secar seu suor e falar com ele, dizendo o que ele mais gostava de ouvir. Sua dor atenuava-se então um pouco. Mas, quando ela dizia alguma coisa que não lhe agradava, ele batia no travesseiro com as mãos, gritando:

— Está doendo horrivelmente e vou morrer daqui a pouco; como pode me dizer uma coisa dessas?

Ela então corria para enxugar o suor do seu corpo com uma toalha molhada e mudava de assunto.

— Pai, não se zangue quando lhe faço uma pergunta.

Ele voltou-se para ela. As gotas de suor brilhavam em sua testa. Ela perguntou:

— Você acha que Tingting está feliz com o homem da sua aldeia?

— Mãe, não acha que já estou sofrendo o suficiente?

— Em todo caso, não podem ser tão felizes quanto nós dois. Estou lhe chamando de pai, acha que Tingting pode chamar esse homem de pai? Você me chama de mãe, acha que ele a chama de mãe? Sou sua mulher. Quando você quer que eu seja sua mulher, sou sua mulher. Na escola, na plantação, na área de socagem ou na cabana, de dia ou de noite, quando você quis fazer amor, não me neguei nenhuma vez. Quando você quer comer comida doce, preparo pratos doces; quando quer comida salgada, preparo pratos salgados. Nunca deixei você cozinhar, nem lavar suas roupas. Fui amável com você?

Sem esperar a resposta do meu tio, como se fosse a si própria que fizesse a pergunta, continuou:

— Faço tudo isso quando você quer que eu seja sua mulher. Mas quando você quer que eu seja sua mãe, aperto você nos braços à noite enquanto você dorme, ponho meu seio na sua boca e acaricio seu corpo como uma mãe botando o filho para dormir. E quando você quer que eu seja sua filha, chamo você de pai como se eu fosse a filha. Um dia (ela parou um instante), contei em segredo: chamei você de pai pelo menos cinquenta vezes e você só me chamou de mãe para me pedir para lavar os seus pés. Fiz isso de boa vontade e, em seguida, fui jogar fora a água. Quando você me acorda durante a noite, lavo seu corpo todo. Então, diga-me, Liang, irmão, pai, sou ou não sou amável com você?

Ela o fitava como se ele a tivesse molestado. Repetiu:

— Fale.

Ele sabia que ela era realmente amável com ele. Sabia igualmente que ele também era realmente amável com ela, mas, depois de escutar seu discurso, teve a sensação de tê-la, uma hora ou outra, molestado e magoado. Isso acontecera. Era certo. Mas quando? Não conseguia se lembrar. Olhava para ela como teria olhado para uma mulher reclamando do marido, uma irmãzinha queixando-se ao primogênito ou uma irmã mais velha repreendendo o caçula. Estava sentada na cama, vestindo uma túnica curta e uma bermuda. Segurava a mão dele e a acariciava como para contar os dedos. Seu rosto descarnado avermelhava olhando-o como o de uma adolescente tímida ao lado de um homem com quem fala de amor pela primeira vez.

Durante a primeira metade da noite, os mosquitos esvoaçaram no quarto. Agora pareciam ter parado para escutá-la. Um silêncio recheado de doçura e ternura reinava ali.

Meu tio não estava mais encoscorado como um camarão. Esticara as pernas. Estava deitado de lado, a cabeça no travesseiro, e não se queixava mais da dor nem do calor. Escutava Lingling como uma criança escuta sua irmã mais velha contar uma história ou sua mãe lembrá-la de coisas que ela fizera antigamente e esquecera.

Lingling continuou:

— Pai, sou amável com você e você não para de repetir que vai morrer. Como isso é possível? Muita gente morreu da doença. Os que se queixavam do fígado morreram bem rápido. Os que se queixavam do estômago ou dos pulmões morreram um pouco menos rápido, os que tinham simplesmente febre morreram ainda menos rápido e os que tinham dor nos ossos ou nos músculos mais lentamente ainda. Nunca ouvi você falar do seu fígado, dos seus pulmões, do seu estômago. Então, como pode dizer que vai morrer? Você só está com dor nos ossos e nos músculos, então faz parte dos que morrem lentamente. Assim, quando você diz que vai morrer, não é porque não sente mais vontade de viver? Não é por isso que você convoca a morte? Será que está com pressa de me abandonar ou acha que a vida não vale mais a pena ser vivida quando se está doente? Olhe para mim, pai, viu como minha febre, que persistia há 15 dias, desapareceu num piscar de olhos assim que vi nossa certidão de casamento? Agora, não resta mais nenhum vestígio da doença? Por quê? Porque te amo. Mas desde que passamos a ser de fato marido e mulher, não tivemos tempo de fazer amor uma única vez. Então, como pode me dizer que vai morrer? Pai, Liang, será que não me ama? Se continua a me amar como antes, não deve dizer que vai morrer. Pense em sua Lingling, me chame de mãe, deixe-me cuidar de você, preparar a sua comida, lavar a sua roupa e também fazer o que você mais aprecia. Somos legalmente casados. Chamei-o muito de pai, mas ainda não o chamei de meu padrinho pai. Não chamei de pai o professor Ding. Amanhã, tenho a intenção de ir à escola e convidá-lo para viver conosco. Cozinharei para ele, o servirei e lavarei suas roupas. Enquanto ainda tenho força para isso, tricotarei um xale para ele e uma ceroula de lã e tricotarei também um xale e uma ceroula de lã para você. Quando eu não era casada, os vizinhos sempre me pediam para tricotar para eles.

Vendo que os olhos do meu tio se fechavam, ela perguntou:

— Pai, quer que eu lhe deixe dormir?

Ele respondeu:

— Estou com as pálpebras pesadas.

— Ainda dói muito?

— Não, está melhor. Parou de doer.

— Então, feche os olhos. Durma que tudo irá melhorar. Amanhã, dormiremos até tarde todos os dois.

— Vou dormir até que o sol esquente a minha bunda e pularemos uma refeição.

Vendo que ele fechava os olhos, julgou que dormia, mas ele murmurou:

— Não está doendo, mas estou com calor. Tenho a impressão de que um fogo queima o meu peito.

— Que quer que eu faça?

— Esfregue o meu peito com uma toalha molhada.

Ela fez o que ele lhe pedia. Passou a toalha no peito e nas costas.

— Melhorou?

De olhos fechados, ele respondeu:

— Continuo a sentir esse fogo me queimando dentro do peito. Vá pegar gelo para eu apertá-lo junto ao peito.

No escuro, Lingling foi até o poço puxar um balde de água gelada. Mergulhou nele a toalha e aplicou-a no peito do meu tio.

— Assim melhorou?

— Um pouquinho.

Mas ele não terminara de formular a resposta e a toalha voltara a ficar quente em contato com seu peito. Ele agitou-se na cama e se encolheu de novo.

— Estou ardendo, pegue gelo para mim.

Lingling se levantou, pensou um instante, despiu-se e saiu no quintal com a toalha molhada.

Era a segunda metade da noite. O frio subia do solo e caía do céu. O vento soprava. O ar no quintal estava tão gelado quanto a água do poço. A lua desaparecera. No céu, restavam apenas as estrelas. Nua no silêncio, no meio do quintal, Lingling pegou água no balde com a cuia e com ela aspergiu todo o seu corpo. Esperou ser sacudida pelos arrepios para se enxugar com a toalha. Enfiou os tamancos, correu até a cama e, qual uma pomba de gelo, colou-se no corpo em brasa do meu tio.

— Assim está melhor, pai?

— Está, refrescou bastante.

Ela apertou-o em seus braços para adormecê-lo, aspirando com o frio de seu corpo o calor que queimava o dele. Mas, dali a pouco, ele se queixou de novo. Ela saiu no quintal e borrifou-se novamente com água gelada até ser tomada por um acesso de tosse. Tossindo e tremendo, repetiu cinco vezes o procedimento. Na sexta vez, meu tio dormiu em seus braços.

Dormia com os punhos cerrados, roncando como um fole de forja.

4

Roncou até o dia seguinte. O sol já estava alto no céu quando ele emergiu de seus sonhos. Sentia-se fresco e disposto como se acabasse de tomar um chuveirada após um dia de trabalho. Abrindo os olhos, percebeu que Lingling não estava mais ali. Entretanto, ele dormira colado nela, no seu corpo nu e frio como uma pomba de gelo. Ela o apertara em seus braços até dormir e não estava mais lá.

Não dormira na cama.

Estendera uma esteira no chão e se vestira. Colocara uma saia de um branco imaculado e uma blusa cor-de-rosa novinha. Apesar do calor do verão, pusera também meias de seda cor de carne. Penteara seus cabelos como que se preparando para sair.

Estava realmente muito bonita.

Dormia, deitada na esteira branca.

Embora ligeiramente deformado pela dor, seu rosto estava sereno.

Meu tio sentou-se na cama e chamou-a:

— Ling... Mãe...

Nenhuma resposta. Pulou da cama e gritou com todas as forças:

— Ling!... Mãe!...

Subitamente em pânico, abaixou-se e tomou a cabeça de Lingling nos braços, gritando, com uma voz dilacerada dessa vez:

— Mãe!... Mãe!...

Mas ela não despertou, permaneceu inerte em seus braços. Seu rosto ainda estava um pouco vermelho, mas a pele de seus lábios ressequidos e rachados levantava-se como asas de libélula. Estava morta, queimada pela febre após ter se borrifado com a água gelada do poço.

Subjugada pela febre, deixara este mundo.

Seus lábios pareciam ter sido gretados pelo fogo, mas ela ainda sorria, como se morresse feliz por ter feito pelo meu tio o que acabara de fazer.

CAPÍTULO 15

1

Quando meu avô chegou, meu tio havia cortado a coxa com um facão de cozinha e o sangue escorria. Na véspera, apenas se arranhara ao cair, mas a dor havia sido intolerável. Agora, ia morrer. Deitada à sua frente, Lingling o esperava. Ele devia segui-la na morte.

Ao sair de seu sonho, meu avô correra até a casa do meu tio. Ele estava morto. Quisera acompanhar Lingling.

Era meio-dia. O silêncio reinava na aldeia. Fazia tanto calor quanto na véspera, e, como nos outros dias, os aldeões faziam a sesta. Na escola também, fazia-se a sesta nas correntes de ar.

Em seu sonho, meu avô julgara ouvir Lingling gritar: "Pai!" Sua voz voava como uma asa branca sobre a planície. Meu avô achou que ela o chamava. Sentou-se na cama. Lingling não estava no quarto. Surpreso por um instante, deitou-se novamente. Ainda escutou um pouco o grito das cigarras e dormiu de novo. O mesmo grito chegou aos seus ouvidos. Meu avô sabia que estava sonhando. Deixou então o sonho impregná-lo, encher o quarto e a escola, recobrir a aldeia e a planície e seguir

Lingling. Então, viu meu tio dirigir-se à porta. Lingling, com os braços em volta de suas pernas, deixava-se arrastar pelos joelhos e tentava impedi-lo de sair, gritando:

— Pai, não siga o meu exemplo! E, por favor, não repita o que eu fiz.

Meu avô não compreendia por que Lingling chamava seu marido de pai em vez de chamá-lo de Liang. Estava perplexo. Imóvel, observava-os como se fossem atores num palco de teatro. A despeito de seus esforços, Lingling, enfraquecida pela doença, não conseguia segurar meu tio, que a arrastou até o quintal, onde nada mudara desde que viviam juntos. O sol atravessava a densa folhagem das árvores desenhando manchas de luz sobre o solo. As ferramentas enferrujadas que não eram utilizadas fazia tempo estavam penduradas no muro. Não havia mais porcos desde a partida de Tingting, mas o comedouro continuava em seu lugar, em frente à porta da cozinha. Uma única coisa não estava mais como antes: o balde de ferro, antigamente na cozinha, reinava no meio do quintal. Estava cheio pela metade e a cabaça boiava na água como se alguém, depois de tomar banho, tivesse esquecido de levar o balde de volta para a cozinha. Meu avô não conseguia desgrudar os olhos do balde. De repente, viu meu tio, arrastando Lingling agarrada a suas pernas, entrar na cozinha, pegar o facão de legumes e erguê-lo acima da cabeça dela. Meu avô pensou que ele se preparava para golpear Lingling. Apavorado, quis precipitar-se para impedi-lo, mas meu tio colocou a perna na tábua e, han!, desceu o facão sobre sua coxa, berrando:

— Merda! Sua mulher está morta, como pode continuar a viver?

Meu avô viu uma luz branca brilhar diante de seus olhos. O sangue jorrou como o gêiser da capital provincial que ele vira em sonho, formando um gigantesco cogumelo antes de voltar a cair numa chuva de pérolas escarlates. Nesse instante, um raio de sol penetrou na cozinha e meu tio apareceu na luz vermelha.

Lingling, ainda de joelhos, parou subitamente de chorar. Gritou:

— Liang... Pai... Você enlouqueceu! Você precisa continuar a viver. De que lhe servirá me seguir?

Meu tio observou-a sorrindo, um pálido sorriso que ele não tinha mais forças para manter no rosto. De repente, incapaz de suportar a dor, deixou o facão cair e, apertando com as duas mãos a ferida com uma polegada de profundidade que revelava o osso, acocorou-se sob a tábua. O suor pingava em gotas graúdas de sua testa.

Meu avô então saiu do seu sonho e tomou um atalho para correr à casa do meu tio. Quando empurrava o portão do quintal, viu o balde de latão. Estava cheio pela metade. A cabaça boiava na água. As cigarras estridulavam no kiri. Nas manchas de sol que cobriam o quintal, um longo filete de sangue corria da cozinha. O cheiro do sangue impregnava o quintal. Meu avô permaneceu imóvel por um instante antes de se precipitar no interior. Meu tio e Lingling jaziam mortos, deitados de barriga para cima, lado a lado. Sobre a saia branca de Lingling, o sangue do meu tio desenhara flores.

2

As exéquias permitem avaliar o prestígio da família.

Por uma extraordinária coincidência, Ding Xiaoyue, irmão caçula de Yuejin, morrera ao mesmo tempo que Lingling, e Genbao, irmão caçula de Jia Genzhu, morrera ao mesmo tempo que meu tio. Quatro mortes no total. Iam faltar braços para escavar os túmulos. Meu avô visitou todas as casas da aldeia. Em toda parte, chocou-se com a mesma resposta: se não era o secretário Jia que já passara, era o secretário Ding. Seria preciso manter os corpos de meu tio e de Lingling na casa por dois ou três dias. Não podiam ajudar meu avô antes que Xiaoyue e Genbao fossem enterrados.

Respondiam:

— Genbao morreu antes de Lingling e Xiaoyue morreu antes de Liang. Temos de respeitar a ordem.

Meu avô foi procurar Genzhu para pedir que lhe emprestasse os homens que estivessem à toa. Genzhu fitou-o longamente antes de responder:

— Por que não se dirige ao seu primogênito? Ouvi dizer que, nas outras aldeias, os secretários do comitê dos doentes que o ajudaram receberam um belo caixão a título de recompensa. Por que Yuejin e eu não recebemos nada?

Quando meu avô foi procurar Yuejin, foi alvo da mesma resposta.

Voltou então para a casa do meu tio e, de pé, diante dos corpos, mirando alternadamente céu e terra, esperou que meu pai chegasse da cidade.

O sol já se pusera quando ele chegou. Ele soltou um suspiro observando os corpos. Depois de tê-los colocado sobre duas tábuas no cômodo principal, meu avô e meu pai saíram para o quintal. Sentaram-se e permaneceram um longo tempo face a face, sem nada dizer. De repente, no silêncio, ouviram as vozes dos homens que haviam ido escavar as sepulturas de Genbao e Xiaoyue. Meu avô então levantou a cabeça e encarou meu pai:

— Precisamos sepultá-lo de um jeito ou de outro. Se esperarmos mais um dia, eles vão começar a feder. Hui, você pode constatar que não é por falta de braços que se recusam a nos ajudar, é porque agora a aldeia inteira nos despreza. Se você tivesse me escutado, teria ido prosternar-se para pedir perdão e não estaríamos nesta situação.

Meu pai levantou-se lentamente e fungou para demonstrar seu desdém, observando meu avô e os dois corpos.

— Pai, não se preocupe. Não preciso das pessoas da aldeia nem de suas pás para dar a meu irmão exéquias dignas deste nome.

A essas palavras, saiu e, deixando meu avô a velar os corpos, afastou-se pisoteando o solo como se para fazer as pedras voarem até o antigo leito do rio Amarelo.

3

O silêncio reinara a noite inteira. Nada havia acontecido, mas, quando o sol acabava de nascer, assistiu-se à chegada de dez pesos-pesados das aldeias vizinhas. Estavam todos na força da idade e eram todos artesãos qualificados. Um velho de 70 anos caminhava à frente deles. Um dia e uma noite devia lhes bastar para cavar a sepultura. As sepulturas da minha família ficavam no sudoeste da aldeia. Defronte do túmulo da minha avó, eles escavaram primeiro uma profunda trincheira, a partir da qual escavaram uma fossa do tamanho de uma casa, infinitamente mais espaçosa que um sepulcro comum.

Por motivo de força maior, desde que a doença assolava a planície, não se escavavam mais sepulcros tão grandes como antes, mas o do meu tio e de Lingling ia superar todos os demais, não apenas em suas dimensões, mas também na beleza de suas decorações. Nas paredes do túmulo, o mais idoso dos artesãos reproduzira os lagos e os antigos monumentos de Dongjing, bem como as praças, as fontes e os prédios administrativos, a grande avenida comercial com suas lojas e seus transeuntes. Nada faltava da velha cidade dos Song nem da nova cidade moderna. Os desenhos e caracteres, naturalmente, não eram tão bonitos quanto nas pinturas e caligrafias, mas eram de um requinte raramente visto na planície. Quando a notícia chegou aos ouvidos dos aldeões, eles começaram a afluir. Ficaram maravilhados com o trabalho dos artesãos. Unicórnios e dragões estavam gravados com tal precisão que pareciam vivos e tinha-se a impressão de ouvir a voz das pessoas que flanavam pela avenida comercial. Todos os aldeões, jovens e velhos, tinham a sensação de visitar um palácio imperial saído do chão.

O enterro aconteceu dois dias depois. Todos os aldeões estavam presentes para admirar o túmulo digno de um imperador. A leste, o sol despontava de um lago vermelho, um lago de fogo. Seus raios douravam as jovens espigas e faziam luzir a relva como uma escultura de jade. O cheiro quente da terra arada impregnava o ar. Os espectadores batiam a língua de admiração ou balançavam a cabeça.

— Incrível!
— Assim até vale a pena morrer!
— Para ter um túmulo desses, eu estaria disposto a pegar a doença cem vezes!

Nesse momento, chegaram os homens que tinham ajudado Jia Genzhu e Ding Yuejin a escavar seus túmulos. Achavam-se entre eles os melhores pedreiros da aldeia. As pessoas se afastavam para deixá-los descer no túmulo, como se entrassem para visitar um palácio. Quando saíram, seus rostos exibiam um misto de incredulidade e admiração. Dirigindo-se a um rapaz que vigiava as ferramentas, sentado perto do túmulo, perguntavam-se:

— Foi você que gravou tudo isso?

— Não, foi meu tio.

— Quem lhe ensinou sua arte?

— Foi transmitida de geração em geração.

— Podemos pedir a seu tio para decorar outro túmulo?

— É um túmulo de mandarim. Antigamente, apenas os mandarins do alto escalão tinham direito a mandar gravar quadros nas paredes de seus túmulos. Agora que os mandarins não existem mais, meu tio só pode decorar um túmulo dessa maneira com uma autorização especial assinada pelas autoridades. Sem essa autorização, é absolutamente impossível.

— Então, como esse Ding Liang tem direito a um túmulo de mandarim?

— O irmão mais velho dele, Hui, é secretário da comissão dos doentes do distrito.

Calou-se. Os pedreiros da cidade foram embora cada um para o seu lado.

O sol escalava lentamente o céu. Agora iam instalar o corpo no caixão e inumá-lo. Os caixões de Ding Xiaoyue e Jia Genbao estavam defronte da porta de suas respectivas famílias. Eram dois caixões de excelente qualidade, como não se fabricavam mais desde o início da doença. Eram em madeira de kiri de quatro polegadas de espessura. Os caracteres tradicionais do luto gravados em sua cabeça eram revestidos de tinta dourada. Mas os túmulos que Genzhu e Yuejin tinham mandado escavar para seus jovens irmãos não podiam comparar-se ao que meu pai mandara escavar para o seu, um túmulo de mandarim como nunca se vira na planície desde a época dos Song, com as esplêndidas paisagens e a prosperidade da cidade que acompanhavam o defunto na morte. Desafortunadamente, essas obras-primas haviam sido gravadas para pessoas que, por sua conduta indigna, haviam desonrado a aldeia. Para Genzhu e Yuejin, era duro de aceitar. Felizmente, haviam conseguido oferecer a seus irmãos dois caixões de primeira como aqueles fabricados outrora para as famílias ricas quando as pessoas viviam até os 80 anos. Em matéria de caixão, era realmente o que se fabricava de melhor.

As duas famílias moravam no mesmo beco a alguns passos uma da outra. Os aldeões que os rodeavam concordavam em reconhecer que eram de fato belíssimos caixões. Ding Yuejin e Jia Genzhu tinham feito o que era preciso para seus irmãos. Ainda que seus túmulos não valessem o que meu pai mandara escavar para o seu, eram realmente belíssimos caixões.

Nesse momento, dois carros pararam em frente à casa do meu tio. Homens retiraram dois caixões embalados em papelão e zinco e os depositaram em estrados para desfazerem a embalagem.

Os aldeões acorreram. Eram dois caixões conjugados, dois caixões em madeira de ginkgo como raramente se vira sob o sol.

Agora que, na planície, as pessoas morriam como lanternas que se apagam e folhas carregadas pelo vento do outono, os mortos a precisar de caixões eram tão numerosos quanto os vivos a precisar de casa. As madeiras de kiri eram agora um gênero tão raro quanto ouro e prata. Mas os caixões que meu pai mandara entregar não eram nem em madeira de kiri, nem de choupo: eram em madeira de ginkgo! As tábuas eram em madeira milenar de três polegadas de espessura, uma madeira macia ao toque, lisa, sem o mínimo defeito, perfeita para a gravura e o desenho. Cada caixão era inteiramente decorado com paisagens, nuvens propícias, divindades, largas avenidas e ruelas, carros, grandes prédios, pontes, parques. Pessoas descansavam à sombra das árvores enquanto outros empinavam suas pandorgas ou passeavam de barco. As velhas lendas estavam em alta. Viam-se Meng Jiang Nü* chorar diante da Grande Muralha e Liang Shampo e Zhu Yingtai** transformarem-se em borboletas. Os gravadores, além disso, haviam representado os logradouros e monumentos mais célebres das grandes cidades da China, como a praça Tiananmen, a torre de televisão de Xangai e os grandes hotéis de Cantão com as ruas comerciais, as pontes, as lojas de departamentos, as fontes...

Pasmos, os aldeões admiravam os caixões.

— Meu Deus! Nem os imperadores tiveram um igual.

Um deles aproximou-se para acariciá-los. Exclamou:

— Venham tocar! É liso como um rosto de noiva.

Todos os aldeões quiseram tocar os prédios, os carros que deslizavam sobre as pontes, os postes rodeando as praças, os homens sentados à beira dos lagos. Um aldeão aventurou-se a erguer levemente a tampa. O interior estava inteiramente decorado com cenas de felicidade. Havia tudo que podemos desejar; a televisão, a geladeira, uma máquina de lavar roupa, projetores para passar os filmes e as óperas e até mesmo um microfone para cantar. Uma mesa estava posta para um banquete, com aguardente de qualidade, aves, peixes, carne, taças de vinho e pauzinhos vermelhos. Acima da porta dos prédios, teatros e cinemas, estavam gravados os dois caracteres "Famí-

---

* Sob a dinastia Qing, no dia do casamento, seu marido precisou partir para participar da construção da Grande Muralha, sob a qual foi enterrado.
** Espécie de Romeu e Julieta chineses. Escaparam do túmulo sob a forma de duas borboletas.

lia Ding". O nome do meu tio estava igualmente gravado em todos os eletrodomésticos. Para coroar o conjunto, na parede ao pé do corpo, erguia-se o prédio do Banco da China.

Assim, meu tio partia carregando consigo a prosperidade da China e toda a riqueza do mundo.

Foi a vez então do caixão de prata. Era um pouco menor, mas também em madeira de ginkgo. O interior era decorado como o do meu tio, com um retrato sorridente de Lingling e, nas paredes, tecidos de seda, trajes femininos, uma penteadeira, caixinhas com produtos de beleza, uma máquina de costura e todos os utensílios necessários à preparação das refeições numa cozinha moderna como na cidade, com uma coifa, aventais, copos e escovas. Não faltava nada. Havia também flores, gramados, vinhedos e romãzeiras sob as quais ainda gotejavam as roupas do meu tio que Lingling acabara de lavar.

Diante dos dois caixões, os comentários não paravam.

Meu avô saiu da casa. Seu rosto estava escarlate. Parecia ter rejuvenescido alguns anos. Alguém perguntou:

— Professor Ding, Liang e Lingling vão ser felizes agora?

De pé ao lado dos caixões, ele respondeu:

— Felizes? Eles fizeram bem em morrer.

— Como se chamam esses caixões?

— Os antigos os chamavam de "caixão de ouro" e "caixão de prata", mas foram adaptados à moda em voga com decorações modernas.

Teve início o traslado para o caixão.

Todos os aldeões estavam alinhados em frente à porta, à exceção de Jia Genzhu e Ding Yuejin. Todavia, a mãe de Yuejin e a mulher de Genzhu, acompanhada de seu filho, estavam lá. Houve quem viesse das aldeias vizinhas. Uma multidão apinhava as ruas num indescritível alvoroço. As crianças estavam trepadas nos muros e nas árvores. Homens, mulheres, crianças, idosos, ninguém queria perder o espetáculo.

Meu pai estava na nossa casa e conversava com os homens que haviam trazido os caixões, enquanto minha mãe, na casa do meu tio, servia água e oferecia cigarros aos de fora. Quanto à minha irmãzinha, brincava de esgueirar-se por entre as pernas dos espectadores. Ao ver chegar meu pai seguido por gente da aldeia, das aldeias vizinhas e da cidade, alguém perguntou-lhe:
— Tudo bem com o traslado?
Meu avô respondeu:
— Sim, vamos começar.
No caixão do meu tio, haviam colocado cigarros de verdade, vinho de verdade, uma roupa ocidental e sapatos de couro. No de Lingling, puseram um vestido liso, um vestido florido e joias falsas parecidas com verdadeiras. As pessoas se precipitaram para ajudar a carregar os corpos e a colocar os objetos funerários nos caixões. Meu pai, ao ver os artesãos da aldeia que haviam ajudado Jia Genzhu e Ding Yuejin, teve um sentimento de culpa. Disse-lhes:
— Ora, vão ajudar Genzhu e Yuejin; não é hora de desistir.
Eles protestaram:
— Nós lhes demos prioridade para cavar o túmulo, podemos lhe dar prioridade para o traslado e a inumação.
De pé no degrau na entrada da casa, meu avô teve o mesmo sentimento. Repetia:
— Isso não é correto, isso não é correto.
A mãe de Yuejin e a mulher de Genzhu perguntaram juntas:
— O que não é correto? Todos os mortos são pessoas da aldeia. Nenhum deles tem prioridade sobre os outros.

Esquecendo-se de Genzhu e Yuejin, todo mundo agora queria participar das exéquias do meu tio e de Lingling.

Quando os caixões entraram no túmulo, foi erguida uma lápide de pedra em que se lia:
Aqui jazem Liang Shanbo Ding Liang e Zhu Yingtai Yang Lingling.
Os aplausos de duzentas pessoas reboaram como as primeiras trovoadas que anunciam que a primavera sucedeu ao inverno.

CAPÍTULO 16

1

Meu tio, Lingling, Ding Xiaoyue e Jia Genbao estavam enterrados.

Meu pai, minha mãe e minha irmãzinha deixaram a aldeia, como as folhas mortas carregadas pelo vento que nunca voltam para a árvore. Partiram no caminhão que havia trazido os caixões após terem carregado alguns objetos de valor: a televisão, a geladeira, bem como os baús preparados há algum tempo. Os artesãos e as pessoas que tinham vindo de fora para participar das exéquias se amontoaram misturadas na caçamba do caminhão, enquanto meu pai, minha mãe e minha irmã embarcavam na cabine do motorista. O caminhão arrancou.

Enquanto o sol do meio-dia começava a fritar a planície, diante do túmulo do meu tio, no cheiro da terra recentemente arada, meu pai puxara meu avô à parte e lhe perguntara:

— Ainda há alguma coisa que eu possa fazer?
— Não.
— Quer dizer que posso ir embora.

Chamou então todos os que tinham vindo ajudá-lo. Enquanto estes se reuniam, ele observara meu avô, que se mantinha imóvel diante da lápide, como se fascinado por caracteres que ele não compreendia. Meu pai lhe perguntara:

— Fiz o que era preciso para o meu irmão?

Como meu avô observava-o sem responder, ele acrescentara, quase em voz baixa:

— Túmulo de mandarim, caixão de ouro e de prata para que tipo de gente?

Meu avô continuava calado. Meu pai repetiu a pergunta:

— Fale, para que tipo de gente?

Continuando sem resposta, meu pai mudou de tom:

— Durante esta vida, ainda que eles não valessem muito, era meu dever para com eles. Espero que me retribuam da mesma forma.

Continuou:

— Pai, você tem que se lembrar! Quem falou primeiro em vender sangue? Foi você. Depois, foi meu irmão Liang que começou a empreender o comércio do sangue. Eu, Ding Hui, nunca fui o presidente da empresa.

No fim de um longo momento, meu avô terminou por abrir a boca:

— Hui, diga-me a verdade: as autoridades concederam aos quadros partidários da aldeia um caixão de boa qualidade? Em caso afirmativo, por que Jia Genzhu e Ding Yuejin nunca viram a cor dele?

Fixando o rosto do meu avô, meu pai respondeu:

— O dinheiro dos caixões deles foi usado para pagar os caixões do meu irmão e de Lingling.

E acrescentou, em voz baixa:

— Pai, você acha que os caixões de ouro e de prata em madeira de ginkgo caíram do céu? Para consegui-los, tive que dar em troca cem caixões em madeira de kiri.

Sem esperar pela resposta, girou os calcanhares, dizendo, como se não estivesse arrumando tudo para deixar definitivamente a aldeia:

— Vou embora. Voltarei para visitá-lo.

Deixando meu avô plantado diante do túmulo, voltou-se e gritou:

— Lembre-se, pai: se alguém lhe perguntar quem teve a ideia de promover o comércio do sangue, diga que foi Ding Liang, e se não acreditarem, diga que basta abrirem o túmulo e lhe perguntarem se não é verdade.

2

A cerimônia tinha terminado. Meu pai afastou-se levantando a poeira que caía sobre seus sapatos de couro. Os homens morriam como caem as folhas secas carregadas pelo vento, como lanternas apagando-se. Com a mesma naturalidade que dispensariam a um gato ou cachorro, os coveiros pegavam sua pá e cavavam um buraco nos limites da aldeia. Não se sentia mais a dor, não se ouvia mais o choro. Como gotas de chuva caindo do céu num dia de calorão, as lágrimas secavam antes de baterem no chão. A morte era um mero incidente banal.

Meu tio, Lingling, Jia Genbao e Ding Xiaoyue estavam enterrados.

Logo em seguida meu pai tomara o rumo da cidade.

Três dias depois, o túmulo de meu tio e Lingling fora aberto e saqueado. O caixão de ouro e o caixão de prata desapareceram e as decorações murais do sepulcro de mandarim foram destruídas com picaretas. Na noite da profanação, meu avô teve um sonho.

Viu no céu cinco, seis, sete, oito sóis cujos raios calcinavam a terra rachada. Na planície, no mundo inteiro, toda a vegetação estava gretada, todos os rios, secos, todos os poços, exauridos.

Para derrubar os sóis, cada aldeia escolhera dez homens, que, armados com forcados, picaretas e foices, deviam persegui-los até o limite do horizonte para atirá-los ao mar e deixar no céu apenas um sol. Enquanto os homens cumpriam sua missão, os velhos, mulheres e crianças, na orla da aldeia, batiam em gongos e utensílios de cozinha para encorajar os homens e manter seu moral. Os sóis fugiam no céu e um vapor subia do grupo dos perseguidores. De repente, no momento em que acabavam de derrubar um sol, alguém bateu à porta do meu avô, gritando:

— Professor Ding, venha rápido! O túmulo de Liang foi saqueado!

Arrancado brutalmente do sonho, meu avô abriu os olhos. O sol inclemente que penetrava pela janela brilhava sobre sua cama. Ele se levantou às pressas e seguiu correndo o homem que o chamara.

Todos os aldeões estavam lá e formavam um círculo em volta do sepulcro. A lápide fora derrubada. Meu avô tirou os sapatos e penetrou descalço no túmulo. O corpo do meu tio e de Lingling jaziam no solo. Os dois caixões em madeira de ginkgo com mais de mil anos de idade haviam desaparecido, bem como os cigarros, o vinho, as roupas e tudo que fora depositado neles. As decorações murais haviam sido arranhadas, e a terra formava um monte perto da cabeça do meu tio. A outra parede parecia ter sido sacudida por um terremoto que não poupara Lingling.

O caos reinava no túmulo frio impregnado pelo cheiro da putrefação.

Meu avô então se lembrou de um pequeno poema transmitido de geração em geração pela planície:

Quando, no túmulo, roubam o tesouro,
No mundo, não restam mais tesouros.
Quando no túmulo, roubam o caixão,
No mundo, ainda há caixões.

A pilhagem do túmulo deixava pressagiar muitas mortes num futuro próximo.

CAPÍTULO 17

1

ERA O NONO MÊS do ano lunar. O abafamento não dava trégua, como se houvesse dez sóis no céu. No quarto mês, caíra um rápido aguaceiro. Desde então, mais nenhuma gota de chuva. Ninguém esperava um ano de seca. A irrigação fora feita na medida do possível. Os poços haviam sido esvaziados e a água das minas subterrâneas bombeada, de modo que, a partir do sétimo mês, a seca era absoluta.

Após ter atingido a altura do joelho, o trigo secara. No início desfrutara do frescor da noite, reencontrando um pouco de seu viço pela manhã. Agora, todas as manhãs, as folhas esperavam que o sol desse o assalto para se encolherem a fim de não serem tostadas. O menor sopro de vento levantava uma poeira cinzenta que espalhava um cheiro de assado pelo ar. A planície era apenas uma extensão branca e árida.

As folhas das sóforas, cujas raízes não descobriam mais água, amarelavam e caíam como no outono. Em contrapartida, os kiris de raízes mais profundas conservaram sua folhagem verde, o que lhes proporcionava ser invadidos por nuvens de insetos e lagartas que devoravam as folhas até as nervuras e caíam como uma chuva de granizo sobre o imprudente que se aventurasse embaixo na busca por uma sombra doravante inexistente.

2

A doença explodiu. A palavra não é forte demais. Em geral, era durante o frio do inverno ou a canícula do verão que os doentes e velhos morriam. Dizia-se desde sempre na planície: não era durante o inverno, mas durante a canícula do verão que haviam morrido os imperadores Qing. Os que haviam sobrevivido aos rigores do inverno julgavam poder viver mais um ano, mas, dessa vez, suas esperanças eram vãs.

O trigo morrera.

O capim morrera.

As raras folhas que restavam nas árvores estavam carcomidas.

A leste da aldeia, a nora de um certo Zhao que ainda não tinha 30 anos morreu três dias após declarada a doença, deixando um filho de três anos.

O calor a matara.

Um Jia do oeste da aldeia, de 40 anos, sabendo que estava condenado e não tinha mais meios de defesa, tomava todas as precauções para não pegar um resfriado e se gripar. Prestava atenção para não comer nada que pudesse provocar diarreia e não se arranhar para não sangrar. Sabia que qualquer doença lhe seria fatal. Ora, um dia, na penumbra, nas latrinas, uma oscilação quente-frio deflagrou um resfriado. Seu nariz começou a escorrer e ele sentia dor de cabeça. Quando seu nariz parou de escorrer, a doença agravou-se subitamente. Sua dor de cabeça tornou-se insuportável. Morreu numa poça de sangue batendo a cabeça nas paredes.

No centro da aldeia, uma bonita moça chamada Xiaomin, inteiramente saudável antes de visitar a mãe, foi tomada, três dias depois, por comichões em todo o corpo, o qual se cobriu de pústulas. Ela não chorou. Disse simplesmente que tinha que voltar para casa, arrumou suas coisas e partiu. No caminho, enforcou-se no galho de um pé de caqui.

Ding Zuizui quis distrair um doente contando-lhe uma história:

— Um mandarim que acabava de ser promovido voltou para casa e pediu à sua mulher, para comemorar o fato, que lhe servisse alguns legumes cozidos na aguardente. A mulher obedeceu e disse, apresentando-lhe o prato:

"— Agora que você ficou mais importante, será que o seu pênis ficou também?

"O mandarim respondeu:

"— Claro, ganhei importância, e o resto também.

"Quando, à noite, fizeram amor, sua mulher constatou que seu pênis não estava mais grosso que antes. Manifestou seu espanto. Ele respondeu:

"— Agora que sou mandarim de alto nível, ele está muito maior que antes, mas, como você é mulher de mandarim, você ficou muito mais larga, e é por isso que não sente a diferença!"

Era uma velha história. Quando terminou, caiu na risada. Seu interlocutor, todavia, não gostou da piada. Foi até em casa e voltou com um facão de cozinha. Rachou o crânio de Ding Zuizui, o homem que gostava da pândega, dizendo:

— Merda! As pessoas morrem na aldeia e você ainda vem me contar esse tipo de piada e gargalhar?

E, diante de Ding Zuizui, que jazia morto no solo, acrescentou:

— Como você podia estar tão feliz da vida?

* * *

Agora os mortos tinham a mesma importância dos cães, dos gatos ou das formigas esmagadas pelos pés. Não se ouviam mais choros, não se viam mais faixas funerárias nas portas. Quando alguém morria, era imediatamente enterrado. Os caixões estavam prontos há muito tempo e as sepulturas previamente escavadas, pois temia-se, se a canícula persistisse, não poder mais cavar o solo suficientemente rápido para enterrar os mortos antes que estes apodrecessem.

Os doentes da escola haviam retornado sem exceção para suas casas. Tinham deixado a escola antes que a doença explodisse realmente, não com medo da doença, mas pura e simplesmente porque as autoridades haviam decidido não fornecer mais nada à Aldeia dos Ding. Os jovens despachados para receber a dotação mensal de arroz e azeite haviam voltado de mãos abanando. A notícia foi dada: de agora em diante a Aldeia dos Ding não receberia mais uma única libra de farinha.

Jia Genzhu, Ding Yuejin e os outros doentes pegavam um fresco na sombra dos muros em frente à televisão que haviam levado para o pátio. Exclamaram todos em coro:

— Por quê?

— Porque somos suspeitos de ter roubado os caixões de Ding Liang e Lingling. É por isso que não receberemos mais nada.

Todo mundo voltou-se para Jia Genzhu e Ding Yuejin: nenhuma dúvida possível, tinha sido Ding Hui que tomara a decisão. Genzhu e Yuejin deviam ir explicar-lhe que os doentes não tinham nada a ver com o desaparecimento dos caixões. Mas ambos entreolharam-se sem nada dizer.

* * *

Alguns dias mais tarde, os doentes deixaram a escola. Meu avô trabalhava em sua hortinha perto do meu túmulo. Ia pegar água no poço da escola e a transportava em uma palanca para regar suas cebolinhas, sua cebola e suas couves. A terra sedenta bebia a água no mesmo ritmo em que ele a trazia. Precisava agora fazer sete viagens, ao passo que antes quatro bastavam. Quase terminara quando viu Jia Genzhu e uns vinte doentes parados à sua frente. Todos carregavam suas capas, suas tigelas, seus pauzinhos, seus aventais e suas esteiras. Olhavam para ele com uma expressão acusadora como se fosse ele que os expulsasse da escola, como se fosse ele que se recusasse a lhes fornecer comida. Com seu balde vazio na mão, ele sustentou os olhares. Não os temia mais. Não se sentia mais culpado a respeito deles. Eles o haviam feito pagar sua dívida. Sabia que eram os indivíduos que haviam aberto e destruído o túmulo do mandarim e roubado os caixões de ouro e de prata que não eram vistos na planície há mais de cem anos. O caso estava encerrado. Não lhes devia mais nada.

Olharam-se friamente, sem dizer uma palavra.

Por fim, Jia Genzhu cuspiu no chão e, como se cuspindo exprimisse todo o seu rancor, girou nos calcanhares e se afastou, seguido pelos doentes.

Uns poucos passos depois, alguns se voltaram, dardejando meu avô com olhares hostis como se a violação do túmulo e o roubo dos caixões de ouro e de prata estivessem longe de haver liquidado a dívida, como se ele ainda tivesse muitas coisas a lhes devolver. Meu avô encarava-os sem se mexer. Parecia perguntar-lhes: "O que ainda esperam de mim? Quando vocês saquearam o túmulo, não pronunciei uma única palavra para me queixar ou para insultá-los. Então, que querem que eu faça?"

Voltou para pegar a água com sua palanca.

Na entrada da escola, esbarrou com Ding Yuejin, que partia carregando suas coisas. Este lhe perguntou:

— Está regando, tio?

— Yuejin, depois da pilhagem do túmulo do meu segundo filho Liang, não incomodei ninguém na aldeia. Então, o que ainda querem de mim? Querem me devorar?

Ding Yuejin largou suas malas e, depois de refletir um instante, disse:

— Ding Liang era inatacável, mas Ding Hui é realmente um homem? Ele roubou nossos caixões, de Genzhu e os meus. Em seguida, suprimiu nossa subvenção de víveres. O que lhe permite suspeitar que saqueamos o túmulo? E, ainda que o tivéssemos feito, seria ele homem para tanto? Sabe o que ele está fazendo agora? Ele é não apenas responsável pelos caixões no âmbito do distrito, como da organização dos casamentos póstumos conhecidos como "casamentos no além". Cada casamento bem-sucedido lhe rende duzentos iuanes. Quantos rapazes morreram sem se casar? Quantas moças morreram sem marido? Então, quanto ele pode ganhar organizando os casamentos? Não teria sido melhor ter sido ele a morrer no lugar do irmão caçula Liang?

Terminada sua diatribe, recolheu as malas e se foi. Meu avô compreendeu subitamente por que os doentes haviam olhado para ele com aquele ódio nos olhos. Deixou cair seu balde e deu alguns passos na direção de Yuejin, gritando:

— Yuejin, é verdade o que você me contou?

Yuejin se voltou:

— Se não acredita, só precisa ir até ele e perguntar.

Afastou-se deixando meu avô pousado numa corcova da trilha como uma estátua de barro ao sol.

3

Meu avô devia absolutamente ir à cidade para visitar meu pai, minha irmã e minha irmãzinha, mas não conseguia se decidir a partir, como se não fizesse questão de ver meu pai.

Permanecia, portanto, na escola. As salas de aula estavam vazias: carteiras, cadeiras, lousas, tudo desaparecera. Todas as árvores do pátio haviam sido derrubadas. Até as janelas haviam sido arrancadas. Os doentes, munidos de uma autorização com o sinete oficial e devidamente assinada por Jia Genzhu e Ding Yuejin, tinham levado tudo. Não havia mais nada para vigiar. O tempo passava sem que ele se decidisse a partir. Os dias eram vazios, como seu coração, que parecia ter deixado seu corpo e que estava tão morto quanto o do seu filho Liang. Meu avô sabia que seu filho Hui vivia, mas, em seu coração, estava morto.

Arrastou-se até a aldeia. Os aldeões pareciam viver como se a aldeia não existisse.

O silêncio reinava na escola, onde não havia mais nem alunos, nem professores, nem doentes. Não restava mais agora senão meu avô, que podia, ao seu bel-prazer, ir para a cama cedinho e se levantar tarde para fazer duas refeições em uma. Se não lavava seus utensílios de cozinha ou tampouco lavava o rosto, ninguém podia ver.

Vivia afastado do mundo. Quando ouvia choros e lamentações, sabia que alguém morrera mas não procurava saber quem.

Quando avistava um cortejo fúnebre nas imediações da escola, quedava-se por um instante imóvel a observá-lo e voltava para entregar-se a suas ocupações.

Na realidade, tinha apenas uma ocupação: cultivar sua hortinha, que ele regava e capinava, zelando para que não houvesse nem ervas daninhas, nem insetos, nem lagartas. Sua hortinha era a única mancha verde na planície estéril. Aquelas verduras haviam se tornado sua vida. Liang estava morto. Lingling estava morta. Hui partira. Sua família estava despedaçada. Apesar de tudo isso, ele não sofria muito. Sentia-se limpo e relaxado como se subitamente houvesse se livrado do fardo que carregara anos a fio.

Chegaram os dias mais quentes da estação. O sol estava tórrido. Caíram as poucas folhas ainda presas às árvores.

Jin Genzhu veio falar com meu avô. Este, de cócoras em sua hortinha, catava lagartas. Genzhu chamou-o delicadamente:

— Tio...

Surpreso e um pouco assustado, meu avô se voltou. Não ia à aldeia fazia mais de 15 dias e não via Jia Genzhu fazia três semanas, desde que os doentes haviam deixado a escola. Estava irreconhecível. Era um simples esqueleto ambulante. De cócoras em frente ao meu túmulo, parecia um fantasma que acabava de sair dali. Perdera toda sua determinação.

— O que há com você? — perguntou meu avô.

— Só me restam poucos dias de vida.

Sorria, um sorriso espesso e pesado agarrado em seus traços como um pedaço de casca prestes a cair.

— Sei que vou morrer em breve. Sou um traste velho. Achei que devia falar com você.

Meu avô saiu de sua hortinha e sentou-se no meu túmulo.

O sol ia se pôr. Outro dia abafado terminava. Uma aragem soprava na planície. Sentado na sombra do muro da escola, meu avô e Jia Genzhu podiam desfrutar do frescor da noite.

O canto das cigarras que enchia a planície lembrava o concerto que Ma Xianglin dera no último outono.

Jia Genzhu começou:

— Tio, minha morte se aproxima inexoravelmente. Como pode ver, meu rosto tem a cor do além.

Meu avô tentou tranquilizá-lo:

— Isso não é nada. Quando o calor tiver passado, tudo irá melhorar.

— Inútil tentar me iludir, sei com que estou lidando. Mas há um problema com que desejo entretê-lo. Se não o fizer, não fecharei os olhos quando estiver morto.

— Então, fale.

— Posso falar?

— Sim, fale.

— Posso mesmo falar?

— Claro, fale.

— Tio, eu gostaria que Ding Hui morresse. De uns tempos para cá, eu o vejo em sonho morrendo diante dos meus olhos.

Parou e encarou a expressão do meu avô como se quisesse arrancar dela alguma coisa e se certificar de que meu avô ia permitir-lhe fazê-lo.

Perplexo, meu avô olhava para ele como se as palavras que ele acabava de pronunciar fossem pedras que, ao lhe caírem na cabeça, haviam-no feito perder suas faculdades de compreensão, como se, enquanto esperava receber uma carícia, tivesse recebido uma bofetada. Seu rosto ganhou as cores da neblina invernal. Ele não se mexia. Não falava. Sua cabeça estava tão vazia quanto a escola, tão vazia quanto a planície.

Fitava Jia Genzhu, tentando descobrir pela sua expressão se o que ele dissera era verdade ou se eram palavras ao vento. Ele dissera que um homem devia morrer. Entretanto, seus olhos e sua fisionomia pareciam infinitamente menos malignos que no dia em que ele deixara a escola. Ele falava de fazer um homem morrer como se falasse de uma coisa absolutamente natural.

Meu avô perguntou:

— Foi você que violou o túmulo de Liang?

— Como pode afirmar uma coisa dessas?

— O túmulo foi violado, os caixões, roubados, e tudo desapareceu. Então, as contas deveriam ser acertadas.

— É o que acho também, mas durante os últimos 15 dias morreram várias moças, justamente quando deviam se casar com rapazes mortos em outras aldeias. Os corpos das moças haviam sido exumados. Estava acertado que meu primo Hongli devia se casar com Cuizi, a sobrinha de Zhao Xiuqin, mas alguém decidira que Cuizi desposaria um tal de Ma, da Aldeia dos Salgueiros. Fomos informados de que fora Ding Hui que desempenhara o papel de alcoviteiro e que recebera cem iuanes de cada uma das partes a título de honorários. A família Ma, além disso, fizera um presente de 3 mil iuanes à família de Cuizi. Não sou o único na aldeia a querer a morte de Ding Hui. Muitos outros acham que ele não deve continuar vivo. Você precisa lhe avisar: ele não pode voltar à aldeia, pois alguns teriam um imenso prazer em lhe desferir uma porretada na nuca. Tio, se você não fosse um homem respeitável, eu não teria vindo lhe contar tudo isso e teria esperado Ding Hui voltar para ser morto na aldeia. Não sei se você está a par, mas eu tinha 16 anos quando comecei a vender meu sangue. Eu estava no colégio e foi ao me dirigir para a escola que topei com ele. Ele me disse para lhe vender o meu sangue. Eu lhe perguntei se aquilo doía. Ele me respondeu que doía tanto quanto uma picada de formiga. Eu lhe perguntei se aquilo podia ser prejudicial à saúde. Ele me disse que se um rapagão como eu não tinha coragem de vender uma garrafinha de sangue, tampouco teria coragem para se casar. Foi assim que comecei a vender meu sangue. Então, diga-me, tio, acha que não tenho boas razões para querer sua morte? Corra rápido para lhe avisar que, se ele voltar à aldeia, eu e os outros não hesitaremos em matá-lo.

Jia Genzhu levantou-se como se tivesse se arrastado até a escola apenas para pronunciar esse discurso e não planejasse molestar ninguém. Antes de ir, acrescentou:

— Há um outro problema que eu gostaria de comentar. Sei que morrerei em breve. Portanto, é a última vez que lhe peço para fazer alguma coisa por mim. Seu sobrinho Yuejin e eu somos os dois quadros da aldeia. Ele não está em melhor estado do que eu e provavelmente ambos estaremos mortos em menos de um mês. Anteontem, discutimos para saber qual de nós dois levaria o sinete de secretário da aldeia para o seu caixão. Como nós dois queríamos a mesma coisa, decidimos tirar na sorte e foi ele que ganhou. Desde então não consigo mais dormir. Quero que Yuejin me devolva o sinete para que eu o leve comigo para o túmulo. Tio, sempre fui correto com você. Então, agora que estou à beira da morte, peço-lhe que vá falar com Yuejin para convencê-lo a me devolver o sinete. Sei que ele o respeita e vocês dois são do clã dos Ding. Se você falar com ele, ele com certeza aceitará.

Fitava meu avô com uma expressão suplicante. Na luz vermelha do sol poente, ele parecia em meio a um lago de sangue.

Meu avô levantou-se por sua vez. Com a parte de cima de seu corpo na luz, a de baixo na sombra do muro, perguntou:

— Você realmente insiste em levar consigo esse sinete?

— Acho que sim.

— Você poderia mandar gravar outro sinete.

— Não seria o verdadeiro. Podemos mandar gravar um falso para Yuejin e eu ficar com o verdadeiro. Se você conseguir convencê-lo, eu não desejarei mais a morte de Ding Hui.

Ele lançou um último olhar para o meu avô, resmungou algumas palavras e partiu. Afastou-se titubeando como uma haste de capim seca prestes a se deitar à menor corrente de ar. Meu avô pensou que o mais urgente não era o problema do sinete. Ele devia, antes de tudo, ir avisar meu pai para não dar o ar de sua graça na aldeia.

Decidiu então ir para a cama a fim de partir para a cidade bem cedinho no dia seguinte.

CAPÍTULO 18

1

ELE TERMINOU POR DESCOBRIR o meu pai.
A busca foi longa e difícil. Terminou por descobri-lo na aldeia de Shangyang, que as pessoas da Aldeia dos Ding haviam visitado cerca de dez anos antes. Estava computando as estatísticas dos mortos da doença: quantas pessoas haviam morrido e entre elas quantas haviam morrido solteiras, quantos rapazes e quantas moças. As famílias com membros falecidos da doença deviam declarar o fato. Se se tratasse de um rapaz ou uma moça solteiros, deviam fornecer uma fotografia. Na falta do retrato, deviam fazer uma descrição aproximativa. Alinhados atrás de uma fileira de mesas, jovens estudantes vindos da cidade observavam a idade, a altura, a compleição, a forma do rosto, a cor da pele e outros detalhes. Classificavam em seguida os mortos em categorias e compunham as estatísticas. Meu pai ia e vinha em frente às mesas, parando para dizer algumas palavras a cada estudante.

Meu avô sabia que, todos os dias, meu pai ia às aldeias como os aldeões antigamente iam aos campos. Parou na entrada do lugarejo que as pessoas da Aldeia dos Ding haviam visitado tempos atrás. Os prédios da época da prosperidade ainda estavam de pé, mas os ladrilhos de cerâmica haviam se descolado em diversos lugares. Os que restavam haviam amarelecido e as intempéries os haviam desagregado. O capim que crescera nos interstícios dos tijolos estava seco e tão branco quanto o capim do antigo leito do rio Amarelo.

Ele seguiu pela rua da Luz, pela rua da Felicidade e pela avenida da Vida Feliz. A pavimentação estava esburacada e as ruas não passavam mais senão de pedras e pó. De ambos os lados das ruas, quando os cadeados não estavam caídos, as molduras das portas estavam cheias de faixas brancas, algumas antigas, outras recentes. Umas diziam que os cabelos brancos tinham visto partir os cabelos negros, que as jovens árvores estavam secas, enquanto as velhas árvores ainda estavam verdes. Em outras, podia-se ler: "Aqueles que morreram estão no novo mundo, os que vivem estão no velho mundo", ou ainda, sarcasmo macabro: "Os mortos estão nos paraísos onde abundam peixes e carne, os vivos estão no inferno onde se banham no sofrimento." Em determinadas portas, haviam preferido não escrever nada e se contentado em traçar, com a ajuda de uma tigela, sete círculos à direita e sete círculos à esquerda, e, com uma tigela maior, quatro grandes círculos acima da porta. Como olhos arregalados, esses círculos pareciam fitar a planície e o mundo.

Após ter parado por um instante em frente às portas, meu avô seguiu seu caminho e se viu em frente ao clube onde, antigamente, se jogava xadrez e baralho e onde se assistia à televisão. A entrada não estava fechada. Um batente fora arrancado e o outro apresentava dois buracos do tamanho de uma tigela. O interior do pátio cheio de entulho e cacos de vidro parecia um campo de batalha, mas, como o solo era mais baixo que o nível da rua, a umidade permitira ao capim permanecer verde e ele pululava de gafanhotos e rãs enquanto borboletas e insetos esvoaçavam no ar. O conjunto lembrava o cemitério de um templo ancestral.

Um pouco mais longe, numa loja antigamente provida de todos os ingredientes necessários à fabricação da aletria, os fios elétricos pendiam de maneira lamentável e os ratos corriam sobre as máquinas outrora pintadas de verde, agora recobertas por uma espessa camada de ferrugem.

Descobriu em seguida o que deveria ter sido um estábulo ou uma estrebaria. O telhado voara, só restava o comedouro em estado de decomposição.

Um velho divertia seu neto com grilos. Meu avô plantou-se à sua frente e perguntou:

— Como estão as coisas na sua casa?

O velho respondeu, apontando para a criança:

— O pai dele morreu e a mãe casou de novo. O resto, vai indo.

Meu avô deu um longo suspiro.

— Você sabe se um dirigente chamado Ding está na aldeia?

— O secretário que chamam de Ding Hui?

— Sim.

— É um bom sujeito. É realmente um bom sujeito. Embora do distrito de Wei, ele vendeu a preços baixos caixões em nossa aldeia, que faz parte do distrito de Cai. Ele também resolveu os problemas de um grande número de mortos da nossa aldeia. Agora, está organizando casamentos no além para as moças e rapazes que morreram solteiros. Também procura maridos para as viúvas. Faz favores a muita gente. Até mesmo um bobalhão, que, embora tenha vendido muito sangue, não conseguira encontrar mulher em vida, graças a ele encontrou uma depois de morrer: uma moça alta de 18 anos que não tinha doentes na família e que morreu num acidente de carro quando voltava para a cidade. A mãe da idiota teve que pagar apenas 5 mil iuanes e ele pôde desposar uma moça virgem da cidade. Uma moça da nossa aldeia que tinha passado para a Universidade de Pequim voltou quando percebeu que estava doente e morreu 15 dias depois. Era bonita e culta e sua família não pedia um tostão. Queria simplesmente encontrar um marido conveniente para ela a fim de que ela pudesse ser feliz no além e fundar uma família com uma tradição de cultura. Infelizmente, não se encontrava estudante morto num diâmetro de 500 quilômetros. Os pais choravam por não poder fazer a felicidade da filha. Felizmente, o secretário Ding chegou. Tinha em sua pasta a foto de um estudante de uma universidade do Sul que acabava de morrer da doença. Em poucas horas, o casamento foi acertado entre as duas famílias, que o celebraram organizando um banquete de mais de dez mesas. Não é caro — concluiu o velho suspirando. — O governo cobra apenas duzentos iuanes para organizar um casamento no além. Isso consola muita gente de suas preocupações.

— E onde está esse Ding agora? — indagou meu avô.

— Ele faz ponto no cruzamento, bem à sua frente.

Meu avô percorreu a avenida da Vida Feliz. Antigamente pavimentada com perfeição, agora era só buracos e corcovas. O capim crescia nas fissuras e apenas os lugares ainda intactos estavam cobertos pela poeira. Os restaurantes e **lojas** que margeavam a avenida, cujos proprietários haviam provavelmente morrido, estavam fechados. Os raros passantes não pareciam respirar saúde. Descarnados e cobertos de furúnculos, seus rostos esverdeados lembravam o de Jia Genzhu.

Meu avô sabia: como a Aldeia dos Ding, essa aldeia devera sua prosperidade à venda do sangue.

Todo mundo ia morrer. As aldeias estavam quase mortas. Apenas sobreviveriam os velhos e as crianças.

Meu avô foi adiante. Não havia mais flores no parque, no meio do qual erguia-se antigamente o centro de coleta de sangue. Os canteiros pisoteados agora eram meros terrenos baldios.

Foi então que ele avistou meu pai e seus ajudantes, ocupados em organizar os casamentos do além. Uns dez aldeões formavam um círculo em volta dele e faziam perguntas. Alguns, que haviam inscrito o filho ou o irmão poucos dias antes, vinham saber notícias. Um homem de uns 50 anos estendia uma foto ao meu pai. Após tê-la examinado longamente, meu pai olhou para o homem de pé à sua frente. Vestia um moletom sujo e rasgado e um velho chapéu de palha podre. Meu pai disse:

— Seu filho é bonito.

Um sorriso iluminou o rosto do pai.

— Tinha que idade?

— Vinte e seis anos quando morreu.

— Morreu há quanto tempo?

— Três anos.

— Qual era o seu nível de instrução?

— Foi até a faculdade.

— Tinha noiva?

— Sim, mas ela não estava doente. Então, ela se casou com outro.

— Quais são suas condições?

— Sem condições. Basta que a idade combine.

Meu pai estendeu o retrato a um rapaz sentado perto dele. Este tirou da pasta o retrato de uma feinha de um pouco mais de 20 anos, no verso do qual constavam seu nome, sua idade e as condições exigidas pela família. Fixando o homem que se mantinha à sua frente, ele anunciou:

— Idade: 20 anos. Instrução: escola fundamental. Condição única: um dote de 4 mil iuanes.

O homem teve um sobressalto:

— Quatro mil iuanes!

— Não é possível fazer por menos.

— Procure bem. Consegue encontrar alguém na base dos 2 mil? É toda a fortuna da minha família.

O rapaz vasculhou numa pilha de retratos e puxou a foto de uma viúva segurando uma criança nos braços.

— Para esta, bastam 2 mil iuanes.

O homem olhou a foto e sorriu tristemente:

— Meu filho ainda é virgem.

O rapaz voltou a procurar. Terminou encontrando uma moça rechonchuda com dois olhos arregalados:

— Para esta, a família pede apenas 3 mil iuanes.

O homem examinou a foto. A moça era bem bonita. Ele precisava apenas pedir mil iuanes emprestados. Eis algumas perguntas: qual era a idade da moça, seu nome, o nome de sua aldeia e as condições de vida de sua família. Por fim, balançou a cabeça para dar seu assentimento e, após ter dado duzentos iuanes para as despesas burocráticas, perguntou:

— Quando o casamento poderá se realizar?

— Você terá a resposta em três dias.

— Você dirá à família que meu filho passou no exame de admissão do liceu, combinado?

— Para dizer isso, seria preciso apresentar o diploma.

— Mas meu filho é mais bonito que a moça.

— A família da moça tem um comércio e seus negócios vão de vento em popa. Ela possui um forno de tijolo e não lhe falta dinheiro.

— Então, se ela é rica, por que pede um dote de 3 mil iuanes?

O jovem ajudante se zangou:

— Não é porque a família tem dinheiro que deve lhe dar de graça uma moça que ela criou!

O homem refletiu um instante.

— Meu filho tem um excelente caráter e fará a filha deles feliz por toda a vida.

— Não se preocupe; vamos fazer o que estiver ao nosso alcance para tentar abaixar um pouco o preço.

Satisfeito, o homem sorriu e se retirou.

Meu pai então estendeu ao rapaz o retrato de uma moça pedindo-lhe para procurar a foto de um rapaz de mais ou menos 25 anos.

Estava tudo perfeitamente claro: Ding Hui organizava casamentos no além. Meu avô tossiu e disse simplesmente:

— Hui.

Meu pai teve um sobressalto e se voltou:

— Pai, o que veio fazer aqui?

Puxou meu avô à parte em direção ao que fora antigamente um canteiro de flores em frente ao centro de coleta de sangue. A cruz vermelha que enfeitava a porta tinha sido pintada com tinta de boa qualidade, pois continuava a refletir o mesmo brilho. Tinha-se a impressão de ainda exalar o cheiro do sangue.

Meu avô contou-lhe o que lhe contara Genzhu e recomendou-lhe que nunca mais voltasse à aldeia. Meu pai sorriu, exibindo duas pétalas de flores na comissura dos lábios:

— O que Jia Genzhu pode fazer comigo? Basta eu levantar o mindinho para sua casa ir abaixo.

— Ele morrerá em breve. Não teme mais nada.

Ele continuava a sorrir.

— Volte para a aldeia e pergunte a ele se o seu primo Hongli continua querendo se casar. Pergunte-lhe também se ele quer que seus pais terminem seus dias tranquilos quando ele morrer. Se for este o caso, diga-lhe para não se intrometer nos assuntos da família Ding e não se interessar muito pelas minhas atividades.

Nesse momento alguém o chamou. Ele deixou meu avô no centro de coleta de sangue desativado.

2

À noite, meu avô não voltou para a aldeia.

Meu pai levou-o de carro até a cidade e o convidou para jantar num restaurante com minha mãe e minha irmãzinha. Tinha escolhido um restaurante de luxo equipado com lâmpadas elétricas em seus três andares. Fez meu pai provar frango, pato e frutos do mar cuja existência ele ignorava. Tomaram cada um uma tigela de sopa onde boiava alguma coisa transparente que parecia aletria com purê de batata-doce, gengibre, coentro e não sei o que mais. O gosto era estranho e o cheiro não deixava de lembrar o cheiro do sangue gelado depois da coleta. Quando terminaram, uma soberba garçonete levou as tigelas. Meu pai fitou meu avô:

— Estava gostoso? Sabe quanto custa uma tigela? — emendou.

Meu avô não respondeu. Foi meu pai quem lhe forneceu a resposta:

— Duzentos e vinte iuanes a tigela, o preço de um caixão.

Meu avô empalideceu e ficou boquiaberto. Não achava nada para acrescentar.

Ao sair do restaurante, meu pai quis mostrar a cidade para ele. Meu avô perguntou diversas vezes quanto custara o jantar. Meu pai lhe respondeu que aquilo não era da conta dele. Meu avô teria querido lhe dizer que aquela refeição de luxo não valia uma tigela de macarrão ou de nabos cozidos com aletria que se comiam na aldeia, mas julgou preferível calar-se.

Ficou espantado com as mudanças operadas num ano. A cidade parecia agora a capital provincial. Uma floresta de grandes prédios cerrados como os dentes de um pente subia para o céu, ao longo de uma avenida onde podiam passar de frente sete ou oito caminhões. Lâmpadas, como uvas brancas, estavam presas em colunas de todas as formas e todas as cores. Embora fosse noite, estava tão claro quanto o dia. Luzes vermelhas e verdes balançavam nas árvores. A seca parecia não ter afetado a cidade. A relva e as flores tinham suas cores de sempre. As árvores que ladeavam a avenida estavam tão verdes quanto falsificações. Alguns anos antes, as pessoas que encontrávamos ainda tinham um aspecto de camponeses. Aos olhos dos aldeões, podiam passar por citadinos, mas as pessoas da cidade não se iludiam: eram camponeses. Agora, não se notava mais a diferença.

Apesar do calor, rapazes de cabelos compridos tingidos de ruivo usavam tênis brancos de sola grossa que em geral só era possível usar no inverno. Quanto às moças, cujos cabelos tão rentes não permitiam, de costas, ser distinguidas dos rapazes, usavam camisetas curtíssimas que deixavam a barriga à mostra. Haviam desenhado em volta do umbigo, em azul, verde ou roxo, borboletas, libélulas, ou, às vezes, um pássaro. Algumas haviam até mesmo prendido uma argola de cobre ou embutido um diamante reluzente.

Fazia apenas um ano que meu avô viera a essa capital de distrito, mas ele tinha a impressão de haverem transcorrido dez. O mundo mudara. A música ensurdecedora que saía dos restaurantes e lojas fazia sua cabeça rodar e ele pediu ao meu pai para voltar. Meu pai arrastou-o para uma ruela comprida pavimentada com paralelepípedos verdes, que dava numa zona arborizada onde se erguiam cedros cujo diâmetro não podia ser abraçado por um homem e ginkgos cujo diâmetro não podia ser abraçado por vários homens, todos cercados por uma grade. No meio dessas árvores apareceu um condomínio tradicional com seu pátio quadrado com casas de tijolos verdes cujos telhados cobertos por telhas verdes eram decorados com leões e dragões. Parecia ter mais de cem anos. Percebia-se uma dezena de outras idênticas.

Minha mãe abriu a porta e meu pai mandou meu avô entrar. Sufocado, este não acreditava em seus olhos. Perguntou:

— Você mora aqui?

Meu pai sorriu:

— Todos os quadros superiores moram aqui.

À luz de uma lamparina que minha irmãzinha acendera, meu avô examinou o rosto do meu pai. Este irradiava de felicidade como no dia de seu casamento ou no dia em que ganhara dinheiro com sangue pela primeira vez. Toda a família entrou na casa. Reinava ali um frescor que meu avô não sentia há meses na planície. No meio de um pequeno pátio interno erguia-se um imenso ginkgo cuja folhagem brilhava ao luar. Os tijolos e telhas pareciam bem antigos, mas conservavam o cheiro de quando haviam saído do forno. Meu avô deduziu disso que a casa não era nem da época Qing, nem da época Ming, nem da época da República. Fora construída recentemente, imitando os casarões antigos. Ele levantou os olhos para o ginkgo pensando nos caixões do meu tio e de Lingling. Seguiu meu pai pela casa. A mobília não se parecia com a do restaurante. Não eram móveis reluzentes de fabricação recente mas móveis antigos que haviam decorado, em outros tempos, os salões das famílias ricas. Datavam todos da dinastia Qing ou Ming. Um cheiro quente de lenha impregnava o aposento. Meu avô tinha a impressão de se achar num templo.

Minha mãe serviu-lhe um pouco de água quente enquanto minha irmã ia fazer seus deveres. Os dois homens sentaram-se cara a cara e começaram uma longa conversa. No interior, as paredes eram de um branco imaculado. Meu avô perguntou:

— Foi você quem construiu a casa?

Meu pai respondeu, sorrindo:

— Fui eu que mandei construir todos esses pátios quadrados com o dinheiro que ganhei.

— Com o dinheiro que ganhou vendendo caixões?

— Uma oportunidade difícil de se repetir nos mil anos vindouros.

— O dinheiro é para você ou para os seus superiores?

— Se todo o dinheiro fosse para mim, eu poderia comprar metade da cidade.

— E agora, o dinheiro da organização dos casamentos no além é para você ou para os seus superiores?

Meu pai parou de rir:

— Ganho meu salário prestando serviço à população em nome do governo.

Calou-se. O ar da noite que penetrava no recinto tinha o cheiro que antecede a chuva. Meu avô aproximou-se da janela e ergueu os olhos para as estrelas que brilhavam através da folhagem do ginkgo. O céu estava claro. O dia seguinte ainda anunciava-se quente. O cheiro era o do ginkgo.

Era hora de ir para a cama. Meu avô seguiu meu pai até o aposento sul. Os móveis eram iguais aos do aposento principal. Subitamente, Ding Hui perguntou:

— Pai, não sente mais vontade de me estrangular como ano passado?

Meu avô, que não esperava uma pergunta daquele tipo, não achou nada para responder. Com a mão no colarinho que se preparava para desabotoar, ele sentiu seu rosto arroxear. Compreendendo seu embaraço, meu pai disse, sorrindo:

— Se você me garantir que não quer me estrangular, posso emprestar-lhe meu quarto, seria apenas por uma noite, para provar-lhe minha devoção filial.

Abriu então uma porta da mesma cor que a parede. A porta era blindada e aberta com ajuda de uma fechadura dissimulada por trás de uma tela representando o deus da riqueza. Ele apertou um interruptor e o cômodo se iluminou. Era como estar em pleno dia na maior avenida da cidade. Meu avô perguntou-se se sonhava: o quarto estava abarrotado de dinheiro.

Sobre uma mesa, um pano cobria um montículo. Meu pai levantou o pano, descobrindo pilhas de notas de cem iuanes, presas com elásticos vermelhos em maços de 10 mil iuanes, por sua vez reunidos por um barbante de seda em pacotes de cem, isto é, um milhão de iuanes. Cada barbante era fechado por uma argola que parecia uma borboleta. Todas as cédulas eram novas e exalavam um irritante cheiro de gráfica. Os barbantes de seda vermelho, novos também, faiscavam na luz. Pareciam flores achatadas para secar. Meu avô se perguntava por que meu pai empilhara todas aquelas cédulas na mesa em vez de guardá-las em segurança em seu cofre. No momento em que ia fazer essa pergunta, meu pai abriu uma gaveta: estava cheia de cédulas de cem iuanes. Em seguida abriu um armário e um baú: transbordavam de cédulas de cem iuanes. Continuou. Debaixo da cama, debaixo da mesa, nos outros baús, numa caixa de papelão, num saco de aniagem, sob as cobertas da cama... tudo era notas de cem iuanes. O quarto era uma montanha de dinheiro, um mar de dinheiro. Em cada pilha de notas, haviam colocado bolinhas de cânfora, inseticidas e desumidificadores para proteger as cédulas do mofo. A mistura dos cheiros desses produtos irritava o nariz e tornava a respiração difícil. Nela se combinavam o cheiro dos tecidos e cobertas que não eram expostos à luz do sol fazia tempo. Os cheiros, as cores, tudo contribuía para criar uma atmosfera estranha. Parecia-se estar num pântano ao amanhecer.

Meu pai estava habituado a esses eflúvios. Inalava-os como se fossem o perfume dos pãezinhos de sua época de criança. Meu avô, em contrapartida, sentia sua garganta fechar e não conseguia mais respirar. Coçou o nariz diversas vezes e varreu com o olhar os montes de dinheiro. Sabia que era dado a sonhos. Julgando sonhar, beliscou a coxa como fazia quando queria sair de um sonho e percebia que estava deitado em sua cama na escola. Mas, desta vez, não estava em sua cama. Continuava de pé à porta daquele quarto que parecia o cofre do Tesouro público. Continuava com a impressão de ser esmagado pela montanha de dinheiro e afogado no mar de dinheiro. Continuava a sentir o cheiro do ginkgo. Então não estava sonhando. Estava de fato de pé em frente a seu filho no quarto onde estavam amontoadas as cédulas. Perguntou:

— Quanto tem mais ou menos?

Meu pai respondeu, rindo:

— Não faço ideia.

Meu avô refletiu um instante:

— Para que serve ter mais dinheiro do que precisamos?

Meu pai pareceu constrangido.

— Essa doença parece não querer parar. Então, que posso fazer? Para os meus superiores, mandei construir cinco grandes fábricas de caixões. Não resta mais uma única árvore em toda a planície. Tive que mandar vir madeira do Nordeste e nunca tive o suficiente para satisfazer a demanda. Este mês, formei mais de dez equipes que organizam casamentos no além. Todos os dias, vou às aldeias elaborar estatísticas e encontrar parceiros para os candidatos ao casamento, mas de 15 dias para cá não venho mais dando conta.

— E acha que o que faz é certo?

Sempre rindo, meu pai respondeu:

— Agi certo a minha vida inteira.

Meu avô voltou a cabeça na direção da janela

— Todos os que moram aqui têm tanto dinheiro quanto você?

Meu pai balançou a cabeça.

— Isso representa quanto?

— Não sei. Cada um faz seu trabalho sem se meter no dos outros.

Meu avô olhou mais uma vez para o dinheiro esparramado aos seus olhos. Voltando-se em seguida para meu pai, viu pelo seu rosto que ele estava com sono. Disse baixinho:

— Hui, repito mais uma vez para você. Você não deve voltar de jeito nenhum para a aldeia. Se voltar, sua vida correrá perigo.

Meu pai continuava a sorrir. Zombou:

— Ainda que o céu caísse sobre a minha cabeça, ela não teme nada. Estou na minha casa na Aldeia dos Ding. Quero não apenas voltar lá, mas organizar para o meu filho um casamento no além de que todos se lembrarão, e veremos quem ousará tocar em mim.

Esfregou os olhos e disse, para mudar de assunto:

— Pai, esta noite, você dormirá neste quarto. Sonhe com o que quiser e considere que seu filho lhe deu provas de devoção filial.

3

Meu avô teve um sonho inesperado. Antes de dormir, tinha certeza de que sonharia com dinheiro, mas não viu sinal dele em seu sonho. Viu-me esticar os braços para ele, gritando:

— Meu pai quer me casar no além. Encontrou para mim uma moça mais velha que eu chamada Lingzi. Ela é manca de nascença e é louca. Durante uma crise de loucura, caiu no rio e se afogou. É a mais feia de todas as moças que procuravam um marido e é justamente a que meu pai quer que eu despose. Ele não hesitou em me entregar a ela. Ele virá com uma equipe pegar meus ossos para colocar num caixão tão belo quanto o do meu tio, que ele levará para enterrar num cemitério de Dongjing, às margens do rio Amarelo. O pai de Lingzi escolheu o melhor lugar para nós, recostado numa duna, em frente ao rio, do lado do sol e ao abrigo do vento, quente no inverno e frio no verão. Alguém lhe ofereceu 2 milhões de iuanes pelo lugar mas ele preferiu reservá-lo para mim.

Acompanhado por uma dezena de homens, meu pai chegou à aldeia. Diante do meu túmulo, queimou dinheiro e varetas de incenso e mandou soltar rojões. Fui retirado do meu caixão branco e instalado no magnífico caixão de ouro. Ele não sabia que eu não queria deixar aquele lugar atrás da escola, abandonar meu avô. Ele não sabia que eu tinha medo de me ver em outro lugar. No momento da partida, gritei com toda a força dos meus pulmões:

— Vovô! Vovô! Não quero sair daqui! Venha me socorrer! Venha me socorrer!

Na luz branca do alvorecer que penetrava pela janela, meu avô acordou e sentou tristemente na cama.

CAPÍTULO 19

1

POR UMA EXTRAORDINÁRIA COINCIDÊNCIA, justamente quando meu avô estava de partida para a cidade, meu pai chegou à aldeia com sua equipe. Estava de short, sapatos de verniz, um paletó branco e na cabeça um estranho chapéu de palha do Sul. Sua pele estava mais escura do que quando ele deixara a aldeia, mas seu rosto parecia radiante. Parou em frente ao meu avô, que saía, e lhe estendeu um pequeno embrulho. Meu avô perguntou:

— O que é isso?

— Ginseng, o melhor da montanha.

O embrulho era pesado. Meu avô mal podia com ele. O sol ainda estava no leste. O cheiro da planície seca impregnava a atmosfera. O solo despido estava tão fosco quanto o rosto do meu avô vendo meu pai chegar.

— Não encontrou Genzhu e os outros?

— Não, e, mesmo se tivesse encontrado, não teria sentido medo. Não tenho medo de nada.

Ele parecia saber o que Genzhu dissera a meu avô.

— Alguém da aldeia me contou e me aconselhou a não vir. Então vim para mostrar a eles que não tenho medo. De uns dias para cá, eu queria voltar para o casamento no além do meu filho. Vamos ver se Genzhu se atreve a tocar em mim.

Cada vez mais perplexo, meu avô observava meu pai como se este fosse um estranho.

— Quer realmente casar o pequeno Qiang no além?

— O casamento já está acertado.

— Com quem?

— Uma moça da cidade, de uma família riquíssima, um pouco mais velha que o nosso pequeno Qiang.

— Quantos anos mais velha?

— Cinco ou seis anos.

— E isso é bom para você?

— O pai dela é secretário do distrito. Claro que é bom para mim. É a melhor escolha para nós.

— Quando será o casamento?

— Vim justamente para lhe comunicar. Tenho a intenção de trasladar os ossos do pequeno Qiang para um cemitério de Dongjing, onde ele será enterrado com a moça no melhor local possível.

Meu pai tinha que voltar, pois sua equipe o esperava na estrada. Ainda fez umas perguntas ao meu avô: ele tinha o que precisava para comer e se vestir? Ainda restava água no poço?

De repente sentiu vontade de rever nossa casa. Pôs-se a caminho, seguido pelo meu avô, pegando um atalho através dos campos estéreis.

Ao chegarem diante da nossa casa, os dois homens quedaram-se petrificados.

O cadeado quebrado estava no chão. Os dois batentes do portão do quintal haviam sumido. A porta da casa sumira também. A janela ainda estava lá, mas as vidraças tinham sido quebradas. Na casa, não havia mais nada do que meus pais haviam deixado ao partir. A mesa, o baú, o banco, as cadeiras, o tanque, as cortinas... Tudo havia desaparecido.

Tudo havia sido roubado.

Como no sepulcro, tudo havia sido roubado.

No meio da sala, esparramava-se uma enorme poça de mijo.

O rosto do meu pai ficou verde de raiva. De pé no degrau, contemplando o desastre, voltou-se para o meu avô:

— Quem fez isso?

Meu avô balançou a cabeça para demonstrar que não sabia de nada. Meu pai deu um pontapé na parede e disse rangendo os dentes:

— Foram aqueles salafrários do Jia Genzhu e do Ding Yuejin!

Os músculos do seu rosto estremeceram com tiques.

Meu avô ficou de cócoras no degrau como se amedrontado e murmurou quase em voz baixa, erguendo olhos suplicantes para o meu pai:

— Hui, basta você achar que fui eu que levei tudo e que fui eu que mijei no meio da sala. E pode fazer de mim o que quiser.

Meu pai olhou para ele como se tivesse olhado para uma criança insolente e partiu sem dizer uma palavra, sem se voltar.

Ele teria podido alcançar a estrada contornando a cidade, mas fazia questão de atravessá-la de cabeça erguida. Alguns aldeões estavam sentados no cruzamento central. Normalmente, ainda não era hora do almoço, mas eles preferiam comer antes que o calor ficasse insuportável. Acabavam de pousar suas tigelas vazias a seus pés. Antes de chegar ao cruzamento, meu pai diminuiu o passo. Limpou sucessivamente a poeira dos sapatos nas pernas das calças. Seus sapatos e seu rosto radiante brilhavam como um espelho.

Aproximou-se do grupo.

Wang Baoshan foi o primeiro a avistá-lo. Gritou para ele:

— Ohê, Ding Hui, está chegando cedinho da cidade, hoje.

Meu pai respondeu, rindo:

— Estava passando na estrada. Então vim dar uma olhada.

Tirou do bolso um maço de cigarros com filtro. Ofereceu um primeiro a Wang Baoshan e jogou um para cada um dos outros, dizendo:

— Fumem, provem esses cigarros! Um maço custa a metade do preço de um caixão. Cada cigarro equivale a cinco quilos de sal, a meio litro de azeite ou três libras de carne!

— Verdade?

Os aldeões estavam boquiabertos.

Sempre rindo, meu pai continuou:

— Saboreiem primeiro o cigarro para apreciar seu aroma.

Com seu isqueiro, acendeu o cigarro de Wang Baoshan, e, em seguida, o dos outros.

Jia Genzhu estava sentado com alguns aldeões, separado do grupo. Meu pai aproximou-se e ofereceu cigarros a todos, mas, ao se aproximar de Jia Genzhu, lançou para ele um olhar desdenhoso e estendeu um cigarro ao homem sentado atrás dele. O rosto descarnado de Jia Genzhu estava coberto de pústulas pisadas e seu olhar glauco parecia implorar piedade. Parecia esvaziado de suas forças e prestes a desmoronar. Vendo meu pai estendendo um cigarro por cima de sua cabeça sem lhe oferecer, seu rosto assumiu a cor do fígado de porco.

Terminada a distribuição de cigarros, antes de se afastar para juntar-se à equipe que o esperava na estrada, meu pai lançou para o coitado do Jia Genzhu um olhar carregado de ódio, como se tivesse querido arrancar seus olhos para fazer o sangue espirrar de suas órbitas.

Meu avô sabia tudo, como se a cena houvesse se desenrolado aos olhos dele. Assim que meu pai partiu, ele se dirigiu à aldeia, indo primeiro à casa de Ding Yuejin. Toda a família almoçava, sentada em volta de uma mesa na qual estavam dispostos os pratos: abóbora frita, omelete de cebolinha, arroz e pãezinhos com azeite. Meu avô empurrou a porta. Yuejin correu para fazê-lo sentar-se e, encabulado por ter sido pego fazendo refeição tão boa, explicou que haviam feito pãezinhos especialmente para ele, pois, no estado em que ele se achava, preparavam tudo que ele queria, mas ele não queria comer tudo sozinho. Queria que todos os membros da família também tivessem o seu pãozinho.

Meu avô sentou-se, dizendo:

— Coma então, coma então.

Sabia que, depois que os doentes haviam deixado a escola, Yuejin fora até a cidade e pudera, graças ao sinete de secretário da aldeia, obter cereais, arroz bem branco e farinha bem fina. Eis por que ele fechava a porta para comer e podia todos os dias proporcionar-se pãezinhos com azeite.

Meu avô pudera ver, sob o puxadinho, uma dezena de carteiras de sala de aula novinhas e várias toras de mais de 2 metros de comprimento cujo diâmetro não era possível ser abraçado por um só homem. Manifestamente, era o kiri da escola que fora fatiado. Havia também tábuas provenientes das portas das salas de aula cujos números ainda eram visíveis. Meu avô tinha a impressão de ser um inspetor vindo verificar o material da escola.

A família de Yuejin vivia numa relativa abastança. Possuía uma casa de tijolos com um quintal cimentado. Todos os membros da família tinham cara boa. Um bonito leitão gordo e branco aproximou-se da mesa. Yuejin deu-lhe um tapinha no dorso para expulsá-lo e se voltou para o meu avô:

— Veio me dizer alguma coisa?

Meu avô abriu o embrulho que trazia nas mãos. Continha três raízes de ginseng do tamanho da cabeça de um bebê, de uma bela tonalidade amarela, cobertas de pelos. Sobre o papel de jornal, delas saía um cheiro medicamentoso que logo impregnou o recinto. Ninguém nunca vira raízes como aquelas. Toda a família formou um círculo em torno do ginseng, exclamando:

— Oh, as raízes lembram homens e crianças!

Meu avô pegou uma raiz entre o polegar e o indicador e a estendeu para Yuejin:

— Isso é para você. Faça uma infusão e beba. Vem das montanhas do Norte. Não foi plantado pelo homem. É silvestre. Foram necessários dezenas de anos para alcançar esse tamanho. É o melhor fortificante e talvez permita resistir à doença.

Yuejin não ousava aceitar. Sabia que aquele ginseng custava muito caro. Seu rosto estava vermelho. Empertigou-se:

— Tio, como eu poderia aceitar o que lhe foi dado pelo seu filho?

Meu avô enfiou-lhe à força a raiz na mão.

— Seu grande irmão Hui trouxe-o especialmente para você.

Yuejin colocou o embrulho na mesa com precaução.

— Tio, meu grande irmão não deve retornar à aldeia, pois Jia Genzhu e os outros o odeiam mortalmente. Eles podem aprontar alguma.

Meu avô foi ao ponto:

— Genzhu quer que você lhe dê o sinete de secretário da aldeia. Quando ele o tiver nas mãos, ele poderá dormir tranquilo.

Yuejin respondeu, rindo:

— Se eu morrer antes dele, deixo para ele. Não é um tesouro para eu colocar no meu caixão. Quando se morre, a vida termina. Então, para que levar objetos funerários consigo?

Observou a comida e os pãezinhos no azeite. Parecia não se sentir à vontade.

— Genzhu está prestes a morrer. Quanto a mim, afora as coceiras e as pústulas, não vejo sinal precursor da morte. Ainda estarei vivo quando ele morrer. Com o sinete, posso obter todo tipo de coisas.

Acrescentou, olhando para a raiz de ginseng:

— Tio, suponho que você não veio falar em favor de Genzhu. Somos ambos do clã dos Ding. Não se pode dividir o caráter "Ding".

Embaraçado, meu avô replicou:

— Em absoluto, em absoluto. Como eu poderia defender os interesses de Genzhu?

Ficou sentado por mais um instante e saiu.

Foi direto à casa de Jia Genzhu.

Genzhu o fez sentar-se à sua frente no cômodo principal.

Como na casa de Yuejin, uma quantidade impressionante de material da escola estava empilhada sob o puxadinho: umas

15 carteiras de sala de aula todas novas, duas toras de choupo e kiri rachadas a partir das árvores que se erguiam diante do refeitório da escola, o poste da tabela de basquete, caldeirões e outros utensílios de cozinha, baldes de ferro, um grande quadro-negro, cadeiras, cadernos ainda utilizáveis, caixas de lápis e de giz.

A casa de Genzhu tornara-se um depósito do equipamento da escola. Via-se inclusive, atrás da porta, o sino que meu avô badalara a vida inteira. Quando Genzhu trouxera o sino e o que pretendia fazer com ele?, indagava-se meu avô. Não conseguia deixar de pensar que aquele sino lhe pertencia e que pertencia à escola. Genzhu o roubara.

Como não desgrudava os olhos do sino, Genzhu perguntou-lhe:

— Tio, não veio à minha casa para pegá-lo de volta, certo?

Meu avô desviou imediatamente os olhos. Um sorriso constrangido apareceu em seu rosto. Apressou-se em responder:

— Em absoluto, em absoluto.

Colocou uma raiz de ginseng sobre a mesa.

— Hui me disse para lhe dar isso. É autêntico ginseng da montanha. Ele disse ser recomendável beber lentamente a infusão, e no fim de alguns dias você recupera suas forças.

Ele empurrou a raiz para Genzhu observando-o como se a suplicar que ele aceitasse o presente.

— Tente tomar um pouco. Os doentes bebem isso desde a mais remota antiguidade. Os imperadores bebiam. Isso alivia de cara a doença, e, se tomarmos durante um longo tempo, pode inclusive curar.

Genzhu observou por um instante a raiz e disse friamente, erguendo a cabeça:

— Hoje, Ding Hui veio à aldeia. Distribuiu cigarros para todo mundo, menos para mim.

Meu avô replicou:

— Como isso é possível? Ele me deu esse ginseng para dá-lo a você. Nem um bom cigarro tem fiapos tão bons quanto esse ginseng.

Genzhu exibia um sorriso congelado.

— E Ding Hui não tem medo que, ao tomar esse ginseng, eu arranje forças para esmagar o crânio dele com uma porretada?

Meu avô sorriu:

— Genzhu, beba primeiro o ginseng para arranjar forças. Seu grande irmão Hui voltará à aldeia nos próximos dias para o casamento no além do nosso pequeno Qiang. Se o coração mandar, então você poderá esmagar o crânio dele com uma porretada atrás das orelhas.

2

O sol nascia quando meu pai voltou à cidade à frente de uma dúzia de homens carregando um caixão em madeira de ginkgo de cinco polegadas de espessura, ricamente decorado e incrustado com pó de ouro. Os gravadores haviam representado as ruas mais animadas e os logradouros mais célebres de Pequim, Xangai, Cantão e até mesmo das grandes cidades do estrangeiro, cujos nomes eles haviam esculpido: Paris, Nova York, Londres... Eu não sabia onde ficavam essas cidades, tampouco sabia onde ficava Pequim ou Xangai, pois eu só conhecia a Aldeia dos Ding, situada a leste da planície do Henan. Pouco me importava a qualidade do caixão ou que as incrustações fossem em ouro verdadeiro ou falso. Pouco me importava que, com o dinheiro que custara, fosse possível comprar metade da aldeia. Ele faiscava ao sol e não dava para olhar para ele sem piscar os olhos. Todos os vivos tinham vindo admirar meu caixão, suas incrustações em pó de ouro e as cidades que ninguém conhecia. Ele fora depositado diante do meu túmulo e queimavam dinheiro e varinhas de incenso, ao mesmo tempo que soltavam rojões. Desenterraram meu caixão pobre e transferiram meus ossos para o luxuoso caixão em madeira de ginkgo para procederem à cerimônia.

Eu berrei:

— Vovô! Vovô! Socorro! Socorro!

Meus gritos dilacerantes abatiam-se sobre a escola, a aldeia e a planície como um aguaceiro num solo estéril.

3

Embora o céu continuasse azul e o sol ofuscante, uma aragem refrescava o ar. Minha mãe e minha irmãzinha me esperavam na casa dos pais da moça para a cerimônia do casamento. Era eu que tinha de ir à casa da moça e não a moça à minha.

Aqui e ali na planície branca, percebiam-se alguns tufos de capim que a noite esverdeara.

Os homens que haviam participado das exéquias do meu tio estavam ali com seus apetrechos. O luxuoso caixão em madeira de ginkgo estava colocado diante do meu túmulo. As cidades mais opulentas estavam representadas nele. Um verdadeiro paraíso: prédios grandes, avenidas largas, automóveis, lojas... Viam-se pessoas entrando nos restaurantes, os seguranças e as garçonetes. As crianças brincavam nos parques, junto a canteiros de flores e um parque de diversões que eu nunca vira: trenzinhos que voavam no ar como dragões, uma grande roda com cadeiras, carrinhos emborrachados que colidiam. Julgava-se ouvir os pássaros cantar por uma bela manhã de primavera. Os adultos e crianças estavam mais bem-vestidos que as bonecas de papel. Pareciam viver, falar e rir.

Quanto às paredes internas, embora o caixão fosse menor que um caixão de adulto, também eram suntuosamente decoradas com árvores, flores, pontes e rios em que barcos navegavam. Na beira de um lago, perto de um pequeno bosque, um velho prédio ao estilo ocidental com telhados de telhas de cerâmica em bisel era rodeado por um quintal onde cresciam um choupo e um ginkgo. Dos dois lados da porta pendiam faixas vermelhas. Não eram mais largas que um caniço, mas os caracteres que as ornavam haviam sido gravados com tal minúcia que era possível ler: "No Paraíso do Oeste, as árvores estão sempre verdes e a vida é eterna" e, no telhado, uma faixa horizontal proclamava: "Residência da Família Ding". Um caminhozinho calçado com pedras levava até a casa. Pela porta e janelas, era possível admirar a decoração do interior, os eletrodomésticos, as caligrafias e os instrumentos musicais pendurados nas paredes, a estante em cujas prateleiras alinhavam-se todo tipo de livros de contos. A casa regurgitava de iguarias. Era a rica morada que meus pais haviam preparado para mim.

O fundo do caixão no qual eu ia ser deitado era igualmente decorado com prédios que tinham todos o nome de um grande banco: Banco da China, Banco da Agricultura, Banco do Comércio, Banco das Comunicações... Assim, meu corpo descansaria sobre toda a riqueza da China e do mundo.

Meu pai disse algumas palavras aos homens que o haviam acompanhado e eles começaram a escavar a terra para exumar meus ossos. Era um casamento, logo uma ocasião de regozijo.

Suas pás e picaretas haviam sido ataviadas com fios de seda vermelha. Em volta do meu túmulo, soltaram rojões e queimaram um palanquim de papel vermelho. Um homem contornou o túmulo três vezes no sentido dos ponteiros do relógio, depois três vezes no sentido inverso espalhando no solo rojões, fogos de bengala e fogos de artifício que os espectadores recolhiam.

Há anos não se via tamanha efusão. Num instante, as detonações ecoaram e os fogos de artifício incandesceram o ar, mais ofuscantes que o sol. O luxuoso caixão foi pousado atrás da minha cabeça, bem como as oferendas de sonhos, maçãs e peras trazidos da cidade. Sobre o meu túmulo, acenderam três bastões de incenso, cujo perfume impregnava o ar, misturado aos eflúvios de pólvora, capim e papel queimados, frutas e suor.

A cerimônia teve início.

Em meio ao espocar dos rojões, todos os aldeões acorreram para não perder nada do espetáculo e dar uma mãozinha, ao mesmo tempo que diziam que eu tinha muita sorte de merecer, morto, um casamento mais belo que um casamento de vivos.

Muitos aldeões estavam mortos, mas ainda havia muitos a se espremer em torno do meu túmulo, alguns sentados, outros de pé, alguns de chapéu de palha, outros expondo ao sol seu crânio raspado gotejante de suor, como uma melancia que tivéssemos mergulhado na água. Os operários cavavam, arremessando a terra para ambos os lados do túmulo, enquanto cigarros eram distribuídos aos homens e caramelos e bolos da cidade às mulheres e crianças.

Em frente à escola, o calor estava insuportável. Ding Yuejin dirigia um grupo de homens que pisavam nas detonações a fim de não queimar seu parente que estava debaixo da terra. Ding Xiaoming, ostentando seu mais belo sorriso, também viera oferecer seus serviços ao meu pai. Como não precisavam dele, ele declarara:

— Estou perfeitamente saudável, vou ajudar os homens a cavar.

Uma mulher de sobrenome Fen que ajudara Zhao Xiuqin quando esta preparava a comida na escola, embora não passasse agora de um esqueleto ambulante e tivesse apenas poucos dias de vida, perguntou ao meu pai por que minha mãe não estava lá. Ela não podia esquecer minha mãe, pois tinha sido ela que fora buscá-la no dia de seu casamento e a amparara para entrar em sua nova casa.

Zhao Zhuangzi também estava presente. Acabava de descobrir-se acometido pela doença. Era a primeira vez que saía, depois de permanecer confinado por vários dias. Vendo que a terra extraída do túmulo começava a cobrir as oferendas, chamou a atenção do meu pai para isso, o qual, com um gesto desenvolto, retorquiu:

— Coma-as.

Ele correu para encher os bolsos com pãezinhos e sonhos para dá-los a seus filhos que corriam em volta do túmulo.

Mais de cem pessoas assistiam ao espetáculo, os olhos grudados no chefe do cerimonial. Este, antes de abrir meu caixão, acendeu uma fieira de rojões, limpou a tampa, e acendeu outra fieira de rojões. Em seguida, desdobrou em frente à entrada do túmulo uma grande peça de tecido vermelho e fez os espectadores recuarem a fim de que não o vissem oficiar. Por fim, apresentou as roupas vermelhas de bons augúrios a seus assistentes, que viram-se instados a me vestir.

Iam me retirar do túmulo. Era o instante crucial. Todo mundo prendia a respiração, esperando minha aparição vestido de vermelho. Temendo que meu avô e meu pai explodissem em soluços ao me verem, o chefe do cerimonial atraiu meu pai para um canto e lhe disse para se esconder com meu avô a fim de não assustar meu fantasma com o barulho do seu choro.

Meu pai pôs-se então à cata do meu avô para discutir a cerimônia do casamento. Decidira não convidar as pessoas da Aldeia dos Ding, julgando inútil chamar um monte de doentes e parentes de doentes para comer e beber. O banquete devia realizar-se na cidade. Para seus amigos e conhecidos, reservara os três andares do maior restaurante da cidade. Todas as personalidades estariam presentes e aguardavam o banquete com impaciência.

Meu avô não estava na escola; tampouco em meio à multidão. Ninguém o vira.

Meu pai terminou por descobri-lo, sentado num montinho, à sombra de um olmo raquítico na beira do caminho, contemplando a planície estéril e a Aldeia dos Ding. Parecia refletir. Talvez pensasse em coisas importantes, talvez estivesse simplesmente cansado. Fumava um cigarro com uma cara triste. A sombra da árvore era tão fina que ele podia muito bem estar sentado no sol. O suor transpirava em sua cabeça e seu rosto, escorrendo ao longo do pescoço sobre sua camisa branca já encharcada.

Meu pai aproximou-se e perguntou com uma voz suave:
— Pai, o que faz aqui no sol?

Meu avô virou lentamente a cabeça:
— O pequeno Qiang está em seu novo caixão?

Meu pai agachou-se ao seu lado e perguntou novamente:
— O que faz aqui?

Meu avô fitou-o.

— Afinal de contas, quantos anos essa Lingzi é mais velha que ele?

Meu pai sorriu:

— Está de tocaia para o caso de Jia Genzhu vir fazer escândalo?

Meu avô não ria. Repetiu sua pergunta:

— Quantos anos ela tem mais que ele?

Meu pai sentou-se.

— Se ela não tivesse alguns anos a mais, como ela poderia cuidar do nosso pequeno Qiang? Estou à espera de Jia Genzhu, e, se ele vier, veremos se ousa erguer o mindinho para mim.

Meu avô fitava seu rosto:

— Ouvi dizer que essa Lingzi é manca.

Meu pai desviou a cabeça para responder:

— Parece que de perto nem se nota... Se Jia Genzhu vier fazer um escândalo, basta eu tossir e ele está morto.

— O que eu quero saber...

— E o pai dela é secretário de distrito.

Meu pai sorria. Meu avô emendou:

— Também ouvi dizer que ela é meio tantã...

Meu pai esbugalhou os olhos. Como meu avô podia estar a par de todos esses detalhes?

Meu avô não dizia mais nada. Olhava para o meu pai com o canto do olho. Vira tudo em sonho. Após ter suspirado longamente, voltou novamente a cabeça na direção da aldeia. Do lugar onde se achava, podia perceber o portão do quintal de Jia Genzhu. Continuava obstinadamente fechado. Desde que estava ali a observar, ninguém entrara nem saíra. A casa parecia desabitada. Ora, exatamente nesse instante, o portão se abriu e uma silhueta apareceu, agitando uma tocha de bambu na qual estava preso um pano branco para anunciar à aldeia que alguém morrera. Por fim, como se não houvesse acontecido nada, o portão voltou a se fechar. O pano branco flutuava ao vento.

Meu avô sentiu um choque. Cessando de fitar o portão, voltou-se para o meu pai. Seu rosto exprimia alívio e remorso ao mesmo tempo.

— E você acha bom casar seu filho dessa maneira?

— E onde eu encontraria partido melhor? Conhece a situação do pai?

Ergueu subitamente a voz:

— Ele vai ser nomeado prefeito da capital do distrito.

Meu avô fungou e olhou para o meu pai com um ar trocista e desdenhoso. Levantou-se, enxugou o suor que escorria em sua testa e aplicou uns tapinhas nas próprias nádegas para espanar a terra da calça.

A peça de tecido vermelho cobria agora meu caixão. Haviam depositado nele meus ossos paramentados de vermelho: casaco vermelho, calças vermelhas, sapatos vermelhos. Eu trocara o túmulo pelo caixão de ouro. O luto estava terminado. Passava-se aos regozijos. A tristeza dava lugar à alegria.

Meu avô encaminhou-se para a escola. Meu pai seguiu-o, dizendo:

— Pai, você é velho, devia vir comigo para a cidade.

Como se não tivesse escutado, meu avô foi adiante com lentas passadas. Meu pai insistiu:

— Você será feliz na cidade. Não temos mais família na Aldeia dos Ding. Você não tem mais nada a fazer aqui.

Meu avô nem sequer se dignou a olhar para trás.

Ao chegar em frente à escola, viu que, conforme as instruções do chefe do cerimonial, oito rapazes haviam carregado meu caixão nos ombros e se preparavam para partir. Como eu tinha apenas 12 anos no dia da minha morte, não podia ter filhos trajando paramentos de luto atrás do meu caixão, e, como se tratava de um casamento no além, o tecido vermelho agora enrolado que guarnecia meu caixão parecia uma flor.

Eu deixava meu avô, minha escola, minha Aldeia dos Ding.

Ia me ver em terra estranha com uma moça seis anos mais velha que eu, manca e, como se não bastasse, louca.

Carregavam-me. Eu partia ao espocar dos rojões, em meio às estrelinhas faiscantes e ao burburinho das conversas.

Meu pai seguia o caixão. Mandou os carregadores pararem e, empoleirado num montinho de terra, com uma voz tonitruante, dirigiu-se às pessoas da Aldeia dos Ding:

— Compatriotas da Aldeia dos Ding, tios e tias, irmãos e irmãozinhos, irmãs e irmãzinhas, tenho uma coisa importante a lhes comunicar. Vou comprar um terreno de 5 mil *mu* situado numa paisagem esplêndida entre Weixian, Dongjing e a capital provincial. Pretendo transformá-lo em cemitério. Dos 5 mil *mu*, duzentos estendem-se às margens do rio Amarelo, encostados no monte Wang. É o lugar perfeito para vocês serem enterrados.

"Sempre ouvimos dizer nas nossas aldeias da planície que era preciso morar em Suzhou e Hangzhou e ser enterrado perto do rio Amarelo, no monte Wang. Mas quem pode conhecer uma felicidade dessas? Agora, eu, Ding Hui, faço parte dos que detêm o poder. Claro, não posso fazer todo mundo morar em Suzhou e Hangzhou, mas posso permitir a todos serem enterrados no monte Wang às margens do rio Amarelo.

"Eu, Ding Hui, assumo um compromisso perante todas as pessoas da aldeia que desejem, após a sua morte, ser enterradas no cemitério. Prometo achar para elas um lugar ideal, para que sejam vizinhos do nosso pequeno Qiang. Prometo também àqueles que quiserem trasladar para lá o corpo de um parente obter-lhes um excelente local a um preço praticamente de graça.

Ergueu os olhos para o céu, agora inclemente, varreu com um olhar as pessoas da aldeia que o haviam escutado, desceu do montículo, deu uma piscadela de conveniência para os carregadores e deu-lhes ordem para colocarem novamente meu caixão em seus ombros e se porem a caminho. Os aldeões foram atrás.

Meu avô, não. Permanecera plantado em frente ao buraco vazio. Antes que meu pai se fosse, ele quis tranquilizá-lo:

— Genzhu morreu. Você não tem mais com que se preocupar. Ele não pode mais lhe fazer mal.

Meu pai respondera, rindo:

— Basta agora você não desejar mais a minha morte para que não reste mais ninguém na planície que queira me matar!

Com essas palavras, juntara-se à multidão atrás do caixão.

O semblante do meu avô tornara-se subitamente lívido, pois meu pai acabava de lembrá-lo de alguma coisa que ele esquecera. Seu coração começou a bater mais rápido enquanto o suor escorria pelo seu rosto e encharcava suas mãos. Ele contemplou o caixão que se afastava e a multidão que o seguia. O caixão coberto de seda vermelha lembrava um palanquim ou uma fornalha flutuando no ar. Nenhum barulho chegava da Aldeia dos Salgueiros, da Aldeia das Águas Amarelas, da Aldeia de Segundo Li. As vacas e as cabras que se viam entre as dunas pastavam o capim seco em silêncio. Apenas as cigarras, nas raras árvores ainda de pé, continuavam seu concerto, que ressoava como rojões nos ouvidos do meu pai. Foi somente nesse instante que ele pareceu dar-se conta de que o buraco à sua frente estava vazio e compreendeu que me haviam levado, que meu pai me levara. Não restava mais na aldeia nenhum membro da família. Enquanto ele levantava a cabeça, sua cabeleira de um branco prateado lembrou subitamente o tosão de um carneiro quando está para ser degolado. Seu rosto ressequido como o solo estava sulcado por rugas. Em seus olhos que seguiam o caixão e na multidão que se afastava, não havia nem lágrimas, nem tristeza, nem rancor. Lia-se neles apenas um inexprimível desespero. Eram como um poço esgotado que nunca voltaria a se encher.

À medida que aumentava a distância que nos separava, eu o via cada vez menos nitidamente. Gritei com toda a força dos meus pulmões:

— Vovô! Vovô! Não quero abandoná-lo! Não quero deixar este lugar! Venha logo me socorrer!

Berrei cada vez mais alto:

— Socorro! Salve-me! Salve-me!

Então, como se subitamente pensasse em alguma coisa, seu rosto mudou de cor e suas mãos começaram a tremer. Ele agarrou um porrete de madeira de castanheira do tamanho de um braço e, com largas passadas, partiu para alcançar a multidão que seguia meu caixão. Precisou de poucos segundos para encontrá-la. Meu pai voltou-se tarde demais. O porrete desceu em sua nuca. Não teve tempo de gritar e desmoronou como um saco de farinha.

O sangue esvaindo-se no solo era como uma flor desabrochando na primavera.

CAPÍTULO 20

M EU PAI ESTAVA MORTO. Meu avô tinha certeza de haver realizado uma façanha pela Aldeia dos Ding. Abandonando o corpo do meu pai no lugar onde caíra, proclamou, como se anunciasse uma boa notícia:

— Matei Ding Hui com uma porretada!

Correu até a aldeia, abriu o portão do quintal da primeira casa a oeste e gritou:

— Ohê! Estão sabendo? Matei Ding Hui! Rachei o crânio dele com uma porretada atrás da cabeça.

No quintal da segunda casa:

— Matei Ding Hui com um porrete enorme com um só golpe na cabeça.

No quintal da terceira casa, gritou:

— Tem alguém aí? Então, vá queimar dinheiro no túmulo do seu pai, da sua mãe e do seu irmão mais velho e diga-lhes que matei Ding Hui com uma porretada na cabeça!

No quintal da sétima casa, viu que o portão estava com um cadeado e que uma faixa fúnebre o atravessava. Ajoelhou-se no quintal e saudou três vezes, as mãos juntas, murmurando:

— Venho dar-lhes uma boa notícia: matei Ding Hui com uma porretada!

Quando abriu o portão do quintal de Jia Genzhu, caiu de joelhos diante do caixão negro e prosternou-se, dizendo:

— Venho lhe dar uma boa notícia: matei seu irmão mais velho Ding Hui. Pode descansar em paz. Matei-o com uma porretada atrás da cabeça.

Por fim, ao alcançar o leste da aldeia, prosternou-se diante de uma fileira de túmulos recentíssimos, gritando:

— Ohê! Escutem bem! Venho lhes anunciar uma boa notícia: matei Ding Hui com uma porretada atrás da cabeça!

CAPÍTULO 21

Estávamos em meados do outono.

Não caíra uma gota de chuva o verão inteiro, nem na primeira metade do outono. Cento e vinte e quatro dias sem chuva! Fazia mais de um século que não havia seca igual. Estava tudo morto nas plantações.

As árvores ainda de pé não haviam resistido à seca. Os kiris, as sóforas, os olmos... e até mesmo a raríssima árvore-do-sabão haviam morrido.

O lago, o rio, o poço estavam secos.

Não havia mais água. Não havia mais insetos.

As cigarras tinham morrido ao saírem de suas crisálidas douradas abandonadas nos muros ou nas forquilhas das árvores.

A lua, as estrelas e o sol continuavam vivos.

Três dias depois do enterro do meu pai, vieram buscar meu avô. Prenderam-no por homicídio. Ele matara o meu pai. Ficou três meses na cadeia. A chuva chegou. Parecia ter caído para salvá-lo. Fora interrogado sobre tudo: a venda do sangue, a venda dos caixões, os casamentos no além...

Choveu sem parar durante sete dias e sete noites. Os poços, os lagos, o rio, as valas encheram.

Quando meu avô voltou à aldeia, o sol poente transformara a planície num imenso lago de sangue. Como todas as noites, antes de desaparecer no horizonte, ria às gargalhadas. Nos outros anos, na mesma época, as árvores perdiam suas folhas. Este ano, elas haviam caído fazia tempo. No solo, o capim morto ressuscitava. Nos campos e no antigo leito do rio Amarelo, viam-se reaparecer tímidos vestígios de verde. O cheiro que impregnava o ar era o de um início de primavera. Às vezes, a sombra de um pardal, de um corvo ou de uma águia deslizava pelo solo como uma fumaça.

Com um velho chapéu de palha na cabeça, meu avô estava de volta, trazendo sua mobília de quarto. Seu rosto emaciado estava acinzentado. Parecia retornar de uma longa viagem.

Um silêncio impressionante reinava na Aldeia dos Ding.

Não era mais a aldeia que ele deixara três meses atrás.

Não era mais a Aldeia dos Ding.

Entretanto, ainda era a Aldeia dos Ding.

Estava deserto: nem homens, nem galinhas, nem porcos, nem cachorros, nem gatos, nem canários. O pio de um pardal às vezes caía no solo como um caco de vidro. Um cão esquálido saiu do quintal de Zhao Xiuqin. Ficou por um instante imóvel no meio do caminho a olhar meu avô e, sem latir, afastou-se, o rabo entre as pernas.

Meu avô dirigiu-se para a rua nova.

Julgou a princípio ter errado o caminho, mas reconheceu o hangar estropiado que servia de estábulo para as vacas. Os muros, metade de tijolos, metade de taipa, continuavam de pé e a mesma viga pendia do teto como um pauzinho na beirada desgastada de uma tigela.

A rua, pavimentada na época da coleta do sangue, agora estava esburacada e coberta por uma espessa camada de terra.

A casa de Ma Xianglin não mudara. As faixas fúnebres ainda estavam presas de ambos os lados da porta que não estava fechada. Meu avô adentrou o quintal e gritou:
— Ó de casa!
Ninguém respondeu.
Na casa seguinte, chamou:
— Baoshan! Baoshan!
O mesmo silêncio de morte.
A aldeia agora estava deserta. A doença explodira. Os que deviam morrer estavam mortos. Os sobreviventes haviam deixado a aldeia.

A canícula esvaziara a aldeia como o vento carrega as folhas secas, como o vento apaga as lanternas.

Não adiantou meu avô esgoelar-se, só fez acordar uns cães famélicos que o seguiam balançando o rabo.

A casa do meu tio, para onde Ding Xiaoming se mudara depois de sua morte, estava vazia.

Nossa casa de dois andares continuava em seu lugar, mas não restaram nem móveis, nem portas, nem janelas.

Único espetáculo auspicioso: a gatária plantada pelo meu pai conquistara o quintal e perfumava o ar com seu poderoso cheiro de menta.

Meu avô tomou a direção da escola.

Na escola, nada mudara a não ser o capim que invadira o quintal onde voejavam gafanhotos, borboletas e libélulas.

Meu avô, esgotado, entrou em seu quarto, relanceou seus diplomas de professor modelo e se deixou cair na cama como que para nunca mais levantar de novo. Dormiu e logo se viu transportado para a Aldeia dos Salgueiros, a Aldeia das Águas Amarelas, a Aldeia de Segundo Li... Percorria centenas de aldeias e vilarejos. Como na Aldeia dos Ding, não havia mais ninguém em lugar nenhum, nem homens, nem animais. Apenas as casas.

Todas as árvores haviam sido derrubadas para fabricar caixões.

As portas, as janelas, os armários, os baús... Tudo havia sido transformado em caixões.

Nos distritos de Cai, de Ming, de Baoshan, não restava alma viva.

A planície estava vazia. Homens e animais estavam mortos.

Felizmente, à noite, caiu uma chuva torrencial.

Meu avô percebeu, saindo do lamaçal que cobria a planície, uma mulher tendo nas mãos um ramo de salgueiro que ela enfiava na lama e balançava em seguida no ar, fazendo brotar do solo uma miríade de bonequinhos de barro. A cada vez que sacudia seu ramo de salgueiro, dele brotavam outros que dançavam sobre a planície, tão numerosos quanto as gotas da chuva.

Meu avô via surgir uma nova planície.

Via surgir um novo mundo.

POSFÁCIO

F OI EM MEADOS DE agosto de 2005, às dez horas da manhã, que coloquei um ponto final em *O sonho da aldeia Ding*. Larguei minha esferográfica e fiquei sentado diante da escrivaninha, só e desamparado, sentindo pela primeira vez na minha vida uma necessidade urgente de falar com alguém. Minha mulher estava com sua família no Henan, meu filho, estudante em Xangai, devia estar em aula e os celulares dos meus amigos mais próximos, em geral sempre conectados, achavam-se naquele momento preciso desligados ou fora de área. Após várias tentativas infrutíferas, atirei na escrivaninha os fones do meu celular. Abatido, exaurido, quedei-me por ali. Esmagado pela sensação da minha impotência, via-me abandonado no meio do oceano numa ilha deserta sem capim e sem passarinhos.

Embaixo do prédio, o fluxo dos automóveis não se interrompera, mas o apartamento com seus poucos móveis me parecia tão desolado quanto a planície do meu romance. Fui sentar no sofá da sala e, com os olhos grudados na parede branca à minha frente, vi reaparecerem os bandós de luto, as faixas fúnebres e a vasta planície abandonada por seus moradores.

Eu sabia disso, esse doloroso desespero não era apenas causado pelo *O sonho da aldeia Ding*, era o desmoronamento que se seguia a um longo período de escrita, era o luto da escrita do *O sonho da aldeia Ding*, mas também a explosão que se seguia à dor acumulada durante anos. O sol que penetrava pela janela fazia faiscar os grãos de poeira que esvoaçavam no ar murmurando em torno de mim como outros tantos fantasmas saídos do meu romance. Na minha cabeça alternavam o vazio e a desordem. Eu não teria sabido dizer por quem eu sofria, nem por quem eu chorava, nem por que sentia pela primeira vez na minha vida esse desespero e essa impotência. Era pela minha vida que eu chorava? Era pelo mundo? Era pelo meu Henan natal ou pelos doentes de Aids cujo número eu ignorava e que sofriam em toda parte onde reinava essa calamidade? Talvez fosse porque, ao terminar *O sonho da aldeia Ding*, eu chegasse esgotado ao fundo de um impasse.

Devia ser uma hora quando saí. Margeei a linha de metrô número 13 que passa perto da minha casa até um terreno baldio e me sentei, com o olhar ausente, perto de um pequeno bosque. O sol se punha quando voltei para casa, retomando pouco a pouco consciência da realidade e da necessidade de suportar as vicissitudes da vida.

Comi uma *barquette* de aletria liofilizada e, sem sequer lavar o rosto, sem escovar os dentes, sem mesmo me despir, deixei-me cair na cama. Já era dia alto quando acordei. Eu dormira como o viajante que para esgotado ao anoitecer numa pousada de beira de estrada.

Durante os três meses seguintes, efetuei diversas correções no meu romance. Cada uma dessas correções me fez sofrer novamente e sentir o mesmo desespero diante do que eu escrevera. No momento em que entreguei meu manuscrito nas mãos do editor, tive a impressão de não lhe estar entregando apenas um romance, mas também uma trouxa de sofrimento e desespero. Agora resta-me enfrentar a realidade da vida e do mundo. Não sei se escrevi um romance bom ou ruim, mas posso com toda a sinceridade afirmar que não foi a minha força física que a escrita desses cerca de duzentos mil caracteres desgastou: ela desgastou a minha vida, diminuiu minha expectativa de vida. Nesses duzentos mil caracteres, exprimi todo o meu amor pela vida e meu amor irracional pela arte do romance tal como a concebo.

Paris, 23 de novembro de 2005

Este livro foi composto na tipologia Bodoni Bk BT,
em corpo 11,5/15,7, impresso em papel off-white 80g/m²,
no Sistema Cameron da Divisão Gráfica
da Distribuidora Record.